정 태 성 소설집

이네아스자

도서출판 **코스모스**

이네아스자

차례

1. 이네아스자

나는 평생 한 여인만을 사랑하고 싶었다. 구원의 여상, 나에게는 그런 것이 있었다. 누군가는 운명적인 사랑을 일찍 만나기도 하고, 누군가는 나이가 들어서 만나기도 하며, 누군가는 죽을 때까지 만나지 못하기도 한다. 적어도 나에게 그 여인은 운명이었다. 내가 어떻게 그곳까지 가게 되었는지 나 자신도 이해할 수가 없었다. 하늘의 뜻이 있었던 것일까? 공간과 시간을 뛰어넘었던 것일까? 이것은 내 평생에 있어 오직 한 명이었던, 인디언 여인, 이네아스자에 대한 이야기다.

1860년대 초, 충청도 해미 군영. 우현은 떡벌아재가 말발굽을 바꾸는 것을 지켜보고 있었다.

"애고, 이 녀석도 발바닥을 보니 고생 너무 한다."

"어찌 보면 불쌍해요. 일 년 365일 이리저리 끌려다니니."

"누가 아니래냐?"

사월이는 우현이가 마구간에 있는 것을 확인하고 불쑥 들어왔다.

"오라버니, 점심은 먹었수?"

"너는 또 왜 왔어? 마구간 자꾸 오지 말라니깐!"

"오라버니 보구 싶어 왔지!"

사월이가 뒤에 감추고 있던 것을 앞으로 꺼냈다.

"이따가 출출할 때 이거 드셔."

"이건 뭐여?"

"옥수수 쪄 왔어. 엄청 달더라구."

"야, 사월아! 니 눈에 이 아재는 안 보이냐?"

"아저씨! 뭐 하셔?"

"엎드려 절 받기구만."

"아이, 왜 또 그러시는겨? 아재도 오라버니하고 같이 많이 잡수셔. 아, 참 그 다리 좀 오므리구!"

"오므릴라구 해두 안 되는 걸 어쩌라구!"

"왜 안 되는지 알 수가 없네. 난 잘되는데."

떡벌아재가 일을 마무리했다.

"우현아! 다 바꿨으니 니가 가서 한번 횡하니 돌고 와."

"좀 있으면 망아지 나올 거 같은데요."

"오늘 밤에나 나올겨. 걱정 마. 눈에 안 띄게 조심하구."

"알었어요. 금방 올게요."

우현은 훌쩍 말 위에 올라탔다. 순식간에 엄청난 속도로 달려 나갔다. 바싹 말 위에 엎드린 우현은 마치 말과 한 몸이 된 듯한 모습이었다. 얼굴을 말의 귀에 가져다 대고 사람과 대화하듯 속삭이자 속도가 점점 더 빨라졌다.

한참이나 말을 탄 후 마구간으로 들어오는 우현이에게 사월이가 기다렸다는 듯 뛰어나갔다.

"오라버니, 왜 인제와?"

"너는 아직 안 갔냐?"

"오라버니 기다렸지. 같이 집에 갈라구."

"지금이 몇 신데 집엘 가? 아직 멀었구만."

"아이, 뭐. 좀 더 기다리다 같이 가지 뭐."

떡벌아재는 바뀐 말발굽이 궁금했다.

"왔어? 어뗘? 달려보니까?"

"잘 박힌 거 같아요. 신이 나는지 펄펄 나는데요."

"신낫것지. 사람으로 말하면 새 신발인데. 참, 군영에서 오랴. 신입들하고 한판 하랴."

"신입들이 또 왔대요?"

"가서 야코를 팍 죽여주고 와. 지들이 젤 잘난 줄 알겨, 아마."

우현이 마구간을 나오는데 사월이가 촐랑촐랑 따라왔다. 둘은 티격태격 오붓하게 군영을 향했다.

해미 군영에서는 많은 군사들이 훈련을 하고 있었다. 들어오는 우현을 보고 나이 지긋한 군사 한 명이 불렀다.

"야, 우현아, 일루 와!"

우현은 소리 나는 곳을 슬쩍 쳐다본 후 천천히 걸어갔다.

"왜 이리 늦어? 한참 기다렸잖어."

"아, 일이 좀 있었어요."

"망아지, 나왔냐?"

"아직요, 조만간 나올 것 같아요."

"신입 중에 힘 좀 쓰는 애가 왔는데 너하고 붙어보랴."

우현은 군사들이 모여있는 훈련장 구석으로 갔다. 덩치 큰 신입 군사가 우현의 앞에 섰다.

우현은 몸을 푸느라 택견의 일부 자세를 취했다. 신입 군사는 특이한 우현의 택견 자세를 보고 배를 잡고 웃었다.

"야, 너 시방 뭐 하는 겨? 나비가 헬랭헬랭하는 거 같자녀. 크하하하"

"이게 택견이라는 거요."

우현과 신입의 결투가 시작되자, 모여있던 군사들이 큰소리로 응원을 했다. 하지만 결투가 시작되자마자 우현의 돌려차기 한 방에 신입은 허무하게 나가 떨어져 버렸다.

다시 일어나 덤비는 그에게 우현은 정확하게 그의 인중을 향하여 주먹을 날렸다. 신입 군사는 하늘의 별을 보듯 멍하니 하늘을 바라본 채 뒤로 쓰러져 버리고 말았다.

군사들이 우현에게 달려와 양손을 치켜들어주고 환호했다. 우현은 아무 일도 아니라는 듯 담담하게 웃었다. 군사들 중 한 명이 기절한 신입병을 향해 말했다.

"내 설래미 칠때부터 알아봤어. 잘난 척은 그리 하더만, 단 두 방에 뻗었구만. 하하하하."

이때 마구간에서 떡벌아재가 급하게 달려왔다.

"야, 우현아! 언능 와! 망아지 나올려구 그랴."

"오늘 밤이라면서요?"

"아이구, 좀 더 빨리 나올려나벼."

"보여요?"

"그려, 다 열렸어. 아무래도 니가 망아지 받는 거는 나보담 낫자녀."

우현과 아재가 급하게 뛰어갔다. 마구간에 도착하자마자 우현은 바로 망아지 받을 준비를 했다.

"어뗘? 괜찮것어? 마의 영감 오라고 할까?"

"됐어요. 제가 해도 될 것 같아요."

"아, 그려? 짜식, 재주가 아까워. 제대로 된 집에서 태어났으믄 한자리했을 건데."

우현은 망아지 새끼의 다리를 잡고 어미 말에서 힘껏 꺼냈다. 망아지가 쭈우욱 빨려 나왔다.

"야! 됐다, 됐어. 튼실하구만!"

우현은 어릴 때부터 마구간에서 일했다. 관기의 아들로 태어났기에 할 수 있는 것이 거의 없었다. 그나마 마구간에서 말이라도 보살필 수 있었다. 떡벌아재와는 10여 년을 함께 일했다. 우현은 말에 대해서만큼은 타고난 재능이 있었다.

이날 해미 군영 처형장에는 두 명의 군사가 경계를 서고 있었다.

"비가 오려나, 훈덥지근하네."

"그렇지 않아도 다리 위로 끌고 가던데유. 비가 오려니 날을 잡앗것지유."

"오늘은 얼마나 죽여야 되는겨?"

"또 한 열댓 명 되것지유."

"도대체 이놈의 일은 언제 끝나는겨? 사람 죽이는 것도 하루 이틀이지. 이건 뭐, 끝도 없으니. 아, 지겹다, 지겨워."

"천주쟁이들이 엄청 늘었다자녀유."

"그놈의 거, 나라에서 하지말라믄 하지 말지. 왜, 죽기를 각오하고 지랄들여, 지랄이. 목숨이 하나밖에 없는 거 몰러! 믿고 죽느니 차라리 믿지를 말지.

"그건 우리 생각이구유. 그들은 다르지유."

"뭐가 다른데?"

"아, 양반들한테 공자, 맹자 하지 말라구 해봐유. 미쳐서 뒤루 나자빠질걸유."

"공자하구 천주쟁이하고 같어?"

"같지, 뭐가 달러유? 그거 그거지."

"그나저나 이제 고만 좀 잡혀 와라. 내 진짜 소원이다. 이렇게 사람 죽이다가 나두 지옥 가는 거 아닌가 모르것다."

"나라에서 시키는 건데 어쩌라구유? 우리가 안 하면 다른 이들이 하는 거지."

"참, 프랑스 신부가 잡혀왔다며?"

"프랑스 신부가유?"

"그려. 이름이 페렝인가 뭔가 하던데. 그이는 서양사람인데 맨날 패랭이만 쓰고 다닌댜."

"어, 그래유? 서양사람치구는 신기허네."

"신부면 꽤나 높은 거 아녀?"

"그리치유."

사월이는 우현이 옆집에 살고 있었다. 기억도 나지 않는 아주 어린 시절부터 그들은 마치 오누이처럼 지냈다. 사월이는 우현이가 집으로 돌아오는지 담 너머로 계속 쳐다보고 있었다. 심상치 않은 표정의 사월이가 안절부절못하고 있었다. 마침 우현이가 집으로 들어오는 것을 본 사월이가 우현이에게 달려갔다.

"오라버니! 오라버니!"

갑자기 들이닥치는 사월이를 보고 우현은 덜렁대는 사월이에게 또 무슨 일이 있나 싶었다.

"큰일 났어, 큰일."

"애가 또 왜 이러는겨? 무슨 일 있어?"

"큰일 났다니까. 오라버니 엄니가 잡혀갔댜."

"아니 그게 무슨 말여? 울 엄니가 잡혀가다니?"

"포졸들이 엄니 천주쟁이라고 끌고 갔다구!"

"아니 뭐라고?"

우현은 갑자기 하늘이 노래졌다. 어머니는 평생 한 많은 관기 생활로 힘들어하지 않는 날이 없었다. 하지만 요근래 천주 모임에 나가고부터는 완전히 다른 사람이 되어 있었다. 뭐가 좋아서 그러는지 매일 흥얼흥얼 노래를 불렀다. 부엌에서 밥을 할 때나, 밤에 바느질할 때도 혼자 알아들을 수 없는 말을 중얼중얼거렸다.

페렝 신부에게 영세를 받고부터는 더 열심이었다. 천주를 믿는 건가보다 생각은 했었다. 하지만 천주쟁이들이 체포되어 죽임을 당해도 어머니에게는 그러한 일이 일어나지 않을 거라 생각했었다. 그런데 포졸들에게 잡혀갔다니, 그는 도저히 믿어지지 않았다. 천주쟁이로 잡혀간 사람 중에 살아서 돌아온 자는 없었다. 우현은 어머니 생각에 한달음으로 달려갔다.

"엄니, 이게 무슨 일이여, 도대체?"

"여길 왜 와? 얼른 가, 얼른"

"가긴 어딜 가?"

"너 여기 있으믄 안 되어. 너도 잡힐지 몰라. 내가 천주를 믿으니 자식인 너도 천주쟁이라고 저들이 엮어낼지도 모른다구. 얼른 집으로 가. 얼른. 그리구 절대 여기 다시는 오질 말어, 알것어?"

"진짜 미치겠네. 내가 안 오면 누가 와요?"

"그래도 안돼, 절대 오지 마, 이놈아!"

우현모가 우현을 손으로 마구 밀며 쫓아 보내려 했다.

"싸게 안 가, 얼른 가라구!"

우현은 어머니의 강압에 어쩔 수 없이 돌아갈 수밖에 없었다.

다음날 해미읍성 서문 밖 돌다리에는 군졸들이 사형 집행을 준비하고 있었다. 금방 비가 오려는지 하늘에 먹구름이 잔뜩 끼어있었다. 돌다리 위에는 체포된 천주교인들이 묶여있었다. 집행관이 병사들을 보며 말했다.

"오늘은 참수하는 것도 힘들어. 망나니도 오늘은 읎어. 그냥 다리 위에서 메다 꽂어!"

병사들이 머뭇거리자 집행관이 소리를 질러댔다.

"야! 뭘 망설이구 있는겨? 이래 죽나, 저래 죽나 다 똑같은 걸! 아, 어여! 오늘 할 일 많어!"

"그래도 이건 좀 그렇찮어유?"

"염병하구 앉었네. 시키믄 시키는대로 해여! 내가 너를 메다꽂을까?"

병사들이 내키지 않은 표정으로 천주교인을 한 명씩 끌고 왔다. 끌려온 천주교인을 두 명의 병사가 들어 올려 다리 위에서 아래로 집어 던졌다. 다리 아래는 바위투성이였다. 다리 높이는 커다란 미루나무 정도로 상당히 높았다. 다리 아래로 떨어진 천주교인은 바위 위에 패대기쳐진 채 즉사했다. 천주교인이 떨어진 그 자리에 피가 흥건했다. 병사들은 천주교인을 한 명씩 차례대로 다리 밑으로 메다꽂았다. 다리 밑은 금세 피바다를 이뤘다. 병사들이 흥건한 핏자국을 어찌할지 물었다.

"좀 있으면 비 올 테니, 그냥 내비둬. 내일 다시 와서 정리나 좀 하구, 알것어?"

한편 해미 군영 서쪽 들판에서는 병사들이 들판 가장자리에 구덩이를 파고 있었다. 구덩이 옆에는 커다란 돌기둥이 여러 개 놓여있었다.

"시간 됐어, 얼른 준비햐."

"저기 다리 위에서도 하던데?"

"인원이 너무 많댜. 빨리 끝내구 위에다 보고해야 되나벼."

"가만 보므는 천주쟁이들 진짜 불쌍해유. 그 사람들은 기냥 예밴
간 뭔가 그거 한 거밖에 없자녀유."

"낸들, 알것냐? 나라에서 하지 말라는 거 했으니 죽인다는데."

"아니, 글쎄. 그이들은 기냥 지들끼리 모여 노래하구 기도한 거
밖에 더 있어유? 가만 보믄 다들 착한 사람들이던데."

"야, 이놈아, 임금이 하지 말라는 걸 하니까 그러지."

"제사 지내는 거나, 그이들 예배보는 거나 내는 다 똑같은 거 같
은데."

"클날 소리 하덜 말어, 그러다 너도 천주쟁이로 잡혀가 이놈아!"

구덩이 근처로 체포된 천주교인들이 끌려오고 있었다. 군사들
이 구덩이 앞에 천주교인들을 무릎 꿇렸다. 집행관이 말했다.

"곧 어두워지니 얼른 서둘러라! 시작해!"

집행관의 명령이 떨어지자 군사들이 기다란 나무막대기와 돌기
둥을 구덩이 옆으로 가져왔다. 무릎을 꿇고 있는 천주교인들을 구
덩이 안으로 밀어 넣었다. 밀어 넣자마자 군사들이 커다란 돌기둥
을 들어 천주교인들에게 집어던졌다. 돌기둥을 맞고 쓰러지는 천
주교인들. 돌기둥에 맞지 않은 사람들은 구덩이에서 나오려고 발
버둥을 쳤다. 군사들이 긴 나무막대로 나오지 못하게 찔러댔다.

"뭐 하고 있어, 이 새끼들아!"

집행관의 명령에 군사들이 다른 돌기둥을 천주교인들에게 집어
던졌다. 돌기둥에 맞아 피투성이가 되었지만, 아직 살아있는 천주
교인이 대부분이었다.

"야, 어서 마무리해!"

군사들 중 몇 명이 횃불을 가지고 왔다. 가져온 횃불로 살아있는 천주교인들을 지져대기 시작했다. 고통을 느끼며 기절을 하는 천주교인들, 주위에는 사람 타는 냄새로 가득했다.

이어 군사들이 삽으로 흙을 퍼서 구덩이에 던져넣기 시작했다. 무의식중에 쏟아지는 흙더미를 헤치고 구덩이에서 나오려는 천주교인들 위에 군사들이 계속 흙더미로 구덩이를 메워나갔다. 어느 정도 흙으로 구덩이가 메워지자 그 위에다 엄청난 양의 자갈을 덮기 시작했다.

"야, 자갈이 너무 작잖아. 기어 나오면 어떡하려고 그래! 더 큰 거로 덮어!"

군사들이 다시 가서 커다란 자갈을 가져와 흙더미를 덮었다. 그 위를 수십 명의 군사들이 달려들어 단단히 다졌다. 땅을 다지던 군사 한 명이 중얼거린다.

"완전히 생매장여, 생매장."

"조용히 혀! 일 치러!"

"이렇게 죽으믄 한 되는 거 아녀?"

"누가 아니랴."

군사들이 천주교인들을 다 묻고 나서 병영으로 돌아갔다. 천주교인들이 생매장된 곳 위에는 까마귀들이 소리 내며 날고 있었다.

다음날 우현은 마구간에서 말을 돌보고 있었다. 떡벌아재가 백지장같이 하얀 얼굴로 우현에게 달려왔다.

"우현아, 큰일 났다. 니 엄니가 처형장으로 끌려가고 있어."

우현은 하던 일을 내팽개치고 달려갔다.

처형장에는 우현의 모가 참수될 다른 수십 명의 신자들과 함께 묶여있었다. 처형장에 가까이 다가가지 못한 채 멀리서 바라만 보는 우현은 어미 차례가 다가오자 앞으로 튀어 나가려고 했다. 순간 옆에 있던 사월이가 우현을 있는 힘껏 꽉 붙들었다.

"오라버니, 안 돼. 지금 나가면 오라버니도 죽는단 말여."

"엄니! 엄니!"

참수되는 어머니의 모습을 보고 우현은 무릎이 꺾이며 땅바닥에 주저앉았다. 우현의 등을 쓸어주는 사월이의 눈에도 눈물이 흘렀다.

이튿날 우현은 떡벌아재가 어머니의 시신을 묻는 모습을 바라보고 있었다. 우현의 옆에는 사월이도 함께 서 있었다. 마무리를 하고 떡벌아재가 우현의 옆으로 다가왔다.

"사는 게 참 허무하네. 몇십 년 살다 가는 인생이건만."

옆에 있던 사월이도 우현을 위로했다.

"그려, 엄니 편하게 가시게 이제 인사해."

우현은 어머니 산소에 큰절을 했다. 자세를 바로 고치는 우현은 무언가 결심한 표정으로 말했다.

"페렝 신부님은 어떻게든 구해야겠어요."

"그게 뭔 소리여? 페렝 신부를 구하겠다니."

"오라버니, 미쳤어? 그러다 걸리면 오라버니는 바로 죽는다구!"

"만약 성공을 한다고 해도 넌 조선 땅에서 살아갈 수가 없어. 관가에서 너를 가만히 두지 않을겨. 어떻게든 잡아 죽이러 들겨."

우현은 사월이와 떡벌아재의 말이 귀에 들어오지 않았다. 어머니를 그렇게 허망하게 보냈으니, 페렝 신부는 자신의 손으로 구출하는 것이 어머니에 대한 최소의 할 일이라 생각되었다.

"내 결심했구먼. 엄니도 저리 허망하게 보냈는데, 신부님마저 이렇게 보낼 수는 없구먼."

다음날 밤, 우현은 페렝 신부가 있는 감옥에 은밀하게 다가갔다. 밤이 깊어서 그런지 포졸들이 졸고 있었다. 우현은 포졸들에게 순식간에 다가가 택견으로 때려눕혔다. 포졸이 가지고 있는 열쇠로 감옥 문을 연 후 페렝 신부를 업고 내달리기 시작했다.

페렝 신부를 탈출시킨 죄로 우현은 더 이상 조선 땅에 발을 붙이고 살아갈 수 없었다. 언제 어디서 그가 체포될지 알 수 없기 때문이었다. 우현은 페렝 신부와 함께 조선을 떠날 것을 결심했다.

우현은 20년 가까이 친 오누이처럼 지냈던 사월이와 눈물을 머금고 작별을 해야 했다. 사월이의 우현에 대한 마음은 친 오누이 이상이었다. 하지만 그녀는 더 이상 우현이를 볼 수 없을지도 모른다는 생각에 하늘이 무너져내리는 것 같은 허무함을 느꼈다. 인적이 드문 깊은 밤을 통해 우현은 페렝 신부를 모시고 탈출하기로 했다. 사월이에게 가슴 아픈 작별 인사를 할 때는 정말 친여동생과 영원히 헤어지는 것 같이 가슴이 시렸다.

탈출을 계획한 날의 밤이 되었다. 우현과 페렝 신부는 갈대밭 사이를 헤치며 해안가로 다가갔다. 정박해 있던 배에 은밀하게 접근한 우현과 페렝 신부는 배를 타고 해안가를 벗어나기 시작했다. 그들이 탄 배가 점점 어둠 속에서 멀어져가는 가운데 우현은 평생 다시는 조선에 돌아오지 못할 수도 있다는 생각이 들었다.

시간은 빠르게 흘러 우현이 조선을 탈출한 지 1년이 지났다. 그는 페렝 신부와 함께 파리 몽마르트 언덕에 있는 성당에서 지내고 있었다. 우현은 페렝 신부님이 좋아하는 빵을 사기 위해 몽마르트 언덕 밑에 있는 '드브와 베이커리'안으로 들어갔다. 빵집 주인인 마담 드브와가 우현을 반겼다.

"우리 멋쟁이 왔네?"

"신부님 좋아하시는 빵 나왔어요?"

"아, 그럼. 너 올 때 맞추어서 준비해 놨지. 니가 좋아하는 것도 해놓고."

"아, 정말요?"

마담 드브와가 빵을 포장해서 우현에게 건넸다.

"커피 한잔하고 갈래?"

"아니에요. 얼른 가서 예배당 청소해야죠."

"커피 한잔하는 시간 얼마 걸리지도 않는데."

"오늘 점심에 바티칸에서 누가 오신대요. 제가 해야 할 일이 많아요."

"바티칸에서? 무슨 일이 있어?"

"저는 잘 모르죠. 얼른 가봐야 해요."

"에이, 애기 조금이라도 하다 가지!"

"다음에요. 빵, 고맙습니다."

우현은 베이커리 문을 열고 나갔다. 우현이 나가는 모습을 한없이 쳐다보는 마담 드브와가 혼잣말을 했다.

"아쉽네. 내가 조금만 더 젊었다면 좋았을걸."

마담 드브와는 유리창 너머로 계속해서 우현을 보고 있었다.

성당에 돌아온 우현에게 페렝 신부가 말했다.

"내가 미국에 선교를 가게 되었단다."

"네? 미국에를요? 아까 바티칸에서 오신 분이 그래요?"

"응, 나는 그 뜻에 따라야만 해. 그나저나 너는 어떻게 하지? 이제 여기서 어느 정도 잘 적응했는데."

우현은 잠시 생각한 후 말했다.

"신부님, 저도 신부님 따라 미국으로 갈게요."

"그럴 수 있겠어? 그곳은 여기하고는 완전히 달라. 전쟁이 끝난지 얼마 되지도 않았고. 많이 위험할 수도 있어. 내가 가더라도 너는 여기서 지내면 돼."

"아니에요. 저는 그냥 신부님 따라다니는 게 좋아요."

우현은 미국이 어떤 것인지는 몰랐지만, 페렝 신부는 어머니 대신이었다. 그가 어디를 가건 자신은 그와 함께하는 것이 숙명이라는 생각이 들었다.

시간이 흘러 파리를 떠나야 할 날이 다가왔다. 우현은 마담 드브와에게 마지막 인사를 하기 위해 베이커리로 갔다. 마담 드브와가 우현에게 물었다.

"우현아. 너는 여기 파리에서 살고 싶은 마음은 없어? 어차피 한국에 가족도 없고 돌아갈 수도 없고. 그냥 여기서 살아. 여기, 예쁜 아가씨들이 얼마나 많은데. 네가 아직 만나볼 기회가 없어서 그렇지, 예쁜 여자들 엄청 많아."

"아, 저는 페렝 신부님 따라가려고요."

"페렝 신부님은 신부님이 가야 할 길이 있지만, 너는 꼭 그 길을 같이 갈 필요는 없어."

"아니에요. 저한테는 신부님이 어머니 대신이에요."

마담 드브와는 파리를 떠나려는 우현이 못내 아쉬웠다. 그녀는 우현을 마지막으로 꼬옥 포옹해 주었다.

페렝 신부와 우현이 가야 할 곳은 미국의 서부에 있는 샌프란시스코였다. 그곳은 아직 사람이 별로 살지 않는 미개척지였지만, 최근 들어 부쩍 많은 사람들이 몰렸다. 금을 얻기 위해 많은 사람들이 그곳으로 향했다. 페렝 신부는 그곳에 자리를 잡기 시작하는 사람들을 위해 성당을 열 계획이었다.

미국 동부에 도착한 우현과 페렝 신부는 미국의 서쪽 끝인 그곳에 가기 위해 기차를 탔다. 일주일을 넘게 기차가 달렸다. 그렇게 먼 곳인 줄을 우현은 몰랐다. 일주일이 지난 어느날 달리는 기차 주위로 갑자기 수십 명의 사람이 말을 타고 쫓아왔다.

우현은 사람들이 왜 자신이 탄 기차를 따라오는지 알 수가 없었다. 그들의 손에는 긴 총이 들려 있었고, 허리에는 권총을 차고 있었다. 우현에게 이상하다는 느낌이 드는 순간 말을 탄 사람들이 말에서 기차로 뛰어올랐다. 그리고 그들은 우현과 페렝 신부가 탄 곳으로 다가왔다. 우현이 타고 있던 칸으로 들이닥친 그들은 그곳에 있던 말쑥하게 입은 사람의 일행과 시비가 붙었다.

우현의 느낌에 그 말쑥하게 입은 사람은 엄청나게 부자였고, 그의 돈을 노리고 있다는 것을 알 수 있었다. 그들의 시비가 점점 험악해지자 싸움을 말리려 페렝 신부가 자리에서 일어났다. 우현은 순간 무언가 잘못될 것 같다는 느낌에 페렝 신부를 말리고 싶었지만, 순간적으로 타이밍을 놓쳤다는 생각이 들었다. 이미 화가 난 강도들은 페렝 신부를 밀쳤고, 그들의 완력에 페렝 신부는 넘어지면서 머리를 다치고 말았다. 페렝 신부에게 달려가는 우현에게 그들은 똑같이 행동했고, 순간 우현도 미처 손을 쓸 틈도 없이 당하고 말았다. 그들은 페렝 신부와 우현을 달리는 기차 밖으로 집어던졌다. 기차 밖으로 떨어진 우현은 땅에 머리를 부딪히며 정신을 잃고 말았다.

시간이 얼마나 지났던 것일까? 우현은 서늘한 느낌에 눈을 떴다. 이미 해가 저물었고, 사방이 캄캄해져 오고 있었다. 순간 페렝 신부를 찾기 위해 주위를 둘러보았다. 자신이 있던 곳에서 멀지 않은 곳에 페렝 신부가 쓰러져 있었다. 우현은 머리에 손을 얹은 채 가까스로 일어나 페렝 신부에게 갔다. 순간 우현의 머리에서 많은 피가 흘러 말라 있음을 알 수 있었다. 기차에서 떨어지면서 무언가에 부딪혀 머리가 깨진 것이었다.

우현은 힘겹게 페렝 신부에게 다가갔다. 하지만 쓰러져 있는 페렝 신부는 그를 흔드는 우현에게 아무런 반응을 보이지 않았다. 페렝 신부는 이미 세상을 떠난 뒤였다. 신부의 죽음을 깨닫게 된 우현에게 하늘이 무너져내리는 듯한 허무와 절망이 밀려왔다.

큰소리로 울부짖던 우현은 페렝 신부를 고이 묻어드렸다. 어머니처럼 의지하던 그를 떠나보낸 후 우현은 무엇을 어떻게 해야 할지 알 수가 없었다. 아무도 없는, 자신이 서 있는 곳이 어디인지 알 수도 없는 그곳에서 우현은 너무나 막막하고 답답했다. 주위를 둘러보아도 오직 황량한 붉은 평원만이 있을 뿐이었다. 어디로 가야 할지 전혀 알지 못한 채, 우현은 페렝 신부가 묻혀있는 곳을 뒤로하고 무작정 길을 떠났다.

조선과 파리에서 경험해보지 못한 그런 태양이었다. 하루종일 쏟아지는 그 태양 빛이 너무나 힘에 겨웠다. 물을 찾으려 해도 찾을 수가 없었고, 먹을 만한 것도 전혀 없었다. 어느 방향으로 가야 할지도 모르는 상황에서 우현은 그저 앞으로 걸어가야만 했다. 그렇게 며칠이 지나도 붉은 흙의 평원과 뜨거운 태양은 변함이 없었다. 끝없이 펼쳐진 대지의 한복판에서 우현은 정신을 잃었다.

우현이 쓰러진 지 몇 시간이 지날 때쯤, 사람이 탄 한 마리의 말이 그곳을 지나고 있었다. 인디언 여인, 이네아스자는 쓰러져 있는 우현을 발견했다. 이상한 느낌에 이끌려 우현에게 다가간 그녀는 우현의 피부색을 보고 놀랐다. 자신과 비슷한 피부색을 가지고 있었으나 분명 인디언은 아니었다. 백인은 더욱 아니었다. 너무 이상하다는 느낌에 말에서 내려 우현에게 다가간 이네아스자는 그가 생명의 끝에 이르고 있음을 순간적으로 알 수 있었다. 이대로 내버려 둔다면 그는 몇 시간 안에 죽을 것이 분명했다. 이네아스자는 우현을 일으켜 말에 태우고 급하게 어딘가로 향했다.

시간이 어느 정도 지났던 것일까? 죽음이 보였던 그 순간, 우현은 누군가 자신에게 나타났음을 무의식적으로 알 수 있었다. 간신히 눈을 뜬 우현은 자신이 어느 동굴 속에 눕혀져 있음을 깨달았다. 고개를 들어 힘겹게 돌려보니 자신의 옆에 모닥불이 피워져 있었고, 그 옆에는 한 여인이 자고있는 것을 발견했다. 파리에서 여기까지 오는 동안 백인만 보아왔던 우현은 그녀의 모습을 보고 사뭇 놀라지 않을 수가 없었다. 자신과는 비슷하지만 같지는 않은 이상한 느낌의 피부색에서 어떤 운명 같은 것을 느꼈다. 강인해 보이지만 여리게 보이기도 하는 그 여인, 왠지 아주 오래전부터 알 수 없는 끈이 자신과 그녀를 묶고 있었던 듯한 느낌이었다. 한참 동안 그녀를 바라보다가 우현은 다시 잠이 들었다.

그렇게 며칠을 동굴에서 보낸 후 우현은 이네아스자의 뒤에 타고 어떤 마을로 들어섰다. 그는 이네아스자가 살고 있는 부족의 마을임을 직감할 수 있었다. 마을에 들어서자 어린아이들이 이네아스자와 우현이 함께 타고 오는 말의 주위로 몰려들었다. 알아들을 수 없는 말을 하면서 아이들은 무엇에 신이 났는지 떠들썩하게 말 주위를 빙빙 맴돌며 따라왔다.

추장과 대면을 했고, 무슨 말들을 하는지는 모르나 그들이 우현을 내치지는 않을 것이란 느낌이 들었다. 우현이 머무를 티피(천막)가 주어졌고, 그 티피 안에서 우현은 처음으로 잠이 들었다. 며칠이 지나 우현은 그들이 나바호족이라는 것을 알게 되었고, 자신을 도와준 여인의 이름이 이네아스자라는 사실도 알게 되었다. 우현은 운명이라는 것을 느꼈다. 자신은 이제 조선도, 파리도, 샌프란시스코도 아닌 이곳 나바호족 마을에서 이네아스자와 살아가야 함을 알 수 없는 힘이 말하고 있음을 느꼈다.

이네아스자는 가끔씩 말에게 물을 먹이려 강가로 갔다. 우현도 그녀를 따라갔다. 강가에 도착한 우현이 능숙하게 말을 돌보는 것을 본 이네아스자는 놀랐다. 우현의 말을 다루는 솜씨가 그 어떤 인디언보다 훌륭함을 느꼈다. 말을 살피던 우현이 이네아스자에게 말했다. 아직은 인디언 말을 모르는 우현이기에 손짓을 써가며 말했다.

"이 말 임신한 거 알고 있어?"

"니가 하는 말이 무슨 말인지 모르겠어."

우현은 말의 배를 만지다가 자신의 배를 가지고 몸으로 임신을 알리려고 애를 썼다.

"오, 임신이라고?"

"그래, 임신이야. 조금 있으면 망아지가 나올 거야."

우현과 이네아스자는 그렇게 조금씩 친해져 갔다.

어느날 우현은 자신의 목숨을 건져준 이네아스자와 나바호족을 위해 무언가를 해야겠다는 생각이 들었다. 고민하던 우현은 이네아스자에게 그녀의 말을 빌려달라고 했다. 영문을 몰랐지만, 이네아스자는 망설이지 않고 우현에게 자신의 말을 내주었다.

우현은 이네아스자의 말을 타고 번개같이 어딘가로 향했다. 몇 시간이 지난 후 이네아스자는 떠들썩한 소리에 놀라 티피에서 나왔다. 모든 나바호족의 사람들이 나와 난리를 치고 있었다.

그녀의 눈에 우현이 보였다. 우현은 이네아스자의 말을 탄 채 30마리가 넘는 야생마를 몰아서 마을로 돌아오고 있었다. 우현 혼자 그 많은 야생마를 어떻게 잡은 것일까? 나바호족의 사람들도 이해할 수가 없었다. 우현은 30여 마리의 야생마를 이끌고 이네아스자가 있는 곳으로 다가왔다. 이네아스자는 무언지 모를 감격에 겨웠다. 우현은 이어 나바호족 추장이 있는 티피로 야생마들을 몰고 갔다. 추장인 시팅 베어와 그 후계자인 레드 호크마저 놀라움을 금할 수 없었다. 우현은 그렇게 서서히 나바호족의 일원이 되어갔다.

우현이 나바호족 마을에 온 지 몇 달이 지나자 그에게 친구가 생겼다. 가장 친한 친구는 졸린눈이었다. 그는 나바호족 최고의 사냥꾼이었다. 짐승들의 습성을 너무 잘 알아 원하는 어떤 짐승이건 쉽게 사냥을 했다. 밤에 사냥하는 것을 좋아해 낮에도 졸린눈이었다. 또한 강력한 펀치를 자랑했다. 심심하면 결투를 하는 것이 취미였다. 주먹 한 방에 상대방의 턱을 박살 낼 수 있는 어머어마한 펀치력을 자랑했다. 그 누구도 그와 결투할 엄두를 내지 못했다. 항상 다른 인디언 부족과의 싸움에 가장 선두에 서서 전투를 벌였다. 그런 졸린눈과 우현은 이상하리만큼 쉽게 친해졌다.

졸린눈이 우현의 티피에 들어오며 말했다.

"언제부터 말을 잘 다루었어?"

"어릴 때부터 말하고 살다시피 했어."

"우리 부족이 한꺼번에 이렇게 많은 말을 얻어본 적은 없다. 추장이나 다른 사람들이 너를 분명히 인정해 줄 거다. 인디언에게 말은 생명과 같거든."

"나에게 말을 다루는 법을 가르쳐다오. 나도 너같이 말을 잘 다루고 싶거든. 나는 너에게 사냥하는 법을 가르쳐 주겠다."

우현은 졸린눈의 제안을 흔쾌히 받아들였다.

"내일 너에게 오겠다. 사냥을 가자."

다음날 우현은 졸린눈을 따라 사냥을 나갔다.

"큰 사슴은 늪이나 낮은 지대, 호수나 연못이 있는 산 사이에서 한 달이나 두 달 정도 머무르곤 해. 그리고는 다른 곳으로 이동을 하지. 하지만 암사슴은 봄철에는 이동하지 않아. 새끼 사슴 때문이지. 암사슴이나 새끼 사슴 중 하나라도 있는 것 같은 흔적을 발견하면 몸을 숨기고 있으면 돼. 조금 기다리면 둘 다 나타나거든."

"와, 진짜? 그런 것을 어떻게 알았어?"

"나는 짐승들이 좋아. 짐승들을 가만히 숨어서 오래도록 관찰하면 다 알게 된다. 나는 숲속에 오면 마음이 편하고 좋다."

"사슴 사냥을 해도 되는 거야?"

"그럼, 당연하지. 신이 주신 선물인데. 기다려봐. 내가 너 오늘 사슴 잡을 수 있게 해줄게."

졸린눈의 말대로 잠시 후 어미 사슴이 나타났다. 활을 겨누는 졸린눈, 활시위를 놓자 화살이 정확히 사슴의 가슴팍에 꽂혔다.

사냥을 마치고 돌아온 우현은 이네아스자가 보이지 않자 강가로 나갔다. 이네아스자는 그곳에서 말을 돌보고 있었다. 우현이 다가와 말을 강물 속으로 들어가게 한 후 씻겼다. 임신한 말의 배를 조심스럽게 만지던 우현이 말했다.

"다음 달에는 망아지가 나오겠는 걸."

"와우, 그래? 망아지 잘 나올 수 있겠지?"

"그럼, 걱정하지 마. 내가 망아지 잘 받아줄게. 예전에 많이 받아봤거든."

말의 목욕을 끝내고 고삐를 나무에 묶은 우현에게 갑자기 장난기가 발동했다. 우현은 이네아스자를 번쩍 안아 강물에 빠뜨렸다. 이네아스자는 소리를 지르며 놀랐지만 즐거운 표정이었다. 이네아스자가 있는 강물 속으로 우현도 뛰어들었다. 그곳에서 그들은 몇 시간이고 함께 놀았다. 그리고 그들은 그날 이네아스자의 티피에서 함께 잠을 잤다.

인디언 꼬마 아지작은 우현이 나바호족 마을에 온 첫날부터 졸졸 따라다녔다. 우현은 아지작이 두루미를 좋아하는 것을 알게 되었다. 아지작은 아무 때나 우현의 손을 잡아끌고 두루미가 있는 곳을 향했다.

날이 무척 좋은 날, 아지작은 우현의 티피로 찾아와 우현의 손을 잡아끌었다. 두루미한테 가자는 것임을 안 우현은 망설임 없이 아지작을 따라나섰다. 그날따라 둥지 밖에는 어린 두루미 새끼 두 마리가 나와 있었다.

"두루미 새끼 이쁘죠?"

"와, 진짜 귀엽다. 아지작, 너 같은데."

"지금 재네들 털갈이 하고 있는 거에요."

"그걸 어떻게 알아?"

"아저씨 바보 멍청이다. 둥지 옆에 보세요. 애들 털 빠진 거잖아요."

"어? 정말 그러네."

"조금 있으면 재네들 엄마 올 거예요. 먹을 거 찾으러 갔을 거에요. 엄마 기다리느라 둥지 밖으로 나온 거에요."

"와우, 아지작 대단한데, 그런 걸 다 알구."

우현과 아지작은 하루종일 두루미 둥지 근처에서 놀다가 돌아왔다.

한 달에 몇 번씩 나바호족 용사들은 함께 사냥을 나가곤 했다. 우현도 나바호족의 용사들과 모든 것을 함께 하기 시작했다. 우현이 사슴을 쫓아 숲속을 가던 중 갑자기 표범이 나무 위에서 우현을 덮쳤다. 검은색 표범은 우현을 넘어뜨렸다. 주위에 있던 다른 나바호 용사들이 순간 긴장했다. 그들도 표범은 두려운 대상이었다.

하지만 우현은 당황하지 않았다. 공격하는 표범을 잽싸게 피하는 우현에게 졸린눈이 기다란 창을 던져 주었다. 창을 받아든 우현은 표범이 다시 공격하기를 기다렸다. 우현에게 서서히 다가가는 표범이 하늘로 치솟아 오르며 우현에게 달려들었다. 우현은 표범의 공격을 민첩하게 피하면서 기다란 창으로 표범의 목을 꿰뚫었다. 이 모습을 본 모든 나바호족 용사들이 환호성을 질렀다.

레드 호크가 쓰러져 있는 표범에게 다가가 칼로 가슴을 가르고 표범의 심장을 꺼냈다. 표범의 심장을 우현의 입 앞으로 들이밀었다. 우현은 처음에는 레드 호크가 무엇을 하라는 것인지 잘 몰랐으나, 조금 지나 그의 뜻을 알아채고 아직 뛰고 있는 표범의 심장을 한 입 떼어 씹어먹었다. 우현을 따라 레드 호크와 졸린눈도 표범의 심장을 한입씩 씹어먹었다. 다른 인디언 용사들이 우현에게 달려와 등을 두드리며 목마를 태워주었다. 레드 호크는 우현에게 신뢰의 눈빛을 보냈다. 레드 호크는 나바호족 추장의 아들이었다. 졸린눈과 더불어 그는 사냥에 있어 타의 추종을 불허했다. 멀리 있는 사냥감을 순식간에 달려가 매처럼 낚아채는 비범한 능력을 가지고 있었다. 또한 아버지를 닮아 커다란 키에 엄청난 힘을 가지고 있었다.

사냥에서 돌아온 용사들이 축제를 벌였다. 졸린눈이 우현에게 무언가를 가져다주었다. 우현은 그것이 술이라는 것을 알 수 있었다.

"오늘은 악령의 물을 실컷 마시도록 하자."

우현은 졸린눈이 건네준 것을 한 번에 들이켰다. 다른 나바호족 용사들도 거침없이 술을 마셔댔다. 그들은 마을이 떠나갈 듯 노래를 부르고 소리를 질러댔다.

어느 정도 시간이 지나자 추장이 말했다.

"야! 쟤네들 티피 한곳에 몰아넣어. 여인들이 자야 한다. 사악한 영혼이 떠나갈 때까지 티피를 열지 말도록!"

그러던 어느날 추장인 시팅 베어의 티피에서는 회의가 열리고 있었다. 모두들 심각한 표정이었다. 추장의 아들인 레드 호크가 말했다.

"와페튼 부족의 짓이 분명해. 지금 당장 그놈들에게 가서 전투를 일으켜야 해."

추장인 시팅 베어가 말했다.

"전투는 그렇게 쉽게 일으키는 것이 아니다. 비록 내 딸이 납치되었지만, 신중해야 한다."

"그 와페튼 놈들은 다른 부족의 여인을 툭하면 납치를 하니 이번에 본때를 보여줘야 합니다."

다른 용사가 레드 호크의 의견에 동조했다.

"일단 제가 가게 해주십시오."

레드 호크는 자신이 가겠다고 했다. 하지만 추장이 말렸다.

"안 된다. 너는 우리 부족의 후계자야."

이네아스자의 티피에 있던 우현은 이 소식을 알게 되었다.

"예쁜코가 와페튼 부족에게 납치되었어."

"아니 추장 딸이? 그럼 어서 가서 구해와야 하는 거 아냐?"

"추장님이 신중해야 한다고 하셔서 아직 아무도 나서지를 않아."

"그러다 무슨 사고라도 나면 어쩌려고?"

"그러게 말야. 하루라도 빨리 구해야 할 텐데."

이날 밤 우현은 숲속에서 와페튼 부족 마을을 자세히 살피고 있었다. 구석진 곳에 위치한 티피에 인디언 용사들이 유난히 경계를 하는 모습이었다. 우현은 그곳에 예쁜코가 있음을 확신했는지, 은밀하게 그 티피를 향해 접근했다. 경계를 서던 인디언들을 택견으로 급소를 가격해 기절시켰다. 쥐도 새도 모르게 티피 안으로 들어가 우현은 예쁜코를 구출했다.

다음날 새벽 우현은 예쁜코를 말에 태우고 마을로 돌아왔다. 모든 부족 사람들이 티피에서 뛰어나와 우현과 예쁜코를 반겼다. 추장인 시팅 베어와 레드 호크가 추장의 티피에서 나오며 놀라움을 금치 못했다.

우현이 말에서 예쁜코를 내려주었다. 예쁜코는 추장에게 달려가 안기며 크게 울음을 터뜨렸다. 자신의 딸을 안아주며 위로하는 추장은 우현에게 다가가 덥썩 안았다. 추장의 아들인 레드 호크도 우현에게 다가가 그를 와락 끌어안았다.

레드 호크는 우현을 형제로 삼겠다고 크게 소리쳤다. 마을의 모든 사람들이 이 모습을 보고 환호했다. 이네아스자도 대견한 듯 우현을 바라보았다. 그녀의 눈에는 우현에 대한 사랑과 신뢰가 담겨 있었다.

시간이 흘러 우현이 나바호족에게 온 지 몇 달이 지났다. 여름은 길었다. 마을 주위엔 가뭄이 계속되고 있었고 곡식이 타들어 갔다. 거대한 암석으로 이루어진 언덕이 계속 이어지는 황량한 곳에서 나바호 인디언들이 기우제를 지내고 있었다. 추장이 가운데 앉아 있고, 마을 사람들도 주위에 둘러앉아 기우제를 지켜보고 있었다.

주술사인 뱀혓바닥이 앞으로 나와 뱀춤을 추기 시작했다. 여러 명의 남자 인디언들이 뱀혓바닥 주위로 원을 만들었다. 남자들이 뱀을 입에 물고 몸을 앞뒤로 흔들어대기 시작했다. 춤이 다 끝나자 입에 물고 있던 뱀을 손에 들고 언덕 위로 달려갔다. 자신이 가지고 있던 뱀을 언덕 아래로 놓아준 후, 다시 돌아왔다. 우현은 조선에서도 기우제를 지내봤기에 지켜보기만 했다. 하지만 왠지 모를 불안감이 그를 감싸고 있었다.

주술사가 방울뱀을 목에 걸고 다시 앞으로 나왔다. 그가 큰 원을 돌고 이네아스자 앞을 지나갈 때 갑자기 방울뱀이 그의 목에서 튕겨 나왔다. 주술사가 손을 쓰지도 못하는 사이 방울뱀이 이네아스자에게 달려들었다. 순간 이네아스자 앞으로 우현이 뛰어들었다. 방울뱀은 우현을 가차 없이 물었다. 뱀에 물린 우현이 고통을 견디다 이내 기절했다. 이 모습을 본 이네아스자가 우현을 부여잡고 울부짖었다. 뱀혓바닥이 부리나케 달려와 우현에게 무언가를 먹였다.

졸린눈이 우현을 등에 업고 마을로 달렸다. 우현을 티피 안에 눕혔다. 정신을 차리지 못하는 우현 옆에 이네아스자가 밤새도록 우현을 간호했다. 기우제를 지내던 다른 사람들은 자리를 뜰 수가 없었다. 그것이 인디언들의 전통이었다. 휘스퍼링 윈드가 추장에게 말했다.

"곧 폭풍우가 몰려올 거에요. 무거운 공기가 느껴지고 있어요.

구름이 다가오는 냄새가 나요. 바람이 나에게 말하고 있어요."

시팅 베어가 손을 높이 들었다. 휘스퍼링 윈드의 손을 잡고 그녀를 암석의 언덕 끝으로 인도했다. 암석 끝에서 두 손을 펼쳐 하늘을 우러러보는 휘스퍼링 윈드, 잠시 후 구름이 몰려오더니 비가 쏟아지기 시작했다.

와페튼 부족과의 전투가 예견되고 있었다. 그들은 나바호족의 여인들을 원했다. 추장인 시팅 베어가 우현을 불렀다. 방울뱀에게 물렸지만, 이네아스자의 간호로 그는 살아났다. 추장을 비롯한 나바호족은 우현을 이제는 완전히 자신과 동등함을 인정했다. 이네아스자를 위해 방울뱀에게 스스로 몸을 던진 우현을 그들은 마음과 영혼으로 받아들였다. 추장은 우현을 가족처럼 아꼈다. 이와 더불어 그는 우현에게 중요한 일들을 맡기기 시작했다. 추장은 티피로 들어온 우현에게 말했다.

"체로키 부족에게 가라. 우리는 그들과 연합해야 해. 가서 야생마 30마리를 선물로 주도록 해. 그것이 그들의 마음을 움직일 것이다. 먼 길이기에 이네아스자와 함께 가도록 해라."

우현은 추장의 명에 따라 체로키 부족에게 갔다. 길을 잘 모르는 우현에게 이네아스자는 커다란 도움이 되었다. 이네아스자는 한 번 갔던 길을 잃지 않는 재능이 있었다. 체로키 부족에게 30여 마리의 야생마를 선물로 전해주었다. 체로키족 추장은 우현의 선물에 크게 감동을 받았다. 부족 역사상 한꺼번에 그렇게 많은 말을 얻어본 적이 없었다.

와페튼 족이 나바호 마을 주위로 다가오고 있었다. 이를 예견한 시팅 베어는 그들이 오는 것을 숲속에서 은밀하게 지켜보고 있었다. 시팅 베어는 전설적인 나바호 용사였다. 그는 그동안 치른 수많은 전투에서 단 한 번도 패배한 적이 없었다. 와페튼 부족은 항상 그를 경계했다. 시팅 베어가 나이가 들었고, 조만간 레드 호크에게 추장 자리가 넘어갈 것이고, 나바호족의 위세가 더 강해지기 전에, 견제를 해야 한다고 와페튼 족의 추장은 생각했다. 그는 추장이 된 지 얼마 지나지 않았고, 자신의 능력을 자기 부족에게 보여주어야 했다.

다가오는 와페튼족을 향하여 시팅 베어가 공격 명령을 내렸다. 수백 명의 나바호족과 와페튼 부족의 전투가 시작되었다. 레드 호크는 가장 선두에 서서 싸웠다. 그의 이름에 걸맞게 그는 날아가는 매처럼 와페튼족의 선두를 쳐나갔다. 그의 공격에 와페튼족 용사 한 명이 말에서 떨어졌다. 떨어진 와페튼 용사에게 레드 호크는 번개같이 달려들면서 말했다.

"용감한 형제들이여, 나 레드 호크는 지금부터 적의 몸에 첫 번째 쿠를 가할 것이다!"

주변의 인디언들이 전투를 하면서도 레드 호크를 지켜보았다. 적을 때려눕힌 레드 호크가 그의 머리 가죽을 벗겼다. 적의 머리 가죽 아래로 분홍빛 살이 드러나 보였다. 머리 가죽을 들고 괴성을 지르는 레드 호크. 그 모습을 보고 나바호족의 용사들이 환호성을 질렀다.

이어 말을 탄 수백 명의 체로키 부족이 와페튼 부족의 다른 쪽을 공격하기 시작했다. 양쪽에서 공격을 당하는 와페튼 부족은 불리해지기 시작했다. 레드 호크와 우현은 와페튼 추장 쪽으로 과감하게 접근했다. 우현이 레드 호크의 뒤를 받쳐주며 그가 와페튼 추장과 결투를 벌이게 도와주었다. 레드 호크와 와페튼 추장은 맞대결을 시작했다. 치열한 공방 끝에 레드 호크가 휘두른 돌방망이에 와페튼 추장의 머리가 박살이 났다. 이 모습을 본 나바호 인디언들은 괴성을 지르며 와페튼 부족에게 더욱 공격을 가했다. 추장을 잃은 와페튼 부족의 용사들은 전투 의지를 상실했는지 속수무책으로 당하기 시작했다. 결국 와페튼 부족은 몰살당한 채 가까스로 몇 명의 용사만 살아남아 도망쳤다. 나바호족과 체로키족의 모든 용사들이 양손을 번쩍 들며 환호성을 질렀다.

닉 켄트는 노르웨이에서 미국으로 건너왔다. 엄청난 부에 대한 욕심이 그의 내부에서 항상 불타오르고 있었다. 그는 샌프란시스코에서 금으로 부를 이루었다. 하지만 그것으로 만족하지 않았다. 그의 다음 욕심은 땅이었다. 인디언들이 사는 땅은 돈도 들이지 않고 차지할 수 있을 것 같았다. 용병을 사면 그리 힘을 들이지 않고 거대한 땅을 자신의 소유로 할 수 있을 것이란 생각이 들었다.

시팅 베어는 앞을 내다보는 지혜가 있었다. 조만간 백인들이 나바호족이 사는 곳으로 올 것이라는 생각이 들었다. 원로들을 모아 회의를 열었다.

"백인들이 우리땅을 차지하려고 할 것이오."

"그들이 왜 이곳을 오려 하는가?"

"그랜드 캐년과 모뉴먼트 밸리를 갖고 싶어하는 것이오."

"그들과 맞설 방법은 있는가?"

"생각중이오. 절대 그렇게 하도록 두지는 않을 것이오."

원로회의가 끝나자 우현이 시팅 베어에게 왔다. 시팅 베어는 큰 일을 앞두고 가끔씩 우현을 불렀다. 우현은 시팅 베어 앞으로 와서 조용히 앉았다.

"외부인들이 샌프란시스코에 처음 온 것은 1849년부터야. 그래서 그들을 흔히 forty niners(49ers)라고 부르지. 그들은 돈밖에 모른다. 돼지 같은 놈들. 돈을 벌어서 죽어서도 가져가려고 환장을 했지. 죽은 영혼은 가벼워야 한다. 그래야 하늘 높이 날아갈 수 있다. 무거운 영혼은 땅속의 지옥에만 갈 뿐이다."

우현은 시팅 베어를 보며 무언가 모를 커다란 일들이 다가오고 있음을 느꼈다.

닉 켄트와 그의 부하들이 조그만 인디언 마을을 멀리서 염탐하고 있었다. 쉽사리 공격할 수 있을 거라 판단한 닉은 서서히 마을로 접근했다. 닉 켄트는 망설임 없이 마을을 공격해 처참하게 인디언들을 죽여버렸다. 이제 그 지역은 닉의 것이 되었다.

닉 켄트 일행이 말에게 물을 먹이기 위해 강가로 향했다. 그곳에서는 이네아스자가 자신의 말에게 물을 먹이고 있었다. 우연히 이네아스자를 발견하는 닉 켄트는 그녀의 외모에 호감을 느꼈다. 강인하면서도 여려 보이는 이네아스자가 마음에 들었다. 닉은 군침을 꼴깍 삼켰다.

숲속에 숨어서 이네아스자를 보고 있던 닉은 더 이상 참을 수가 없었다. 같이 있던 일행에게 이네아스자를 납치하라고 했다. 머뭇거리는 그들에게 닉은 금화를 안겨주었다. 임신한 자기 말을 돌보던 이네아스자는 갑자기 달려든 백인들에게 저항도 하지 못한 채 납치되고 말았다.

어두워지도록 돌아오지 않는 이네아스자를 기다리던 우현은 졸린눈에게 갔다. 해가 떨어지기 전에 집으로 돌아오는 이네아스자였기에, 우현은 무슨 사고가 있을 것이라 생각했다. 졸린눈은 우현과 함께 강가로 갔다. 강가에 남겨져 있는 흔적을 본 졸린눈은 상황을 정확하게 파악할 수 있었다. 순간 우현은 분노가 치솟았다. 졸린눈에게 지금 당장 이네아스자를 찾으러 가겠다고 했다. 졸린눈은 다른 사람을 불러 함께 가자고 했다.

"너 혼자 가는 것은 위험하다. 그들은 인원이 많고 강한 느낌이 든다."

"조선에 있을 때 어머니를 잃었어. 여기 아메리카에 와서는 대부인 페렝 신부를 잃었지. 그때 나는 할 수 있는 것이 아무것도 없었다. 더 이상 소중한 사람을 잃지 않을 거다."

"내가 함께 가도록 하겠다."

"고맙다, 졸린눈."

짐승처럼 빠른 졸린눈이 닉 켄트의 뒤를 밟았다. 그들의 흔적을 쫓은 우현과 졸린눈은 얼마 지나지 않아 그들을 따라잡을 수 있었다.

닉 켄트 일행은 모닥불 주위에서 고기를 구워 먹고 있었다. 조그만 천막이 그 주위에 있었다. 우현은 그 천막 안에 이네아스자가 있다는 것을 직감했다. 바로 공격하려는 우현을 졸린눈이 말렸다.

"기다려라. 아직 때가 아니다. 서둘렀다가는 이네아스자를 잃는다."

마음 같아서는 바로 공격을 하고 싶었지만, 실수하면 이네아스자를 잃을 수도 있다는 졸린눈의 제안을 우현은 받아들였다. 우현과 졸린눈은 은밀하게 닉의 일행을 지켜보기만 했다.

고기와 술을 마시던 닉의 일행이 한 명씩 곯아떨어지기 시작했다. 대부분 잠이 들자, 백인 중 한 명이 일어나더니 천막을 향해 걸어가기 시작했다. 우현은 그 백인이 이네아스자를 덮칠 것이란 예감이 들었다. 고개를 돌려 졸린눈을 보는 순간, 그가 말했다.

"지금이다. 너는 바로 천막으로 가라. 나는 다른 이들을 보고 있겠다."

졸린눈의 말이 떨어지기가 무섭게, 우현은 천막으로 날아가듯 달렸다. 천막 안으로 들어가는 순간, 우현은 이네아스자가 닉에게 거칠게 저항하고 있는 것을 발견했다. 갑자기 들이닥친 우현으로 인해 당황하는 닉에게 우현은 번개같이 돌진해서 그를 때려눕혔다. 곧바로 이네아스자에게 달려간 우현은 그녀를 안고 천막 밖으로 뛰어나왔다.

천막 밖에서는 졸린눈이 말을 준비한 채 기다리고 있었다. 졸린눈이 건네주는 말고삐를 움켜쥔 우현은 이네아스자를 먼저 말에 태우고 그녀 뒤로 껑충 올라탔다. 우현은 태어나서 가장 빠르게 말을 몰았다. 뒤늦게 천막 밖으로 나온 닉은 잠들어 있던 일행을 깨우고 말을 찾았으나, 이미 그들의 말은 온데간데 없었다. 졸린 눈이 이미 그들의 말을 풀어주었던 것이다. 우현은 이네아스자를 앞에 태우고 가며 다시 한번 운명을 느꼈다. 자신의 모든 것을 바쳐서라도 이 여인 한 명만큼은 어떻게 해서든지 지킬 것이라고 그는 마음먹었다.

닉 켄트는 자신이 당한 것을 몇 배로 갚아주는 사람이었다. 자신이 점찍은 여인을 빼앗긴 것에 대해 그는 참을 수가 없었다. 많은 돈을 들여 용병을 사들였다. 이네아스자를 납치한 곳으로 수십 명의 용병을 데리고 갔다.

시팅 베어는 우현의 이야기를 듣고 백인이 더 많은 인원을 이끌고 나바호 마을을 공격할 것이라 생각했다. 우현은 자신으로 인해 나바호 부족에게 피해가 생기는 것은 아닌지 걱정했다. 하지만 시팅 베어는 우현을 오히려 칭찬했다. 강한 자에게는 더 강해야 한다는 것이 그의 생각이었다.

시팅 베어는 레드 호크에게 전투 준비를 명했다. 레드 호크는 추장의 명에 따라 백인들이 올 수 있는 길목에 눈이 좋고 빠른 용사를 배치했다. 곳곳에 활을 가장 잘 쏘는 인디언들을 위치시켰다. 화살은 소리를 내지 않으니 전투 초반에는 활로만 싸울 것을 명령했다. 총이 위협적이기는 하나 먼 거리에는 적절하지 못하기에 적이 근접했을 때만 사용하라고 했다. 적을 발견 즉시 가장 치명적인 곳을 공격하여 한 번에 죽이라고 명령했다. 백인이 모두 죽기 전에는 쿠를 하지 말라고 시팅 베어가 말했다. 모든 백인의 머리 가죽을 벗기고, 시체를 들짐승과 독수리에게 던져 주라고 했다.

며칠 후 길목을 지키던 인디언 용사가 닉 켄트 일행이 오는 것을 발견했다. 순식간에 시팅 베어와 레드 호크에게 전달되었다. 나바호 용사들은 적을 가장 효과적으로 공격할 수 있는 장소로 은닉했다.

닉 켄트는 자기에 대해 과신했다. 그는 돈을 믿었다. 돈으로 용병을 사면 쉽게 나바호족을 없애고, 거의 손에 넣을 뻔한 인디언 여인을 다시 취할 수 있을 것이라 생각했다. 용병들은 달랐다. 그들은 이길 수 있으면 싸우고, 그렇지 못하면 도망가면 된다고 생각했다. 실패하면 나머지 돈을 받을 수 없지만, 그래도 벌써 받아 놓은 돈이 있었다.

길목을 지키던 레드 호크에게 닉 켄트의 일행이 눈에 들어왔다. 레드 호크는 적의 모든 인원이 사정거리 안에 다 들어오기 전에는 공격하지 말라고 했다. 우현과 졸린눈은 레드 호크의 옆에서 명령이 떨어지기를 기다리고 있었다.

레드 호크가 자신의 돌방망이를 움켜잡았다. 돌방망이의 끝은 포크처럼 되어 있고 포크 끝에는 돌이 박혀있었다. 이것은 인디언이 사용할 수 있는 공포의 무기였다. 너무 무겁기에 아무나 사용할 수가 없었다. 돌방망이에 맞으면 사람의 머리도 호두알처럼 산산조각이 났다. 레드 호크는 전투할 때마다 돌방망이를 사용했다. 한 번 휘두르는 것으로 적을 완전히 제압할 수 있었다. 그날따라 졸린눈도 돌방망이를 들었다.

레드 호크의 명령이 떨어졌다. 순식간에 숲속에서 닉 켄트 일행 쪽으로 수십 발의 화살이 날아들었다. 정확하고 빠르게 화살은 적들에게 꽂혔다. 갑작스런 공격에 닉 켄트는 당황했다. 주위를 둘러보는 사이 수많은 나바호족 인디언들이 그들을 덮쳤다. 레드 호크와 졸린눈이 가장 앞에서 적들과 맞섰다. 레드 호크는 재빠르게 닉의 앞으로 달려 나왔다. 닉 켄트가 권총을 뽑으려는 찰나, 레드 호크의 돌방망이가 공기를 가르며 그의 머리를 때렸다. "퍽"하는 소리와 함께 닉 켄트는 자신이 죽는다는 생각도 하지 못한 채 뇌가 박살이 났다. 레드 호크가 괴성을 질렀다.

용병들은 까만색으로 얼굴에 위장을 한 레드 호크와 졸린눈을 보자 오금을 저렸다. 그들은 순간적으로 지옥문이 열렸다는 사실을 깨달았다. 그 문으로 빨려 들어가기 전 이유 여하를 막론하고 도망치는 것이 최선이라는 것을 느꼈다. 이미 앞에서 가던 용병들은 죽음의 강을 건넌 상태였다. 너나 할 것 없이 용병들이 말머리를 돌렸다. 뒤도 쳐다보지 않고 그들은 줄행랑을 쳤다.

말에서 떨어진 백인들 앞에 나바호 용사들이 섰다. 레드 호크가 우현을 불렀다.

"우현, 니가 쿠를 가해라."

레드 호크가 우현의 눈을 보며 말했다. 졸린눈이 우현에게 자신의 칼을 건넸다. 우현은 잠시 망설였으나, 졸린눈이 준 칼로 닉 켄트의 머리 가죽을 벗겼다. 다른 나바호족 용사들도 나머지 백인들의 머리 가죽을 전부 벗겼다. 쿠를 끝내고 그들은 괴성을 지르며 환호했다. 우현도 닉의 머리 가죽을 손에 든 채 괴성을 질렀다. 죽은 백인들의 시체를 그대로 내버려두었다. 이미 들짐승들이 주변에 기웃거리기 시작하고 있었다. 어떻게 알았는지 하늘 위에는 독수리들을 원을 그리며 빙빙 돌고 있었다. 해가 뉘엿뉘엿 넘어가는 것을 보며 우현은 이네아스자에게 돌아갔다.

이네아스자는 우현이 오기를 기다렸다. 그녀는 우현을 처음 만났던 날을 기억했다. 비슷하게 생겼지만 처음 본 이상한 사람, 백인도 아니고 인디언도 아닌, 완전히 다른 세계에서 온 사람, 시간과 공간을 뛰어넘어 만난 사람, 이네아스자는 우현을 운명으로 받아들였다. 그녀의 마음속은 우현으로 가득 차고 넘쳤다.

세월은 빨리 흘렀다. 우현이 나바호족에 온 지 5년이 지났다. 나바호족은 그를 부족의 일원으로 받아들였다. 그는 이네아스자를 아내로 맞이했고, 모든 나바호족이 그들을 축복해주었다. 우현은 두 아이의 아빠가 되었다. 이제는 조선인이라기보다는 인디언이었다.

우현은 이네아스자의 손을 잡고 티피 앞에 앉아 있었다. 두 아이가 우현과 이네아스자 주위를 돌며 즐겁게 웃고 있었다. 그는 이네아스자를 자신의 쪽으로 끌어당겼다. 이네아스자는 우현의 어깨에 기댄 채 아이들을 바라보았다. 내일은 또 다른 전투가 예정

되어 있기에 그들은 오늘에 만족하며 행복하려고 노력했다.

다음날 오전, 모뉴멘트 밸리 인근에는 수백 명의 나바호족 용사들이 말을 탄 채 전투를 준비하고 있었다. 사막과 같은 붉은 흙으로 덮인 거대한 대지가 그들을 삼킬 듯 혀를 낼름거렸다.

나바호족의 상대인 수백 명의 백인 군사들도 평원 가운데서 대치를 하고 있었다. 나바호족의 추장이 된 레드 호크가 말 위에서 적의 진지를 뚫어져라 보고 있었다. 레드 호크 옆에는 우현과 졸린눈이 있었다. 검은색으로 얼굴에 칠을 한 나바호족의 용사들이 레드 호크의 명을 기다리고 있었다.

레드 호크가 신호를 보내자 나바호족은 일제히 백인 군사들을 향해 말을 타고 공격했다. 백인 군사들 또한 나바호족을 향해 돌진하기 시작했다. 흙먼지를 일으키며 말을 타고 달려가는 우현은 마음속으로 생각했다.

'남자가 전투에 나서는 것은 사랑하는 사람을 지키기 위한 것이다. 그것이 인종과 시대와 공간을 뛰어넘는 운명적인 사랑이라면 더욱 그렇다. 사랑이란 그 사람을 위해 나의 모든 것을 바치는 것. 그것이 목숨이라 할지라도 아깝지 않은 마음으로 기꺼이 바치는 것. 나는 내 평생 단 한 명의 여인, 이네아스자를 위하여 나의 모든 것을 바쳤다.'

2. 그때 군수과에선

"민석아, 집합이래."

"누가?"

"심 상병이래."

"아이고, 왜 심 상병?"

"낸들 아냐? 그 인간 야마 돈 것 같아."

"오늘 무슨 일 있었나?"

"잘 모르겠어. 웬만하면 내가 감을 잡는데. 감이 안 와. 심 상병이 우리 기수만 보조재 창고로 집합하래."

"보조재 창고? 오늘 날 잡았나 보다."

"야, 너 내복 2개 입어. 난 이미 2개 입었다."

"아, 오늘 다리 아작 나겠다."

민석이와 상화가 보조재 창고에 갔을 때는 이미 다른 동기들도 모여 있었다. 창고 안에는 희미한 실내등만 켜져 있었다. 모두 일 렬로 부동자세를 한 채 심 상병이 오기를 기다렸다. 얼마 지나지 않아 심 상병이 인상을 찌그린 채 문을 거칠게 열고 들어왔다.

"야, 불 꺼!"

부동 자세하던 동기 중 한 명이 부리나케 불을 껐다. 심 상병과 같이 들어온 박 상병은 보조재 창고 이곳저곳을 뒤지기 시작했다. 심 상병이 부동자세하고 있는 병사들에게 소리쳤다.

"야, 니네들은 말로 해서 안 되지? 아, 진짜 열 받어. 타작을 해 달라는 데 어쩌겠냐? 어? 내 힘껏 조져 줄게."

박 상병이 창고 구석에서 곡괭이를 들고 와 심 상병에게 건넸다. 왜 박상병까지 와서 설치는지 알 수가 없었다. 둘이 동기면서 마치 박상병은 심상병 깔따구 같았다. 박상병이 건네준 곡괭이 자루를 심상병이 거꾸로 들더니 땅에 대고 쳐서 곡괭이 자루를 빼냈다. 부동자세를 한 채 조용히 그 모습을 지켜보던 열 명 남짓의 동기들은 모두 긴장한 기색이 역력했다.

"니들 왜 처맞는지는 알고 있지? 모르는 놈들은 나중에 옆에 있는 놈한테 물어봐. 한 명씩 나와!"

부동자세로 있던 동기들은 선뜻 먼저 앞으로 나서는 사람이 없었다. 모두가 머뭇거리던 사이 민석이가 앞으로 나와 엎드려 뻗쳤다. 심 상병은 민석이가 맨 처음 나오는 모습을 보고는 예상하지 못했는지 표정이 약간 이상해졌다. '왜 니가 나오는 거야?' 하는 모습이었다. 심상병이 약간 머뭇거리더니 엎드려 뻗친 민석이에게 곡괭이 자루를 들어 힘껏 내리쳤다.

"퍽"

"윽"

"퍽"

"윽"

곡괭이 자루는 마치 저세상에서 온 불빠따 같았다. 한 대 맞을 때마다 민석이는 엄청 고통스러운 표정으로 간신히 버텼다. 그것을 지켜보는 동기들의 얼굴이 일그러지면서 은근히 심상병을 향해 눈을 부라렸다. 민석이가 끝나자 다음 병사가 앞으로 나가 맞았고, 그렇게 순서대로 한 명씩 나가 맞았다. 모든 것이 끝나고 심상병이 나가자 모두들 다리를 절룩거리며 보조재 창고 밖으로 나갔다. 점심시간이 가까웠지만, 누구나 할 것 없이 창고 뒤로 말없이 가서 앉았다. 민석이와 상화를 비롯한 동기들이 땅바닥에 주저앉은 채 담배를 피워 물었다.

"아, 씨발 우리 왜 맞은 거야? 아는 사람 있으면 얘기해 봐."

동기 중 가장 맷집이 좋은 일석이마저 화가 잔뜩 나 있었다.

"언제는 이유가 있어서 맞았냐? 심 상병 그 인간, 기분 조지는 일이 있었겠지."

차기 분대장으로 거론되는 현태가 이를 갈았다.

"기분 조질 일이 뭐야, 대체? 승질 드러운 지한테 옆에 가는 사람도 없는데."

"저번에 휴가 갔다 와서부터 더 설쳐대는 것 같다. 집구석에 무슨 일이 있었나 보네."

"무슨 일? 마누라가 도망갔나?"

"저 새끼 이제 21살인데 뭔 마누라야? 결혼했대?"

"아이, 새끼, 어둡기는. 다른 사람은 다 아는데 너만 모르는구만."

"마누라만 있냐. 애도 있구만, 돌 지난."

"21살이 애가 있으면 언제 결혼한 거야, 대체?"

"결혼식을 했겠냐, 그냥 사는 거지."

"언제부터 그럼 같이 산 거야?"

"아, 짜식, 넌 산수도 안 되냐? 21살이 돌 지난 애가 있는데 고등학교 때부터 살았겠지."

"애도 있는데 왜 도망가?"

"낸들 아냐? 애 데리고 도망갔을지?"

"나 같아도 도망가겠다. 저런 그지 같은 인간하고 같이 살 사람이 누가 있겠냐?"

"같이 살았으니까 애도 낳았것지. 같이 안 살고 애가 만들어지냐?"

"그럼, 우린 마누라 대신 화풀이 대상인 거냐?"

"당연한 거 아니냐? 군대가 뭐 이유 있어서 뚜드려 맞냐?"

"아, 진짜. 심 상병 말만 들어도 소름이다. 저 인간 어디 다른 데로 가면 안 되나?"

"누가 아니래냐. 바로 위에 고참이니 제대할 때까지 맨날 이렇게 푸닥거리할 텐데."

"야, 근데 너는 평소엔 조용하다가 왜 빠따 맞을 때는 맨날 1번으로 나서냐?"

상화가 민석이를 향해 말했다.

"야, 그래도 민석이가 1번으로 맞으니까 그 정도에서 끝난 거다.

심 상병이 민석이는 좋아하잖아.”

“그건 그래. 다른 애가 1번으로 나섰어 봐. 2배는 더 맞았을걸.”

“야, 너는 일빠따가 그리 좋냐? 때리는 놈이 처음에는 힘 조절이 안 되는 거야, 알어? 있는 힘껏 조지는 거라구.”

“하긴. 심 상병 때리는 거 봤냐? 4번 타자가 홈런 치듯 곡괭이 자루를 야구 빠따처럼 휘두르더라.”

“나도 민석이 맞는 거 보구 처음에 기겁했다. 다리 안 부러지나 했어.”

“민석이가 일빠따니까 우리 모두 다리 안 부러진 거다. 잘못했으면 누군가는 부러졌을 거야.”

“근데 심 상병은 왜 때릴 때마다 몽둥이가 바뀌는 거야? 지난번에 봉걸레 자루, 그 전엔 삽으로 뚜드려 패구, 또 그전에는 개머리판으로 조지구. 빠따 바꾸는 게 취미야?”

“야, 내가 생각할 땐 곡괭이 자루가 최악이다.”

“야, 근데 너는 왜 1번으로 나서냐구?”

“어차피 맞을 거 빨리 맞구 말지 뭐.”

“야, 일어나 봐.”

상화가 민석이의 옷을 잡아 올렸다.

“아이 왜?”

“얌마. 니가 젤 세게 맞았어. 바지 내려 봐. 한 번 보게.”

민석이는 상화의 등살에 못 이겨 자리에서 일어나 바지를 내렸다. 민석의 허벅지는 푸르둥둥 멍이 심하게 들었고, 허벅지 대부분이 엄청 부어올랐다. 일부는 살이 터지기도 했다.

"와, 환장하것다. 완전 3차원 총천연색이다. 야, 여기는 살도 터졌어, 임마. 조선시대 곤장 맞고 터진 거 같어."

"나만 그럴까? 다른 애들도 그렇겠지."

상화도 일어나 바지를 내렸다. 상화는 민석이 정도는 아니었다.

"살이 터지지는 않았네."

"그래, 임마. 너는 일빠따라 그렇다구. 야, 너는 다음엔 무조건 젤 나중에 맞어. 알았어?"

"근데 민석이 의무대라도 가야 하는 거 아냐?"

"의무대는 뭐하러. 시간 지나면 낫겠지."

"의무대 가면 뭐 하냐? 의무장교도 없는데."

"하긴. 의무장교가 자리 지키고 있겠냐? 지금쯤 시내 병원에 가서 알바하고 있을걸."

"의무장교는 알바 일당이 얼마 되려나?"

"다른 사람 서너 배는 되겠지."

"시내 가서 알바를 하니 우리는 의무대 가도 소용없어. 나도 저번에 갔는데 의무장교 없더라. 의무병한테 장염 걸린 거 같아 배 아프다고 하니까 배꼽에 빨간약 발라주던데."

"민석아, 너 괜찮겠냐?"

"응, 됐어. 낫겠지. 뭐."

점심시간은 이미 시작되었기에 모두들 다리를 절며 식당으로 향했다.

상화는 점심을 먹고 군수과 사무실로 갔다. 상화는 자대배치를 받아 이 부대에 온 후 처음부터 군수과 서무계원으로 보직을 받았다. 군수과 사무실에서 군수과 계원 모두 묘한 분위기 속에서 침묵한 채 일하고 있었다. 얼마 전에 받은 검열에서 지적받은 것이 많아 언젠간 일이 터질 거라는 사실을 모두들 알고 있었다. 아니나 다를까 점심시간이 끝난 지 얼마 되지 않아 대대장이 문을 벌컥 열고 들어왔다.

"야, 이 개새끼들아! 군수과 니 새끼들은 검열 나올 때마다 깨지냐? 어? 전원 완전군장으로 연병장 100바퀴 돌아! 알겠어!"

대대장이 '쾅' 소리와 함께 문이 부서지라고 닫고 나갔다. 군수과 계원들은 모두 아무 말 없이 내무반에 올라가 군장을 꾸렸다. 완전군장을 한 채 연병장으로 나갔다. 한겨울이라 연병장 주위에 눈이 얼어붙어 있었다. 정병장을 선두로 군수과 계원들이 일렬로 줄을 맞춰서 뺑뺑이를 돌기 시작했다.

2층 내무반에는 군수과가 뺑뺑이 도는 것을 창문 너머로 임하사가 지켜보고 있었다. 임하사 옆에는 임하사의 부사수 김이병이 있었다. 김이병은 항상 임하사의 곁에 껌처럼 붙어 다녔다. 부대 사병 중의 최고참인 임하사의 곁이 가장 안전하고 편하다는 것을 김이병은 언젠가부터 알고 있었다. 창문 너머로 지켜보던 임하사가 한마디 했다.

"군수과 완전 뺑이친다. 지금 바깥에 영하 15도 되지 않나?"

옆에 있던 임하사 껌딱지 김이병이 대답했다.

"오늘 정확하게 실외온도 영하 17도입니다."

"대대장 미친 거 아이가? 이 날씨에 완전군장으로 뺑뺑이냐?"

"연병장 100바퀴라는데요."

"지랄한다. 사람 잡을 일 있나? 재네들 무릎 다 조졌다. 일주일은 걷지도 몬할끼다. 행정병 저놈아들 체력도 안 될낀데. 초상날까 싶네."

김이병도 임하사 옆으로 다가와 함께 유리창 너머로 군수과 뺑뺑이 도는 것을 보았다. 완전 군장한 채 힘들게 뛰고 있는 군수과 병사들이 김이병의 눈에는 왠지 처량해 보였다.

다음 날 아침 기상나팔이 울렸다. 연병장에는 대대 전원이 아침 구보를 하고 있었다. 구보가 끝난 후 모두 열을 맞추어 섰다.

연단에 당직사관이었던 선임하사가 올라왔다.

"야, 추운데 뛰니까 좋지?"

병사들 속으로는 추워 불만이었지만 크게 대답했다.

"예!"

"오늘은 그래도 기온이 많이 올랐으니 예정된 훈련을 실시한다. 아침 식사 후 전원 연병장에 집합하도록."

"예!"

아침을 마친 병사들 모두가 훈련을 출발하기 위해 연병장으로 속속 모여들었다. 민석이가 소속되어 있는 1소대는 이미 집합해 있었다. 선임하사가 1소대로 다가와 말했다.

"야, 오늘 취사병 한 명이 문제가 생겼어. 1소대에서 한 명 취사반으로 지원 나간다. 아마 한 달 정도 지원해야 할 것 같다."

선임하사가 아무 생각 없이 맨 앞에 서 있는 민석을 향해 말했다.

"야, 김 일병 네가 취사반으로"

"예? 제가요? 전 소총순데요."

"아, 자식. 까라면 까, 임마. 뭔 말이 많아. 군대에서."

"예, 알겠습니다."

민석은 어리둥절한 채 취사반으로 향했다. 취사반에 도착해서 취사반장인 김병장에게 보고를 했다. 취사반장은 민석이에게 아무나 도와주라고 했다. 아직 일병이라 짬밥이 낮은 민석은 취사병 중 가장 계급이 낮은 김일병의 옆에 가서 일을 도와주기 시작했다. 잠시 후 김병장이 다가와 민석이에게 말했다.

"야, 너 아마 한 달은 취사반 해야 할 거야."

"저는 소총순데요."

"선임하사가 얘기 안 했냐? 취사반 한 명이 아예 없어져서 니가 그 자식 완전 땜빵이야, 임마. 전에 있던 한 놈 의가사 제대했어."

민석은 조금은 당황한 듯 대답을 하지 못했다.

"야, 딴생각 말고 빨리 일이나 해."

취사반은 말 그대로 정신을 차리지 못할 정도로 일이 많았다. 대대 600명에 해당하는 식사라 그 양도 엄청났다.

민석은 김일병을 도와주고 있었지만, 취사반 일은 처음이라 계속 실수를 할 수밖에 없었다. 군대에 오기 전 민석은 밥 한번 해 본 적이 없었다. 칼로 파를 썰어 본 경험도 없었다. 민석이가 일하는 것을 취사반장인 김병장은 유심히 지켜보고 있었다. 민석은 전혀 그런 것을 알아차리지 못했다. 점심 배식이 끝나자 영민은 취사반 전원을 집합시켰다. 취사반이 일렬로 서 있는 가운데 김병장이 소리를 질렀다.

"야, 니네들 오늘 왜 이리 헤매냐? 한 놈 나갔다고 그러는 거야? 신입 왔잖아, 이 새끼들아! 교육 빨리 시켜서 부려 먹어야 될 거 아냐, 엉? 전부 엎드려."

김병장이 엎드려 뻗쳐있는 취사반원 전원을 봉걸레 자루로 두들겨 패기 시작했다. 다 때리고 나자 봉걸레 자루를 집어 던졌다.

"똑바로 하라고, 어? 알겠어?"

김병장이 나가자 이번에는 취사반의 최고참인 이병장이 앞으로 나왔다.

"야, 내가 이 짬밥에 저 취사반장한테 맞아야겠냐? 전부 엎드려!"

이병장이 김병장이 집어던진 봉걸레 자루를 다시 들더니 취사반 전원을 두들겨 패기 시작했다. 민석은 이 상황을 이해하지 못했다. 무슨 잘못이 있었는지 자신은 알 수가 없었다. 처음이라 헤매기는 했지만, 몸이 부서져라 김일병을 도와준 것밖에는 없었다. 허리가 아파서 펴보지도 못한 채 죽어라하고 일했을 뿐이었다.

이병장의 푸닥거리가 끝나고 나가자 이번에는 김상병이 앞으로 나섰다.

"아, 진짜 지겹다. 신입까지 왔으니 돌겠다. 언제 교육시키냐, 이거. 엉? 야, 김일병, 니가 쟤 책임지고 가리켜, 알겠어. 일단 엎드려."

김상병 또한 김일병과 민석을 흠씬 두들겨 패고 나갔다. 봉걸레 자루가 부러지지 않은 것이 다행일 정도로 민석은 얻어맞았다. 소총수로 훈련을 나가지 못한 것이 억울할 뿐이었다. 김 일병이 민석을 보고 말했다.

"야, 내가 니 선임이긴 한테 나까지 너를 어떻게 패겠냐? 너도 운 진짜 없다. 넌 몰랐겠지만, 취사반 원래 이래. 밥 먹고 나면 무조건 타작이야. 이유도 없어. 그게 전통이야. 매일 3번씩 타작 각오해야 할 거야. 아무리 잘해도 예외가 없어. 그냥 재네들 때리고 싶어서 때리는 거야. 재네들도 그동안 이렇게 맞아왔고. 밥 먹고 세수하듯, 그냥 때리고 맞는 게 일과야. 넌 진짜 줄 잘못 섰어."

민석은 그만 앞이 캄캄해짐을 느꼈다. 어제 심상병한테 맞은 거하고는 또 다른 세계였다.

점심시간이 지나 김일병과 민석은 한 시간 넘게 설거지를 했다. 3시가 다가오자 이병장과 김상병이 나타났다. 두드려 패고 했던 것을 언제 했냐는 듯이 모두 열심히 저녁 준비를 하기 시작했다. 민석은 점심때와 같이 김일병 옆에서 시키는 것을 죽어라하고 해나갔다.

저녁 배식이 끝난 후 취사반 전원이 다시 집합했다. 점심때와 마찬가지로 취사반장부터 한 명씩 타작이 시작되었다. 김일병이 민석에게 한 말이 무슨 뜻인지 알 것만 같았다. 그것을 깨닫자 민석의 표정이 점점 어두워졌다. 그렇게 타작이 끝나고 민석은 내무반으로 올라갔다. 훈련을 마치고 온 다른 병사들이 부러울 뿐이었다. 김일병이 내일 아침 4시에 취사반으로 내려가야 한다는 말이 생각났다. 그렇게 일찍 아침을 준비해야 하는 것도 김일병의 말을 듣고 나서야 알았다. 취침 시간이 되어 자리에 눕자 민석은 금방 잠이 들었다.

다음날 새벽 4시, 민석은 깜짝 놀라 자리에서 일어났다. 서둘러 취사반으로 내려갔다. 김일병은 이미 취사반에서 쌀을 씻고 있었다. 민석이 내려오자 김일병은 해야 할 일을 지시했다. 다른 고참이 오기 전에 웬만한 것은 끝내놓아야 한다고 말했다. 민석은 김일병이 시키는 것을 최대한 빨리 끝내려고 노력했다. 5시 30분이 되자 김상병이 나타났다. 6시 30분에는 이병장이 나타났다. 잠시 후 취사반장인 김병장이 나타나 금방 한 밥을 식판에 퍼서 제일 먼저 먹었다.

7시가 되자 부대 간부들이 식당으로 와서 밥을 먹었다. 간부들이 나가자 부대원들이 일제히 몰려와 식사를 하기 시작했다. 배식을 하던 중 이병장과 김상병도 배가 고팠는지 식판에 밥을 퍼서 먹었다. 배식이 모두 끝나고 민석과 김일병이 급하게 식사를 했다. 그렇게 아침이 끝나자 취사반은 다시 집합을 했고 민석은 어제와 같이 두들겨 맞았다.

김일병을 도와 점심을 준비하는 민석의 표정이 심상치 않았다. 주위 사람들이 말을 걸어도 대답을 잘 하지 않았다. 점심이 끝나고 취사반이 다시 집합해 있었다. 취사반장인 김병장은 소리부터 질러대기 시작했다.

"야, 날씨 추운데 일들 빨리빨리 못하냐? 왜 그리 굼벵이 같은 거야?"

취사반장이 말하는 동안 민석은 자신의 손을 들여다보았다. 종일 찬물만 사용하다 보니 손이 빨갛게 부어 있었다.

"오늘 국은 왜 이렇게 짠 거야, 엉?"

민석이 작심한 듯 갑자기 나서며 말했다.

"국 별로 안 짰는데요?"

집합해 있는 취사반 모두가 민석을 보며 당황해했다. 영민은 어이없다는 듯 민석을 쳐다보았다.

"야, 너 뭐라고 그랬어 지금?"

민석은 고개를 뻣뻣이 들고 말했다.

"제 생각에는 오늘 국이 별로 짜지 않았습니다."

"하, 이 새끼 봐라. 누가 너 보고 생각을 하래? 넌 생각할 짬밥이 아냐, 씨발놈아!"

민석이가 더 이상 말은 하지 않은 채 고개를 들고 영민을 바라보았다. 자신을 바라보는 민석의 눈빛을 본 영민의 표정이 갑자기 이상해졌다.

"하, 이 씨발. 눈 깔어, 이 개새끼야!"

김병장이 다른 취사병을 돌아보며 말했다.

"야, 니네들 신입 어떻게 교육시켰어, 엉? 적당히 밟으니까 이 지랄 하는 거 아냐? 완전히 죽여 놓아야 할 거 아냐, 이 씨발 새끼들아!"

김병장이 민석이의 면전에 다가와 째려보며 말했다.

"국이 짜지 않았다고? 나한테는 짰다고. 내가 짜다면 짠 거야, 이 새끼야? 니 혓바닥은 그런 걸 모르는 혓바닥이야. 알어?"

민석이가 작심한 듯 크게 소리쳤다.

"오늘 국은 짜지 않았습니다."

다른 취사반 전원이 놀란 듯 눈이 튀어나왔다. 고개를 들어 일제히 민석을 바라보았다. 그들의 눈에는 민석이가 미친 것처럼 보였다. 그 순간 취사반장은 화를 참지 못하고 옆에 있던 커다란 쇠주걱을 세로로 세워 민석의 머리를 있는 힘껏 내리쳤다. 민석은 순간적으로 일어난 상황에 대항도 하지 못했다.

"아악!"

군대 취사반에서 쓰는 쇠주걱은 말이 주걱이지 그 크기가 일반 주걱의 두 배였고, 단단하기도 엄청 단단했다. 오래 쓰도록 하기 위해서였다.

쇠주걱에 맞은 민석이의 머리가 깨졌다. 민석의 얼굴로 붉은 피가 줄줄 흘러내렸다. 영민은 그 순간 아차 하는 표정과 함께 자신의 실수를 깨달았다. 민석의 옆에 있던 김일병이 급하게 수건을 가져와 민석의 머리를 감쌌다. 민석의 머리를 살펴보던 김일병이 너무 놀라 어떻게 할 줄을 몰랐다. 순간 이병장이 급하게 의무대로 뛰어갔다. 민석이는 의무대로 옮겨졌고, 일단 응급처치를 받았다.

의무장교와 대대 선임하사가 민석이가 누워있는 근처의 복도에서 만났다. 의무장교가 선임하사를 보고 말했다.

"어떤 또라이가 애 머리를 이렇게 해 놓냐?"

"상태가 어느 정도입니까?"

"왜 때려도 머리를 때리냐고. 사람 잡을 일 있어? 잡으려면 빨갱이나 뚜드려 잡어. 왜 동료를 때려잡느냐고, 어? 때려잡을 거는 김일성이야, 알어?"

"그 정도로 심합니까?"

"머리 다 깨졌잖아? 보면 몰라? 무식한 거야? 멍청한 거야? 왜 병신도 아닌 게 병신 짓을 하냐구! 조금만 더 심했으면 뇌수 다 터졌어. 쟤, 골로 갈 뻔 했다구!"

선임하사가 크게 탄식하며 말했다.

"아, 참. 이 호구 같은 새끼."

"이거 알면 쟤 부모가 가만히 있겠냐? 선임하사 아들이 저 꼴을 당했으면 당신 마음이 어떻겠어, 엉? 나라 지키라고 군대 보냈더니, 저 꼴을 만들어 놓냐? 그 김병장인가 하는 놈, 완전 꼴통 아냐?"

"어떻게 하면 좋죠?"

"어떻게 하긴? 영창 보내야지. 대대장한테 보고를 안 할 수가 없어, 이건. 대대장한테는 내가 얘기할 테니깐, 그 때린 놈은 일단 군기 교육이라도 보내. 쟤네 부모 알기 전에. 무슨 흉내라도 내고 있어야 할 것 아냐?"

의무대에서 군수과로 돌아간 선임하사는 상화를 시켜 취사반장을 오라고 했다. 잠시 후 김병장이 고개를 푹 숙인 채 군수과로 들어왔다. 선임하사가 문을 열고 들어오는 영민이에게 달려가 쪼인트를 있는 힘껏 갈겼다. 갑자기 들어온 발길질에 김병장은 까무러치듯 군수과 바닥으로 뒹굴었다.

"엄살 말어, 이 새끼야. 정일병 개 뒤질 뻔했어, 이 새끼야. 너두 살인의 추억 만들 일 있어? 니가 송강호야? 봉준호야? 너 때문에 대대장도 잘못하면 모가지야, 이 또라이 새끼야. 육사 출신 대대장, 진급 막을 일 있냐, 엉? 내년이면 연대장 될 사람이 너를 가만히 두겠냐?"

"시정하겠습니다."

"시정은 지랄. 니 짬밥에도 시정할 일이 있냐? 넌 떨어지는 가랑잎도 조심할 군번 아니냐? 제대 말년에 영창 가고 싶어 환장했니? 제정신으로 사는 게 괴롭냐, 엉? 야, 볼 것 없어. 군장 싸서 연대로 들어가, 대대장 말 나오기 전에 내가 군기 교육 보냈다고 할 테니까."

김병장이 고개를 숙이고 힘없이 대답했다.

"예, 알겠습니다."

군수과에서 천장만 쳐다보던 선임하사가 자리에서 일어나 의무대로 다시 갔다. 머리에 붕대를 감은 채 잠들어 있는 민석을 바라보았다. 깊이 잠들었는지 민석은 꼼짝도 안 하고 있었다. 깜짝 놀란 선임하사가 민석의 얼굴에 자신의 귀를 가져다 대 보았다. 숨을 쉬고 있는 것을 확인한 선임하사는 안심하는 듯했다.

일주일이 지난 후 민석은 의무대에서 내무반으로 돌아왔다. 선임하사가 민석을 군수과로 불렀다.

"머리는 좀 어때?"

"예, 괜찮습니다."

"그동안 고생 많았다. 대대장이 너 군수 행정병으로 보직 변경시키래."

"행정병요? 저는 소총순데요."

"야, 대대장이 특별히 신경 쓴 거니까 내일부터 군수과로 와."

민석은 다소 어리둥절했지만, 보직 변경은 자신이 선택할 사항이 아님을 알았다.

"예, 알겠습니다."

상화가 내무반에 있는 민석을 불러냈다. 동기인 상화에게 민석이가 말했다.

"선임하사가 내일부터 군수과에서 일하래."

"아, 그래? 잘 됐다. 나하고 같이 지내면 되겠네."

"너는 군수과에서 무슨 일 해?"

"난 서무계지. 맨날 죽치고 앉아서 타자만 쳐."

"일하는 거 힘들어?"

"힘들긴. 군수과는 편해. 가끔 검열에서 깨지는 게 문제이긴 하지만, 나름 괜찮어. 빵이치는 거는 작전과 애들이지."

"난 소총수가 좋은데."

"야, 넌 운 좋은 거야. 행정병을 아무나 하나?"

"너도 하잖아?"

"아이, 답답하네. 난 우리 아바이 동무께서 힘을 좀 쓰셨지. 우리 집안에 별이 있잖냐? 스타, 알어? 스타. 아빠 사촌이 투 스탠데 사병 하나 못 꽂겠냐? 전화 한 통이면 게임 끝이지. 짜식, 순진하긴."

"아. 그런 거."

"내가 알기로는 이번에 대대장 승진 있잖아. 부대에 사고 있으면 연대장 되기 힘드니까 니 사건 덮은 거야. 대신 니 입 막으려고 군수과로 밀어 넣은 거야."

"난, 소총수가 좋은데."

"아, 짜식, 군수과도 총 쏠 줄 알어, 임마. 잘 된 거라고 생각해. 이번에 취사반 너 때문에 완전히 다 뒤집어졌어."

"왜?"

"으이구, 어둡긴. 그동안 취사병 애들 구타 어마어마했잖아. 이번에 너 의무대에 있는 동안 취사반 소원 수리받았어."

"응, 그런데?"

"그동안은 소원 수리했어도 아무런 문제가 없다고 나왔거든. 근데 이번에 누군가가 그동안에 있었던 일을 죄다 불었대. 너 때린 취사반장은 영창 가고. 그 밑으로 이병장, 김상병은 연대 군기 교육 들어갔어. 잘 됐지, 뭐. 걔네들 엄청났었나 봐."

민석은 상화의 이야기를 들으니 김일병이 생각났다.

"야, 어쨌든 너하고는 인연이다. 동기에다 같은 군수과. 잘해보자."

"어, 그래."

다음 날 아침 민석은 군수과 문을 열고 들어와 보고했다.

"일병 정민석, 군수과에 용무 있어 왔습니다."

선임하사가 민석을 보며 들어오라고 손짓을 했다.

"아, 어서 와, 용무는 무슨. 오늘부터 여기 사람인걸. 얘들아, 다들 인사해. 앞으로 우리하고 같이 일할 정일병이야."

군수과 계원들이 일제히 민석을 보며 인사했다. 선임하사가 일일이 민석에게 군수과 일원들을 소개했다.

"상화는 잘 알 테고, 여기는 5종을 맡고 있는 강병장, 이쪽은 2, 4종 담당인 박상병, 저쪽은 7, 9종 박이병, 그리고 자네 바로 앞에 있는 사람이 1, 3종 홍병장, 이제 바로 제대할 거야. 홍병장, 정일병 자네 후임으로 해."

홍병장이 민석을 보며 대답했다.

"예, 알겠습니다."

"홍병장이 정일병 데리고 나가서 1종 창고하고, 3종 창고 좀 보여주고 천천히 일 좀 알려줘. 재산대장도 대충 설명해 주고."

"예, 선임하사님."

홍병장이 자리에서 일어나자 정일병이 그를 따라나섰다. 홍병장은 우선 1종 창고에 가서 민석에게 이것저것을 알려주며 설명을 했다. 1종 창고 안에는 많은 물건들이 산더미처럼 쌓여 있었다. 손에 들고 있는 서류를 봐가며 민석에게 이야기하는 홍병장의 마음은 이미 군대를 떠나 있는 듯했다. 그 오랜 시간을 다 보내고 이제 다시 사회에 나갈 수 있는 홍병장이 민석은 마냥 부럽기만 했다.

1종 창고를 다 둘러본 후 홍병장은 민석을 3종 창고로 데려갔다. 경유와 휘발유를 보관하는 3종 창고에는 수많은 드럼통이 쌓여 있었다. 홍병장의 설명을 열심히 듣는 민석은 좀 전과는 달리 진지한 표정이었다. 홍병장은 민석을 데리고 수송대로 갔다. 운전병들하고도 얼른 친해져야 한다고 했다. 대대장 지프차를 운전하는 운전병부터 복사트럭을 맡고 있는 운전병들에게 민석을 소개시켰다. 수송대까지 다 돌아본 후 민석은 홍병장을 따라 군수과로 돌아왔다.

일하고 있는 군수 계원들에게 홍병장이 말했다.

"정일병도 왔는데 오랜만에 사다리 탈까?"

갑자기 모든 군수계원들의 얼굴 표정이 밝아졌다.

"네, 좋죠! 과자 파티해야죠."

"야, 상화, 니가 사다리 그려라."

"예, 알겠습니다."

"젤 비싼 거는 내가 낼 테니 나머지들 타라."

갑자기 군수과에 밝은 분위기가 돌았다. 모두 사다리를 타며 시끌벅적 웃으며 좋아했다. 사다리를 다 타고 나서 상화와 민석이가 PX로 갔다.

며칠 후 저녁을 먹고 나서 내무반에 쉬고 있던 민석을 강병장이 군수과로 불렀다. 무슨 일인가 싶어 민석이 군수과로 내려갔다. 군수과 사무실엔 불도 켜져 있지 않은 상태에서 강병장이 혼자 의자에 앉아 있었다. 강병장이 군수과에 들어오는 민석을 보자마자 대뜸 물었다.

"야, 정일병. 너 일요일에는 종교활동 가냐?"

"아니요, 저는 종교가 없습니다."

"그래? 그럼 나하고 이번 일요일에 교회 갈까?"

"예? 저는 무종교인데요."

"무종교니까 더 잘됐네. 불교나 천주교면 좀 그렇지."

"저는 아무 데도 가고 싶지 않은데요."

"아, 얘가 말이 많네. 임마, 교회 가면 사제 밥도 주고 좋아. 여자들도 볼 수 있고. 짜식 뭘 모르네."

"저는 그냥 부대에서 빨래나 하려구요. 티비도 보구요."

"아, 진짜. 말이 잘 안 통하네. 야, 옥상으로 올라와."

옥상에는 불이 없어 무척이나 캄캄했다. 연병장도 조용하고 위병소 근처에만 불이 밝혀져 있을 뿐이었다. 강 병장이 민석에게 물었다.

"야, 너 교회에 갈 거야? 말 거야?"

"저는 종교는 억지로 믿고 싶지가 않아서요."

"말로 안 되겠네."

강병장이 옆에 놓여 있는 10kg 역기를 손으로 가리키며 말했다.

"야, 너, 이 역기 들고 서 있어."

민석은 무슨 일인가 싶었다.

"예? 역기를요? 왜요?"

"니 입에서 교회 가겠다는 말이 나올 때까지 이 역기 들고 서 있어. 나 내무반에 가서 티비 좀 보고 올 테니까 그때까지 서 있어."

민석은 아직도 무슨 일인지 상황 파악이 안 되었다. 그냥 아무 말 없이 강 병장을 바라보았다.

"뭐 해? 얼른 역기 들어!"

민석은 어쩔 수 없이 10kg 역기를 들어 올렸다.

"내가 돌아와서 이번 주에 교회 가겠다고 하면 그만 들게 할 거고, 만약 그래도 교회 가지 않겠다고 하면 밤새도록 역기 들고 있어. 알겠어?"

민석은 아무리 군대라고 해도 이건 아니다 싶었다. 하지만 강병장은 아랑곳하지 않고 옥상 문을 닫고 내려갔다. 강병장이 돌아올 때까지 역기를 들고 서 있는 민석은 점점 팔에 힘이 빠졌다. 시간이 갈수록 온몸에 땀이 흥건해지기 시작했고 얼굴에서는 땀이 줄줄 흘러내렸다. 강 병장은 한 시간 정도나 지나서야 옥상으로 돌아왔다.

"야, 정일병, 너 이번 일요일에 교회 갈 거지?"

민석은 머뭇거리다가 대답했다.

"아무리 생각해도 저는 무종교라 다음에 가겠습니다."

"야, 임마. 뭘 생각해. 그냥 가면 되지. 이번에 7종 박이병도 나하고 같이 가기로 했는데."

"아, 박 이병 말입니까?"

"그래, 임마. 고참이 까라면 까는 거지, 말이 많나?"

"그래도 저는 이번엔 힘들 것 같습니다."

강병장은 몹시 기분이 나쁜 표정이었다.

"알았어, 임마. 너는 필요 없고, 박 이병이나 사랑해야겠다."

민석은 순간 강병장의 말이 무슨 뜻인지 잘 이해가 되지 않아 고개를 갸우뚱했다.

"내려가서 일 봐라."

"예, 알겠습니다."

다음 날 아침 군수과 모든 계원들이 모였을 때 선임하사가 말했다.

"모두들 주목하고 듣는다. 오늘부터 혹한기 훈련 시작인 거 잘 알고 있지. 각자 자신들이 해야 할 일 잘 하도록. 혹한기 훈련 끝나면 바로 전군 재물 조사니까 준비를 철저히 하도록 한다. 이번에는 제발 깨지지 좀 말고. 대대장 이번에 승진 때문에 무지 예민하니까. 저번처럼 또 깨져서 뺑뺑이 돌지 말고. 알겠나?"

"예, 알겠습니다."

혹한기 훈련을 하기 위해 부대원 모두 연병장에 집합해 있었다. 대대장이 연단에 올라와 마이크 앞에 섰다.

"이번 혹한기 훈련을 위해 모든 사병들은 어떤 상황에서도 적의 침투에 맞서 싸울 만반의 준비를 해야 한다. 고생스럽겠지만 모두 수고해 주기 바란다. 알겠나?"

"예, 알겠습니다."

대대장의 말이 끝나자마자 모든 병사들이 차례로 트럭에 올랐다.

한 시간 이상을 달려 혹한기 훈련 장소인 산속에 도착했다. 산이라 그런지 부대보다 훨씬 더 추웠다. 일기예보에서는 영하 10도 정도라고 했지만, 피부로 느끼는 체감 온도는 그 이하였다. 모두들 추워서 덜덜 떨었다. 일단 2명이 1개 조가 되어 그날 자야 할 참호를 파야 했다. 민석은 상화와 한 조가 되었다. 민석이가 먼저 야삽을 들고 땅을 파기 시작했다.

"땅이 완전 얼어붙어서 파지지를 않는데."

"야, 흙 봐가면서 파. 아무 데나 판다고 되는 거 아냐."

"여기는 영 아닌가? 다른 데를 팔까?"

"으이구, 힘만 쓴다고 되냐? 내가 봐줄게."

상화가 이리저리 땅을 살펴보다가 말했다.

"야, 여기 파라. 이곳이 그나마 나을 거야."

"어디, 아, 정말 그러네. 여기는 그나마 파기 편하겠네."

민석과 상화는 교대로 열심히 땅을 파기 시작했다.

"근데 우리 오늘 밤 이 땅속에서 자다 얼어 죽을 거 같은데. 장난 아니게 춥잖아."

"잠은 무슨 잠을 자겠냐? 날밤 새는 거지. 야, 너 소주 안 가져왔지?"

"소주? 그거 먹다 걸리면 군기 교육 받을라구?"

"군기 교육이 문제냐? 얼어 뒈질 판에? 소주라도 먹어야 술기운에 버티지."

"아, 그렇겠다. 난 생각도 못했는데."

"내 그럴 줄 알았어. 니가 아는 게 있냐?"

"넌 갖고 왔냐?"

"내가 너 같은 줄 아냐? 니꺼까지 챙겨 왔어, 임마."

"어, 진짜? 멋진데."

"야, 너하고 나는 입대 동기, 군수과 동기야. 이런 인연이 쉽겠냐? 혹한기 훈련인데 간부들도 대충 밤에는 봐주겠지. 지들도 인간인데. 막말로 간부들도 땅 파고 자라고 해 봐. 그것도 딱 자기 키만한 구덩이 속에서. 이게 무덤인지, 참호인지 모르겠다. 마치 관속에 들어가는 것 같다."

"그건 그렇다. 이건 완전 관이나 마찬가지야. 여기서 얼어 죽으면 딱 그거지 뭐."

"야, 이따가 어두워지면 나하고 저 아래 민가에 가서 볏짚이나 가져오자."

"뭐? 볏짚?"

"그래, 이 한겨울에 아무것도 없이 모포 하나 달랑 가지고 이 땅속에서 잘 수 있겠냐? 진짜 얼어 뒈질래?"

"볏짚 가지고 오다 걸리면?"

"아, 진짜 범생이 아니랄까 봐. 걸리게 가져오냐? 안 걸려야지."

산속은 한밤이 되면서 기온이 뚝 떨어졌다. 야간 경계를 서고 있는 병사들은 추위 발을 동동 구르며 추위를 쫓고 있었다. 민석이와 상화는 위장하기 위해 덮어 놓은 나뭇가지를 살짝 들추고 땅속에서 몰래 나왔다. 살금살금 민가로 가서 볏짚을 몰래 가지고 돌아왔다. 야간 경계 서는 병사가 이를 발견했지만 못 본 척 해주었다. 상화는 기분이 좋은 듯 경계병에게 소리 없이 거수경례를 했다. 경계병도 상화에게 답례를 멋지게 했다. 민석이와 상화는 자신들이 파 놓은 참호 속에 볏짚을 깔기 시작했다. 볏짚을 다 깐 후 상화는 자신의 참호에 나뭇가지를 다시 덮었다. 상화는 민석의 참호로 숨어들었고 나뭇가지를 다시 덮어 가렸다. 참호 속에서 민석과 상화의 입김이 하얗게 나왔다. 상화는 준비한 촛불을 켰다.

"와, 그래도 볏짚을 까니 완전 딴 세상이다. 얼어 죽진 않겠는데."

"넌 내가 있어야 돼, 임마. 야, 소주 까 봐. 한 잔씩 마시자."

"걸리지는 않겠지."

"걸리면 말지, 뭔 걱정이야. 추워 죽는 것보다는 백 배 낫지."

"그래, 소주 마시면 춥지는 않겠다."

민석이가 소주를 깠다.

"야, 근데 잔이 없잖아?"

"아, 진짜. 잔이 왜 필요하냐? 야, 일루 줘 봐."

민석이가 상화에게 소주병을 건넸다. 상화는 소주 뚜껑을 뒤집어 그곳에 소주를 따랐다.

"이런 데서는 이렇게 마시는 거야, 알어?"

"야, 이건 몇 모금 되지도 않잖아?"

"임마, 소주 뚜껑에 조금씩 마셔야 밤새도록 마시지."

"아, 오케이."

민석과 상화는 소주 뚜껑에 소주를 주고받으며 마셨다. 둘이 재미있는 듯 참호 속에서 이야기를 계속했다. 쥐 죽은 듯이 조용한 혹한기 훈련장, 하지만 곳곳의 참호 속에서는 이야기들이 들려왔다. 다른 참호도 민석이네하고 별반 다르지 않은 듯했다. 참호 밖에는 하늘 높이 보름달이 떠 있었다.

거의 밤을 새우다시피 한 민석과 상화는 선임하사가 있는 간부 텐트로 향했다. 이때 하사관 텐트에서 중사 한 명이 나왔다. 중사는 민석과 상화를 불러 세웠다.

"야, 니네 둘!"

민석과 상화가 제 자리에 서서 중사에게 경례를 했다.

"야, 너희 저 텐트에 들어가서 모포 정리해."

"예, 알겠습니다."

민석과 상화가 하사관 텐트로 들어갔다. 텐트 안에는 난로가 켜져 있고 엄청 따뜻했다.

"뭐야, 이거. 여기는 완전 적도 지방이네. 누구는 땅속에서 자고, 누구는 따스한 남쪽 나라에서 자고."

"와, 밖은 만주벌판인데 여긴 완전 필리핀이다."

"간부니깐, 뭐. 야, 빨리 모포 개고 가자. 근데 지가 자빠져 자고 난 거는 지가 개든지 하지. 왜 바쁜 우리를 시키고 지랄이야, 지랄이"

"야, 신경 쓰지 마, 그냥 얼른 정리하고 가자."

민석과 상화는 중사가 잔 모포를 개기 시작했다. 둘이 모포를 마주 잡고 하나씩 개는데, 모포가 끝도 없이 많았다.

"도대체 이 인간 모포를 몇 개나 깔고 덮고 잔 거야?"

"우리는 모포 달랑 한 장인데 이건 몇 개야 대체?"

한참 만에 모포를 다 정리하고 나서 상화가 말했다.

"와, 진짜. 할 말 없다. 이 인간 모포를 30개도 더 깔고 30개도 더 덮고 잤네."

"세상에, 이 많은 모포를 혼자 깔고 덮은 거야?"

"누구는 모포 한 장으로 땅속에서 자고. 누구는 모포 60장으로 따스한 남쪽 나라에서 자고, 해도 너무 한 거 아냐, 이거."

민석과 상화는 고개를 절레절레 흔들며 하사관 텐트를 나갔다. 민석과 상화가 간부 텐트에 도착하자 선임하사가 열이 올라 있었다.

"야, 니들 왜 이리 늦게 오는 거야?"

"아, 예, 오다가 어떤 중사님이 뭐를 좀 시키셔서."

"뭐를 시키는데?"

"모포 좀 개라고 해서"

"그놈의 모포 개는데 일 분이면 끝나는 걸, 뭐 그리 오래 걸려?"

"아, 예. 그게 양이 좀 많아서..."

"야, 잔소리하지 말고, 부식 가서 다 꺼내와. 오늘 아침 양이 좀 모자란다니까."

"예, 알겠습니다."

민석과 상화는 부리나케 달려가서 부식을 취사반에게 전해주었다. 추운 곳에서 밥을 하는 취사병 속에는 김일병도 끼어 있었다.

한 시간이 지나 민석과 상화는 아침을 배식받아 자신들이 잤던 참호로 돌아왔다. 둘은 너무 추워 앉지도 못하고 서서 발을 구르며 밥을 먹었다. 상화가 말했다.

"야, 우리는 밖에서 이렇게 춥게 덜덜 떨면서 밥을 먹지만, 간부들은 난로가 켜진 따뜻한 곳에서 밥을 먹겠지?"

"그렇겠지, 뭐"

"세상이 왜 이리 불공평한 거지?"

"야, 세상은 원래 불공평한 거야. 아무 생각하지 말고 그냥 밥 먹는 게 그나마 마음 편해"

"아, 그래도 좀 억울하잖아?"

"억울하긴, 세상이 다 그런걸. 제대하면 그런 일은 없겠지."

"아냐, 제대해도 별 차이 없을 거야. 아마 더 무서운 세상이 우리를 집어삼키려고 기다리고 있을 줄 몰라."

"야, 춥다. 얼른 먹고 식판이나 닦으러 가자."

"식판은 어디서 닦지?"

"저기 저 냇물에다 닦아야지 뭐."

민석과 상화는 밥을 먹는 둥 마는 둥 하고 나서 식판을 닦으러 냇물로 향해 갔다.

길고 긴 4박 5일의 혹한기 훈련이 끝났다. 민석과 상화를 비롯한 사병들 한겨울 바람이 들이치는 트럭에 앉아 부대로 복귀하고 있었다. 추위에 온몸이 모두 얼어붙은 듯 아무도 말을 하지 않았다.

트럭의 요란한 진동에도 아랑곳하지 않고 눈을 감은 채 잠든 병사들도 있었다.

다음 날 아침 군수과에는 모든 계원들이 여느 때처럼 모여 있었다. 군수장교가 말했다.

"모두들 혹한기 훈련하느라 수고 많았다. 이제 다음 달에 있을 재물 조사 준비를 철저히 하도록. 일 년 중에 제일 중요한 것이니 정신 차려서 한다. 알겠나?"

"예, 알겠습니다."

한 달 동안 민석은 정신없이 재물 조사 준비를 했다. 홍병장은 이미 제대를 했다. 민석은 업무를 잘 알지도 못한 채 혼자 재물 조사 준비를 하느라 엄청 헤맬 수밖에 없었다. 한 달이 금방 지나가고 마침내 전군 재물 조사 기간이 시작되었다.

재물 조사가 시작되는 날 아침 군수장교가 군수 계원에게 말했다. 베테랑 군수장교도 조금은 긴장한 표정이었다.

"오늘부터 재물 조사 시작이다. 준비 다 끝났지?"

"예, 끝났습니다."

"이번에는 아무 문제 없이 잘 마치도록 한다. 알겠나?"

"예, 알겠습니다."

민석이 담당하는 것은 1종이었기에, 재물 조사는 민석이부터 시작되었다. 민석은 조사관을 데리고 1종 창고로 갔다. 1종 창고는 먼지 하나 없이 깨끗하게 정리되어 있었다. 재물조사관은 장부와 창고에 있는 실물을 비교해 가며 샅샅이 조사하기 시작했다. 점심을 먹고 나서 민석은 재물조사관을 3종 창고로 데리고 갔다. 재물조사관 한 명이 갑자기 민석에게 말했다.

"야, 비상유류 다 꺼내서 열어 봐."

민석은 약간 놀랐다. 이제까지 비상유류를 열어 본 적이 없었기 때문이었다. 비상유류를 점검하리라고는 생각지도 못했다. 민석은 비상유류 드럼통을 하나씩 꺼냈다. 재물조사관 한 명이 비상 유류의 뚜껑을 열고 냄새를 맡아 보고는 말했다.

"야, 너 1, 3종 맡은 지 얼마 됐어?"

"한, 석 달 됐습니다."

"니 사수는?"

"예, 지난달에 제대했습니다."

옆에 있는 다른 재물조사관을 말했다.

"얘가 덤탱이 쓰겠는데? 석 달 된 애가 뭘 알겠어?"

"야, 니 사수는 언제부터 군수 계원이었어?"

"제가 알기로는 이병 때부터라고 들었습니다."

"그 자식은 알았겠네. 2년 넘게 군수 계원을 했으니."

"야, 너 이 비상유류 전에 열어 본 적 있어?"

"아니요, 오늘 처음입니다."

"그전에는, 여기 청소만 했어?"

"예, 그렇습니다. 비상유류는 절대 손대지 말라고 해서요."

재물조사관 한 명이 민석의 눈과 얼굴을 계속 쳐다보았다.

"내가 관상은 도사거든. 내 눈 좀 자세히 봐봐."

민석은 무슨 뜻인지 모른 채 어리둥절해하며 재물조사관을 보았다. 재물조사관이 한참 민석을 본 후 말했다.

"거짓말할 눈은 아니다."

다른 재물조사관이 민석에게 말했다.

"야, 비상유류에 코 대고 냄새 잘 맡아봐. 눈으로 자세히 보든가."

민석은 시키는 대로 냄새를 맡았지만 왜 그것을 시키는지 알 수가 없었다.

"쟤는 몰라. 두 달밖에 안 된 신삥이야."

"야, 비상유류는 언제 쓰는 거야?"

"전투 발발했을 때 사용하기 위한 비축유입니다."

"근데 기름이 아니라 물이 반 섞여 있잖아, 임마."

민석은 깜짝 놀랐다.

"예? 그게 무슨 말씀입니까? 기름에 물이 섞여 있다니요?"

"쟤는 모른다니까. 표정을 좀 봐라."

"그렇겠다. 말할 필요도 없겠다. 야, 전부 원위치 시켜."

"예, 알겠습니다."

민석은 비상유류를 원위치 시켰다. 재물조사관이 말했다.

"야, 전쟁 나면 물 섞인 유류로 전쟁할 수 있겠냐, 엉? 재물 조사 끝나고 나서 비상유류 전부 다 바꿔. 알겠어?"

민석은 아직도 뭐가 뭔지 잘 몰라 얼떨결에 대답만 했다.

"예."

재물조사관이 3종 창고를 나가면서 서로 무언가 심각한 이야기를 하고 있었다. 조사관들의 모습이 사라지자 민석은 그들이 한 말을 다시 생각해 보았다. 하지만 민석은 왜 비상유류에 물이 섞여 있는 것인지 감을 잡을 수가 없었다. 분명히 재산대장에는 모든 비상유류에 기름이 꽉 차 있다고 되어 있었다. 기름 대신 물이었다면 그 기름은 도대체 어디로 간 것이란 말인가? 비상유류가 드럼통으로 한 두 개도 아닌데 그 많은 기름이 어디로 사라져 버린 것일까? 민석은 아무리 생각해도 이해가 가지 않았다.

민석은 유류 창고를 정리한 후 군수과로 가고 있었다. 가는 길에 멀리서 재물조사관이 탄약 창고를 조사하는 것이 보였다. 멀리서지만 강병장이 곤혹스러운 표정이었다. 평상시의 강병장의 모습하고는 너무나 달랐다. 군수장교가 재물조사관의 눈에 띄지 않는 나무 그늘에 숨어 그 모습을 지켜보고 있었다. 군수장교의 얼굴이 몹시도 일그러져 있다는 것을 민석은 쉽게 알아볼 수 있었다.

며칠에 걸친 재물 조사가 다 끝나고 모든 군수 계원들이 군수과 사무실로 모였다. 군수장교의 얼굴이 말이 아니었다. 웬만해서는 화를 잘 내지 않는 사람이었는데 오늘은 달랐다. 군수장교가 소리를 빽 지르며 말했다.

"준비 다 했다며, 어? 근데 어떤 건 엄청 남고, 어떤 건 엄청 모자라고, 뭐야 대체? 또 작살났잖아, 이 새끼들아."

군수장교가 강 병장을 향해 물었다.

"야, 실탄 얼마나 남는다는 거야?"

"예, 700발 정도입니다."

"야, 내일, 대대 실거리 사격 훈련 있지?"

"예, 오후에 있습니다."

"군수과 전원 내일 실거리 사격한다. 오후 대대 실거리 사격 끝나고 나서 남는 실탄 우리가 다 소모해. 알겠어?"

"예, 알겠습니다."

다음날 오후 늦게 군수과 모든 계원들은 실거리 사격장으로 갔다. 아직 실거리 사격장에는 PRI가 한참이었다. 모든 실거리 사격 훈련이 끝나자 다른 부대원들은 내무반으로 돌아갔다. 강병장이 사로에 서서 말했다.

"야, 700발 소모해야 하니까 각자 100발 이상 쏴야 해. 그냥 자동으로 놓고 갈겨."

민석이가 물었다.

"강 병장님, 이거 실탄 너무 아까운데요. 다음 훈련에 쓰면 안 됩니까? 아니면 그냥 재산으로 잡으면 안 됩니까?"

박상병이 말했다.

"야, 그게 그런 게 아냐. 넌 아직 잘 몰라서 그래. 재산으로 잡으면 더 복잡해져. 아무 생각 말고 그냥 우리가 다 쏴버리는 게 편해."

상화가 나섰다.

"근데 민석이 말도 맞아요. 이게 돈으로 치면 수천만 원일 텐데."

강병장이 화가 난 듯 소리를 질렀다.

"아이, 짜식들, 진짜. 뒤질래? 그걸 누가 모르냐, 임마. 군대가 워낙 그런 걸 어떡하냐? 잔말 말고 그냥 쏴. 이 새끼들아."

군수과 계원들은 모두 더 이상 말하지 않고 소총을 자동으로 놓고 갈기기 시작했다. 수십 발의 총알이 한꺼번에 나가면서 소음이 엄청났다. 박상병이 무언가 생각난 듯 말했다.

"강 병장님, M60 탄환도 남지 않습니까?"

"아, 맞다. 야, 박 이병. 너 무기고에 가서 M60 가져와, 캐레바50도."

박이병이 대답했다.

"예, 알겠습니다."

군수과 계원들은 자신이 람보인 것 마냥 멋진 폼을 잡아가며 자동으로 실탄을 소모했다. 박이병이 M60과 캐레바50을 가져오자 강 병장과 박상병이 엎드려쏴로 사격을 했다. 소총하고는 소리부터 달랐다.

사격이 끝나고 민석과 상화가 저녁을 먹고 나서 식당 근처 그늘에 앉아 담배를 피워 물었다.

"진짜 원 없이 사격해 봤네. 민석아, 나 람보 같지 않았냐?"

"엉, 너 람보 같았어. 애기 람보."

"근데, 왜 그 많은 실탄을 그렇게 낭비해?"

"낸들 알겠냐? 그냥 재산으로 잡아도 되는 거 아닌가 싶다. 우리가 모르는 뭔가가 있겠지."

"진짜 이해가 안 된다. 그 많은 실탄을 그냥 쓰레기처럼 버리다니. 오늘 우리가 쓴 거 돈으로 따지면 엄청날걸."

"그래, 수천만 원은 그냥 넘을걸."

"그 큰돈을 공중에 그냥 뿌린 거네."

"그렇지. 그 많은 돈을 불 속에 넣은 거나 마찬가지지."

"알다가도 모르겠다. 진짜. 근데, 재물조사관들 그런 것을 어떻게 다 알아냈지? 우리는 진짜 완벽할 줄 알았잖아. 재산대장하고 다 맞춰놨고."

"그러니까 귀신이지. 걔네들은 우리하고는 차원이 다른 거야. 그리고 문제를 찾아내지 못하면 걔들도 아마 엄청 깨질걸. 근데, 비는 거는 다 어디로 간 거야, 대체? 야, 1, 3종도 많이 비지?"

"엉, 근데 그게 정 병장 있을 때 재산들이야. 난 그거는 잘 모르거든."

"누군가 군대 재산을 몰래 조금씩 빼내는 거 아냐, 이거?"

"야, 말도 안 돼. 누가 그런 배짱이 있겠냐? 군대 물건 빼내서 뭐 하게?"

"야, 누가 아냐, 그거로 용돈 챙기는지?"

"에이, 설마. 누가 군대 물건을 훔치겠어?"

민석과 상화 서로 이야기하면서도 뭔가 찜찜한 표정이었다.

저녁을 먹고 밤이 되자 민석이와 상화 그리고 박이병이 내무반 밖으로 나와 바람을 쐬며 얘기를 했다. 모두 약속이나 한 듯이 밤하늘을 바라보았다. 상화가 물었다.

"야, 민석아. 저거 무슨 별자리인 줄 아냐?"

"아, 저거, 오리온."

"역시, 대단해. 저런 걸 다 알다니."

박이병은 하늘을 바라보며 아무 말이 없었다.

민석은 박이병의 어두운 표정을 보고 말을 건넸다.

"박이병, 군대 이제 좀 적응할만하냐?"

박이병은 바로 대답을 하지 못한 채 얼굴이 어두워 보였다.

"아아. 예. 그저 그냥…."

상화가 박이병을 한참 바라보며 말했다.

"박이병, 뭐 힘든 거 있냐? 어려운 거 있으면 뭐든 말해. 그래도 같은 군수관데."

"예, 알겠습니다."

"말로만 알겠습니다, 하지 말고. 야, 너하고 우리는 최소 2년은 같이 생활해야 해. 서로 도와주고 그래야지."

"근데 너는 동기도 없지?"

"예, 저 혼자입니다."

"아, 좀 그렇겠다. 동기가 있으면 힘이 되는데. 나하고 민석이처럼."

"박이병, 내무반에서 니 옆에는 누구야?"

"예, 강병장님입니다."

"강 병장님하고 옆에 지내는 것 어떠냐?"

박이병이 갑자기 고개를 숙인 채 대답을 하지 못했다.

"강 병장님이야 이제 왕고참인데 니가 편할 수도 있지 않어?"

박이병이 머뭇거리며 대답했다.

"아, 예…."

상화가 박이병의 눈치를 보더니 말했다.

"강병장은 내가 볼 때 성욕이 너무 강해."

"야, 너는 가끔 귀신 씨나라 까먹는 소리 하더라. 갑자기 무슨 성욕? 니가 강병장 성욕이 강한 걸 어떻게 아냐?"

"야, 너는 몰라서 그래. 이 몸은 경험이 많잖냐. 다 보이는 게 있어. 아는 사람은 알지만 모르는 사람은 모르는 거다. 내가 볼 때 강병장은 변강쇠야."

민석은 어이없다는 듯 크게 웃었다.

"야, 변강쇠는 아무나 되는 줄 아냐?"

"으이구, 너는 아무리 설명해도 몰라. 다 아는 수가 있어. 그렇지 않냐, 박이병?"

"아, 예…."

"야, 박이병이 그런 걸 어떻게 알겠냐? 너 같은 줄 아냐?"

"아, 참. 답답하기는. 바로 옆자리잖아. 맨날 옆에서 자는 데 그런 걸 모르겠냐?"

"야, 내 옆에는 박상병인데 나는 모르겠던데."

"아이구, 참 대단하시네. 니가 그걸 알 턱이 있겠냐?"

박이병이 밤하늘을 바라보며 한숨을 내쉬었다. 민석이 시계를 보고 나서 말했다.

"야, 쓸데없는 소리 하지 말고 들어가자. 잘 시간 됐어. 내무반

정리해야지."

"야, 박이병, 힘든 거 있으면 얘기해. 나한테. 민석이한테는 얘기해봐야 소용도 없을 테니."

"아, 짜식. 야, 박이병 얼른 들어가자."

세 명 모두 내무반으로 들어가는데 박이병의 걸음이 왠지 무겁게 느껴졌다.

재물 조사가 끝나고 얼마 지나지 않은 아침, 대대장이 문을 벌컥 열고 들어오며 소리를 질렀다.

"야, 군수장교!"

군수장교가 자리에서 벌떡 일어나 대대장에게 달려갔다. 대대장이 군수장교의 조인트를 있는 힘껏 걷어차며 말했다.

"너는 밥 처먹고 뭐 하는 놈이야, 어? 임마, 재물 조사 완벽히 준비했다며. 진짜, 너 땜에 내가 밥맛이 읎어, 이 새끼야. 군수과 전원 완전군장으로 연병장 100바퀴. 알겠어?"

"예, 알겠습니다."

대대장이 군수과 문을 발로 걷어차고 나갔다. 군수장교가 군수 계원들을 돌아보며 말했다.

"야, 군장 싸라."

군수 계원들 모두 고개를 푹 숙인 채 힘없이 대답했다.

"예"

햇볕이 내리쬐는 날씨에 군수과 전원이 완전군장으로 뺑뺑이를 돌았다. 땀을 비 오듯 흘리며 전부들 헉헉거리고 있었다. 임하사는 창문 너머로 군수과가 뺑뺑이 도는 모습을 보고 있었다.

"군수과 저 놈아들은 계절 바뀔 때마다 뺑뺑이에요. 에구, 불쌍한 것들."

김 이병이 말했다.

"오늘은 여름 같은 날씨라 무지 더울 텐데요."

"야, 오늘 몇 도냐?"

"27도입니다."

"땀으로 샤워하것네. 군수과 매년 여름 환영 행사지. 내 해마다 봐 왔다 아이가."

"정말입니까?"

"그래. 쟤네들 계절 바뀔 때마다 계절 환영 행사하지 않니. 근데, 재물 조사 비는 건 누가 뻥친 거야?"

"뻥을 치다니요?"

"야, 내 짬밥 되면 다 보인다. 누가 도둑질하지 않았으면 이런 일이 없지. 누가 훔친 거 맞을 거다. 누군지 그게 문젠기라."

김이병이 임 하사를 바라보며 존경하는 듯한 눈빛으로 감탄하며 말했다.

"아, 그렇게 되는 겁니까?"

일요일 저녁 내무반에서 민석과 상화는 식사를 하고 나서 티비를 보고 있었다. 민석은 일요일 저녁 시간의 프로가 제일 재미있었다. 이때 내무반 문이 열리며 선임하사가 들어왔다.

"야, 정일병 일루 잠깐 나와봐."

민석이 선임하사에게 달려갔다.

"무슨 일이십니까, 선임하사님."

"야, 1종 창고 열쇠 좀 줘 봐."

민석이 깜짝 놀라며 답했다.

"예? 1종 창고 열쇠를요. 오늘 일요일인데 무슨 일 있습니까?"

"일은 무슨. 내가 확인해 볼 것이 있어서 그래."

"아, 제가 같이 가서 확인해 드리겠습니다."

"일요일인데 그냥 쉬어. 내가 하면 되니까."

"군수 장교님이 창고 열쇠 아무나 주지 말라고 해서요."

"아, 새끼. 내가 아무나?"

선임하사가 민석을 째려봤다. 민석은 그 기에 눌려 대답하고 말았다.

"예, 알겠습니다. 잠깐만 기다리십시오."

민석이 내무반으로 들어가 자신의 사물함에서 1종 창고 열쇠를 가져왔다.

"여기 있습니다. 선임하사님."

"오케이. 내가 오늘 밤 당직이니까 내일 아침 먹을 때 작전과로 가지러 와."

"예, 알겠습니다."

민석이 다시 상화 옆으로 왔다.

"무슨 일이야?"

"아, 선임하사가 1종 창고에 뭐 확인할 게 있다고."

"뭔데?"

"낸들 모르지. 말을 안 해주니."

상화도 무슨 일인지 알지 못하는 듯 고개를 갸우뚱하고 말았다.

그날 밤 1종 창고 앞에는 트럭 한 대가 서 있었다. 선임하사와 엄병장이 1종 창고에서 쌀을 꺼내 트럭에 실었다. 다른 물건도 일부 트럭에 실었다. 선임하사가 선탑한 트럭을 엄병장이 운전을 해서 위병소를 통과했다.

한 시간 후 읍내 시장 쌀가게 옆에는 선임하사가 선탑한 트럭이 주차되어 있었다. 엄병장은 졸린 지 운전대에 머리를 대고 졸고 있었다. 선임하사는 쌀 가게 사장과 대화하고 있는 중이었다. 둘 다 서로 웃는 표정이었다. 쌀가게 사장은 하얀 봉투에 돈을 넣고 선임하사의 주머니에 살짝 넣어주었다. 선임하사는 기분이 좋은지 털털하게 웃었다. 쌀가게 사장과 인사를 하고 나온 선임하사가 트럭 문을 열고 들어와 엄병장을 깨웠다.

"야, 엄 병장, 일어나. 가자."

엄병장이 깜짝 놀라며 답했다.

"예!"

엄병장이 졸린 눈으로 시동을 걸었다. 선임하사는 콧노래를 부르며 옆의 유리 창문을 열고 바람을 맞았다. 얼굴에 미소가 가득한 선임하사는 엄 병장을 보고 싱글벙글하고 있었다. 선임하사가 엄 병장의 어깨를 치며 말했다.

"출발~~~."

민석과 상화는 아침을 먹고 식당 밖에서 햇살을 맞고 있었다.

"야, 오늘 날씨 진짜 끝내준다."

"그러네. 날씨 좋으면 뭐 할 일 있냐?"

"할 일은 뭐, 매일 똑같은 거지. 너는? 애인한테 편지라도 쓰지."

"내가 애인이 어디 있냐? 너는? 애인 있다고 했잖아."

"있으면 뭐 하냐? 이미 고무신 거꾸로 신은 지 오래다."

"뭐, 벌써? 아직 군대 온 지 일 년도 안 됐잖아."

"야, 요즘은 1년은커녕 몇 개월이면 좋이야, 임마. 너 같은 순딩이가 여자를 아냐?"

"그래? 그럼 너 어떻게 하냐?"

"어떻게 하긴, 거꾸로 돌아간 고무신이 다시 돌아오겠냐?"

"냐아 뭐, 고무신 한 개도 없었으니, 맘은 편하다."

"잘 났다, 짜식. 하나도 안 부럽네."

"야, 얼른 들어가 봐. 군수장교 너 찾을 거 같아. 난 3종 창고 가 봐야 해."

"그래, 이따 점심 때 보자."

상화와 헤어진 민석은 3종 창고에 와서 청소를 하기 시작했다. 민석이 모르는 사이 엄병장이 살며시 3종 창고로 다가와 말했다.

"정 일병. 부탁 하나 할게. 기름 좀 넣어줘."

"어, 기름 넣은 지 얼마 되지 않았습니까? 또 넣어야 합니까?"

"아, 저번에 조금밖에 안 넣었어. 기름 없다고 해서. 어제 시내를 갔다 왔더니 기름 바닥이다. 언제 또 나가야 할지 알 수 없어.”

“아, 근데 어제는 일요일인데 시내는 왜 나갔습니까?”

“아, 그런 일이 좀 있어.”

“아, 그렇습니까? 트럭 끌고 오십시오. 지금 넣죠. 뭐.”

“그래. 고마워. 역시 정 일병은 나이스 해.”

엄병장이 트럭을 끌고 와 유류 창고 앞에 트럭을 댔다. 민석은 엄병장의 트럭에 주유기를 대고 기름을 넣기 시작했다. 엄병장이 민석에게 살며시 다가와서 말했다.

“야, 니가 1, 3종이니까 말인데. 이건 비밀인데, 아무래도 너는 알고 있어야 하지 않나 싶다. 아무한테도 말하지는 말구.”

“예, 무슨 비밀입니까?”

엄병장이 조심스럽게 민석에게 다가와 말했다.

“선임하사 쌀 시내에 팔아먹고 그래. 너 몰랐지?”

민석이 기겁을 하며 놀랐다.

“예에? 쌀을 팔아먹다니요? 그게 무슨 말씀입니까?”

“너는 순진해서 잘 모를 거야. 한두 번도 아니고, 툭하면 용돈벌이를 하니. 근데 맨날 나만 데리고 가니까, 그것도 힘드네. 물론 같은 고향 사람이기 하지만. 나도 양심에 조금 걸린다.”

민석이 어리둥절해하며 물었다.

“선임하사가 쌀을 팔아먹습니까?”

“에휴, 그러려니 해라. 대한민국에 그런 사람이 한둘이겠냐?”

민석은 너무 놀라 아무 생각도 없는 표정이었다.

저녁을 먹고 난 후 내무반에서 상화가 민석의 어두운 얼굴의 표정을 보고 다가와 물었다.

"야, 너 무슨 일 있어? 얼굴이 왜 그래?"

민석이 조금 놀라며 답했다.

"내 얼굴이 어때서?"

"야, 엉아는 못 속여. 넌 순진해서 얼굴에 다 쓰여 있어, 임마. 너 무슨 고민 있지? 여친은 없으니, 여자 문제는 아니고. 뭐야, 대체?"

민석이 한참 고민하다 말했다.

"나도 모르겠네."

"아, 짜식. 그래 뭘 모르겠는데."

"아, 글쎄, 아까 수송대 엄병장 때문에."

"아, 진짜 답답해서. 그게 뭐냐구?"

민석은 상화를 한참 바라보며 고민하다 말했다.

"아냐, 넌 몰라도 돼."

"아, 짜식. 진짜. 알았어. 임마. 얼굴이나 펴. 귀신이 잡아먹을 것 같으니까."

얼마 후 헌병대 차량 한 대가 위병소를 통과한 후 부대 구석진 곳에 은밀하게 주차를 했다. 민석은 평상시와 마찬가지로 1종 창고를 정리하고 있었다. 민석에게 헌병대원 두 명이 조용히 다가와 물었다.

"야, 니가 1종 계원이냐?"

헌병대를 본 민석은 깜짝 놀랐다.

"예, 맞습니다."

"놀라긴, 뭐 그리 놀라냐? 야, 잠깐 하던 것 멈추고 우리 따라와 봐."

"근데 누구십니까?"

"안 잡아먹으니까 조용히 거리 두고 따라 와."

헌병대원이 민석을 데리고 조용히 자신들의 차가 있는 곳으로 갔다. 민석을 헌병대 차 뒷좌석에 태우고 자신들도 차에 올랐다.

"야, 1, 3종 니가 하는 거 맞지?"

"예, 맞습니다. 근데 이런 차 안에서 왜 그런 것을 물어봅니까?"

민석은 올 것이 왔구나 하는 표정으로 다소 놀랐다. 헌병대원이 민석의 표정을 한참 관찰한 후 말했다.

"너무 겁낼 건 없고, 묻는 것에 대답만 해. 너, 선임하사가 쌀 팔아먹은 거 알아, 몰라?"

민석은 속으로 깜짝 놀라지만 애써 표정을 관리했다.

"그게 무슨 말씀입니까?"

"야, 우리가 몇 년 동안 조사한 건데, 한두 번이 아니라서 그래. 거짓말할 생각은 하지 마."

헌병대원 한 명이 다른 헌병대원을 보며 말했다.

"근데 다시 보니까 얘는 일병인데?"

"야, 너 언제부터 군수 계원이었어?"

"한, 석 달 됐습니다."

헌병대원은 잠시 실망한 듯한 눈빛이었다.

"일병인데 군수 계원 한 지 석 달이라고?"

"예, 그렇습니다."

"그럼 전에는 뭐 했는데?"

"소총수였습니다."

"니 사수는?"

"얼마 전에 제대했습니다."

헌병대원이 다른 헌병대원을 보며 낭패인 듯한 표정을 지었다.

"야, 잘 들어. 만약 너 거짓말하면 너도 영창 갈 수 있어. 군수 계원 된 지 얼마나 됐는지는 상관없어. 너, 선임하사가 쌀 팔아먹는 거 알고 있어?"

민석은 애써 당황하지 않은 표정으로 한참 있다가 생각을 한 후 말했다.

"저는 잘 모릅니다."

"야, 너 사실대로 얘기 안 하면 너도 영창이야, 임마. 아는 대로 솔직히 말하면 문제 될 건 없고."

"니가 1종 계원인데 그걸 모를 리는 없을 텐데?"

민석은 굳은 결심을 한 듯 말했다.

"전 정말 모릅니다. 진짜입니다."

"너 조금이라도 우리 속이면 헌병대로 같이 가야 할 거야. 알아?"

"예, 알겠습니다."

헌병대원 한 명이 다른 헌병대원을 보며 말했다.

"아무래도 애 사수를 찾아야겠는데."

다른 헌병대원이 고개를 끄덕인 후 말했다.

"야, 너 선임하사 조심해. 그 양반 몰래 쌀 팔아먹는 거 확실하니까. 너도 엮이면 빨간 줄이야, 임마. 창고 열쇠 절대 아무나 주지 말고. 알겠어?"

민석이 가까스로 대답했다.

"예, 알겠습니다."

"넌 보니깐 그런 일 하고는 상관없을 것 같긴 한데. 어쨌든 일 잘해."

"야, 우리 여기 온 거는 아무한테도 말하지 마. 알겠어?"

"예."

헌병대원이 민석을 차에서 내리라고 한 후 위병소를 은밀하게 빠져나갔다. 헌병대 차를 계속 바라보는 민석의 얼굴엔 고민이 가득했다.

그날 저녁 민석과 상화는 내무반을 정리한 후 밤바람을 쐬기 위해 밖으로 나갔다. 상화가 담배를 빨아 동그라미를 그리며 연기를 내뱉었다.

"야, 너는 군대에서도 담배 안 피냐? 이 좋은 걸 왜 안 한다냐?"

"우리 집 남자들은 다 폐암으로 죽었어. 어릴 때부터 할머니한테 담배 손도 대지 말라고 귀에 못이 박히도록 들었다. 완전 세뇌 교육인 거지."

"담배 핀다고 다 폐암 안 걸려, 임마. 야, 근데 니 얼굴 아직 동굴 같아. 얘기 안 해줄 거야? 동기인 나한테도?"

민석이 잠시 고민하더니 말했다.

"상화야, 선임하사 나이가 얼마인지 아냐?"

"선임하사, 왜? 아마 40대 중반 되지 않았을까?"

"그럼 애들도 많이 크겠지?"

"그렇지. 아마 우리 나이 또래이거나 좀 더 어리거나."

"우리 아빠처럼 돈도 많이 들겠지. 애들 키우려면."

"아, 짜식, 오밤중에 무슨 봉창 두들기는 소리냐? 선임하사가 너한테 뭐라고 그래?"

"아냐, 그냥 왠지 우리 아빠 생각나서. 우리 아빠 나한테 돈도 많이 썼는데. 선임하사도 비슷할 거 같아서."

"넌 속에 무슨 동굴이 들어 있는 거 같아. 가끔 혼자 동굴 안에 있다가 나오는 거 같구. 야, 남자가 그냥 탁 터놓고 살아. 속 시원하게."

"됐어. 들어가자."

"아, 짜식. 싱겁긴. 내가 여친 얘기해 줄까?"

"아이, 난 됐어. 다른 애들한테나 해."

상화가 장난치듯 민석의 목을 감싸며 내무반으로 들어갔다.

며칠 후 앰뷸런스가 급하게 위병소를 통과하고 있었다. 대대장 실에 앉아 있는 대대장은 무언가 홀린 듯 정신이 나간 표정이었다. 작전장교가 대대장 실을 노크하고 들어왔다.

"대대장님, 앰뷸런스가 위병소를 통과했답니다."

"그래, 알겠다."

앰뷸런스 뒤에는 헌병대 차량도 따라왔다. 작전장교가 헌병대에게 인사를 건넨 후 대대장실로 안내했다. 앰뷸런스에서 내린 응급요원들은 어디론가 급하게 달려갔다. 대대장이 자리에서 일어나 헌병대를 맞이했다. 헌병대원이 대대장에게 인사를 한 후 자리에 앉았다.

"발견된 지 얼마나 됐습니까?"

"오늘 점호 시간 지나서 6시 10분 정도였습니다."

"저희 조사가 끝날 때까지 일단 보도 규제하겠습니다. 하지만 보호자에게는 알려야 할 것 같습니다."

"예, 그렇게 하시지요."

민석은 아침을 먹고 나서 상화에게 물었다.

"야, 박 이병이 확실하대?"

"응, 그렇대."

"어디서 그런 거래?"

"보조재 창고. 거기에 도구가 많잖아."

"목맨 거 맞아?"

"밧줄로 그런 거 맞대."

"아니, 걔가 왜? 조용하고 말도 없던 애가? 무슨 이유로?"

상화가 조용히 민석에게 다가가 귀에 대고 말했다.

"야, 너만 알고 있어. 아무한테도 얘기하면 안 돼. 진짜 비밀로

해야 해.”

“야, 내가 뭐 그런 걸 안다고 누구한테 얘기하겠냐?”

“야, 박이병 자살 맞아.”

“아니, 글쎄 박 이병이 자살할 이유가 뭐냐고.”

“강병장인 거 같아.”

민석은 더욱 쇼킹한 표정이 되었다.

“아니, 강병장이 왜?”

“야, 이건 진짜 얘기 안 하려고 했는데 너니까 하는 거다.”

“아, 진짜 무슨 일인데?”

“야, 성폭행 같애.”

민석은 순간 충격을 받은 표정이었다. 무슨 생각이 언뜻 스쳐 지나가는 표정으로 말했다.

“아니, 세상에.”

민석은 강병장이 전에 한 말이 기억났다. 너 말고 박이병이나 사랑해야겠다는 강병장이 말이 뇌리에 스쳤다.

그 시각 강병장은 헌병대에 체포되어 취조실에서 조사를 받고 있었다. 헌병대원이 물었다.

“솔직히 다 얘기해. 박이병이 쓴 일기장이 있어.”

강병장은 고개를 숙인 채 어두운 표정이었다.

“너, 박이병만 그랬어? 아니면 다른 애도 건드렸어?”

강병장은 아무 대답을 하지 못하고 있었다.

“야, 이 새끼야, 니가 사람을 죽인 거 하고 뭐가 다르겠냐? 박이병이 얼마나 견디지를 못하겠으면 목을 맸겠니? 걔, 홀어머니 혼자야. 박 이병 어머니는 이제 뭘 바라보고 살겠냐? 너도 인간이면 최소한의 뭔가는 있어야 되는 거 아냐?"

강병장이 고개를 들지 못한 채 눈물을 흘리기 시작했다. 잠시 후 강 병장이 자백을 시작했다.

박이병은 남자치고는 예쁘장하게 생긴 미남형이었다. 강병장은 신입 병사였던 박이병이 전입해 올 때부터 관심을 두고 있었다. 어느날 성욕을 참지 못하던 강병장은 박이병을 억지로 끌고 보조재 창고로 갔다. 거기서 완강히 거부하는 박이병을 완전히 벌거벗긴 채 성폭행을 했다. 이후 주말이면 남의 눈을 피해 그 일을 계속해 왔다. 한번 당한 박이병은 강병장의 강압에 저항하지 않았고, 강병장은 그렇게 박이병과 성행위를 즐겼다. 그리고 박이병은 자신이 당했던 보조재 창고에서 천장에 밧줄을 매고 스스로 목숨을 끊고 말았던 것이다.

자백을 모두 끝낸 강병장은 고개를 들지 못했다. 강병장에게 수갑이 채워지고 군대 영창으로 이송되어 갔다.

며칠 후 민석과 상화가 박이병의 어머니를 모시고 영안실로 들어갔다. 박이병의 시체를 확인하는 박 이병의 어머니는 뒤로 넘어지며 정신을 잃고 말았다. 박이병의 어머니를 부축하는 민석과 상화의 눈에도 눈물이 흐르고 있었다.

사건이 마무리된 후 대대장을 포함한 부대 간부들과 군수 계원들이 박이병의 장례를 치렀다. 계속해서 눈물을 흘리는 박이병의 어머니를 본 군 간부들은 고개를 숙인 채 아무 말도 하지 못했다. 장례식장의 가을 하늘은 높고 푸르기만 했다. 흰 구름은 바람에 날려 어디론가 가고 있었다.

장례식이 끝난 다음 날 민석을 비롯한 군수과 계원들은 평상시와 다름없이 하던 일을 하고 있었다. 군수과 박이병의 자리엔 하얀 국화가 놓여 있었다. 적막한 군수과 사무실엔 서무계인 상화의 타자 두드리는 소리만 들려오고 있었다.

3. 다시 들려오는 풍경소리

우현에게 있어 환희는 그의 전부였다. 하나밖에 없는 아들, 그 무엇을 주고도 바꿀 수 없는 가장 사랑하는 존재였다. 병원을 향하는 동안 아들의 목소리가 귀에 계속 맴돌았다. 사실이 아닐 거라고, 절대 그런 일은 없을 거라는 생각은 응급실에 도착하자마자 산산조각이 나버렸다. 이미 모든 것이 끝나 있었다. 그가 할 수 있는 것은 아무것도 남아있지 않았다. 환희는 이미 세상을 떠난 뒤였다. 십 년도 살지 못한 그의 아들은 눈을 감은 채 차갑게 식어 있었다.

수련의가 우현에게 다가왔다. 환희가 응급실에 왔을 때는 이미 심장은 멈추어 있었다고 했다. CPR를 했지만 소용이 없었고, 사고를 낸 트럭 운전사는 경찰서에서 조사를 받고 있다고 했다. 교통사고가 어떻게 났건, 사고를 낸 운전사가 처벌을 받건, 환희가 다시 돌아오지 못한다는 사실을 우현은 너무나 잘 알고 있었다.

환희를 화장하던 날 함박눈이 쏟아졌다. 화장터를 가는 길이 한참이나 막혔다. 환희가 우현의 옆을 떠나기 싫었던 것인지, 우현이 환희와 작별하는 시간이 미루어지기를 바랐던 것인지 하늘은 그들의 이별을 잠시나마 늦추어주는 것 같았다. 화장터에 도착했을 때도 눈은 멈추지를 않았다. 하얀 눈으로 덮여 있는 세상이 마치 천국 같았다. 환희가 살아 있었다면 너무나 즐거워할 그런 모습이었다.

우현은 유리창 너머에 놓인 조그마한 관을 바라보았다. 그 안에 그가 사랑하는 아들이 놓여 있었다. 환희가 들어 있던 관이 붉은 화염에 휩싸이기 시작했다. 아무 말 없이, 그 자리를 뜨지 못한 채 우현은 그 모습을 바라보기만 했다. 옆에 있던 아내인 서연은 흐느껴 울었고 나중에는 통곡으로 변해 버렸다.

화장이 끝난 후 환희를 담은 납골함이 우현의 손에 주어졌다. 우현과 환희가 평상시에 즐겨 가던 집 근처 사찰에 그것을 맡겼다. 대웅전을 나오며 신발을 신을 때 차가운 겨울바람이 불었다. 그 바람 소리에 풍경소리가 들렸다. 청아한 그 소리에 환희의 목소리가 귀에 울려 퍼졌다. 이제는 더 이상 사랑하는 아들의 목소리를 들을 수 없다는 생각이 가슴을 스치고 지나갔다. 이제는 보고 싶어도 볼 수 없고, 함께 하려 해도 함께 할 수 없는 시간만이 주어질 것이기에 그 시간을 어떻게 감당해야 할지 막막할 뿐이었다. 떨군 고개를 들어 하늘을 보니 계속 내리던 눈이 조금씩 멈추려 하고 있었다. 민석의 마음속에는 시간도 멈추는 것 같았다. 유난히 추웠던 겨울이 그렇게 끝나가고 있었다.

우현은 나름대로 열심히 살아왔다. 중고등학교 시절, 그는 마치 그림자 같았다. 학교에서나 집에서도 조용히 자신이 해야 할 일만 하는 아이였다. 부모 속을 크게 썩인 적도 없고, 친구들과 다투거나 문제를 일으킨 적도 없었다. 공부를 썩 잘하지는 못했지만, 상위권에 들어 서울에 있는 대학을 졸업할 수 있었다. 우연한 기회에 출판사에 취업을 했고, 그곳에서 10년을 일해 왔다.

일을 끝내고 우현은 오랜만에 고등학교 친구들을 만났다. 약속했던 곱창집에 들어가니 이미 민석이는 자리를 잡고 기다리고 있었다.

"우현아, 여기"

"민석이 오랜만이네. 별일 없었지? 호철이는 아직인가 보네."

"아, 저기 온다. 쟤는 맨날 지각이야."

호철이는 연예인 같은 패션으로 친구들이 있는 자리로 다가왔다. 민석이는 예전과 마찬가지로 호철이에게 한마디 했다.

"너는 지각 좀 안 하면 어디가 덧나냐? 맨날 다른 사람 기다리게 하고. 얼른 와, 앉어."

"오, 그래, 친구들 진짜 오랜만이다. 우현아, 너는 학교 때나 지금이나 똑같다. 그렇게 열심히 사는 거 힘들지 않어?"

"열심히 살긴 누가?"

"누구긴 누구야, 너지. 너같이 성실한 사람이 대한민국에 어디 있냐?"

"오랜만에 맞는 말 한다. 그렇게 살다 탈 날까 겁나."

"잔소리 그만하고 이거나 먹자."

"야, 근데 민석이 너 얼굴이 좀 어두운 것 같다. 무슨 일 있어?"

"아, 별일은 아닌데, 혹시 너희 우찬이 연락되냐? 전화를 해도 안 받고."

"왜, 너는 걔가 그립냐. 맨날 만나니까 난 안 그립구?"

"아이, 자식. 농담이 아니라, 내가 그 녀석에게 돈을 좀 빌려줬거든. 근데 갚지도 않고 연락도 안 되네."

"그럴 돈 있으면 나를 좀 빌려주지. 근데 얼마나 빌려줬는데?"

"삼천만 원"

"뭐? 삼천만 원? 그렇게나 많이? 미친 거 아냐? 근데 사실 그놈 나한테도 돈 빌려달란 적 있었는데."

"그래? 호철이 넌 그래서 빌려줬어?"

"빌려주긴? 내가 돈이 어디 있냐? 나도 빌려줄 수 있는 돈 좀 있으면 행복하겠다. 그런데 그 자식 끈질기게 빌려달라고 하더라. 나중엔 내가 아예 전화도 안 받았어."

"나도 우찬이한테 돈 빌려줬는데."

"우현이 너까지? 넌 얼마나 빌려줬는데?"

"오천만 원"

"얘 봐라. 한술 더 뜨네. 그렇게 큰돈을 뭘 믿고 빌려줘?"

"고등학교 때 우찬이하고 많이 친했잖아, 옆집에 살았고, 하도 힘들다고 해서 빌려줬는데. 6개월만 쓰고 갚는다고 했는데."

"야, 너네들 조심해, 무슨 일 있을 줄 알고 그렇게 돈들을 빌려주냐?"

우현이는 뭔가 이상한 생각이 들어 핸드폰을 꺼내 우찬이에게 전화를 걸었다. 하지만 신호만 갈 뿐이었다.

"그 녀석 전화 안 받냐?"

"응, 신호는 가는데 안 받네."

"걔한테 무슨 일 난 거 아냐?"

"에이, 어떻게 되겠지, 오랜만에 만났는데 기분 깨지 말고 술이나 먹자."

우현이는 친구들과 술을 마시고 이야기를 하는 도중에도 자꾸 환희에 대한 생각이 났다. 이제는 집에 들어가도 환희가 없다고 생각하니 더욱 우울해졌다. 사랑하는 사람이 이 세상에 존재하지 않는다는 것은 그 어떤 것으로도 치유되지 않는 듯했다.

늦게까지 술을 마셨지만, 우현은 새벽 5시 30분이 되자 습관처럼 눈이 떠졌다. 수영가방을 챙기고 집 앞에서 마을버스를 탔다. 출근하기 전 매일 아침 한 시간씩 수영해온 지 벌써 8년째였다. 옷을 갈아입고 수영장에 들어가니 수영장 내 커다란 벽시계가 6시를 가리키고 있었다. 체조를 하고 배정된 레인으로 가서 같은 반 사람들과 인사를 했다. 일상은 그렇게 변하지 않았다. 환희가 없는 세상도 변함없이 돌아가고 있었고, 그토록 사랑했던 아들이 없는 마당에도 우현은 예전처럼 수영을 하고 있었다. 물속에서도 우현은 환희 생각이 났다. 갑자기 자신에게 환희가 반갑다고 달려들 것만 같은 생각이 들었다.

수영을 끝내고 우현은 다시 동네 버스를 탔다. 출근 시간이라서 버스 안에는 사람들로 가득했다. 버스로 지하철역까지 간 후, 지하철을 타고 출근을 했다. 회사까지는 두 번을 갈아타야 하고, 한 시간 이상 걸려야 도착할 수가 있었다. 매일 아침 이런 똑같은 패턴이 10년 정도 계속해 왔다. 회사에 가면 오전부터 퇴근할 때까지 정신없이 일을 처리하느라 하루가 어떻게 지나가는지도 몰랐다.

일을 다 마치고 바로 퇴근을 했다. 아파트 문을 열고 거실을 지나 습관처럼 환희의 방으로 들어갔다. 환희의 방에는 아내가 불도 켜지 않은 채 환희 침대에 누워있었다.

"여보, 나 왔어. 뭐 좀 먹기는 했어?"

아내는 말이 없었다. 서연은 환희가 세상을 떠난 후 갈수록 말을 잊어 살아가는 사람이 되어 버렸다.

"저녁이라도 같이 먹으려고 일찍 왔어."

"나 밥 생각 없으니 당신이나 먹어."

서연은 가까스로 대답을 할 뿐이었다.

"49재도 지났는데 당신도 이젠 기운을 좀 내야지."

서연은 여전히 눈을 감은 채 말이 없었고, 우현은 할 수 없이 조용히 문을 닫고 나왔다. 식탁으로 가 밥솥을 열어보니 아무것도 없었다. 우현은 멍하니 생각하다 그냥 침실로 들어가 옷을 벗고 침대에 누웠다. 한숨을 크게 내쉬며 눈을 감았다.

다음 날 아침 출근을 하자마자 우현에게 김 과장이 다가왔다. 김 과장과는 입사 동기로 10년을 회사에서 함께 했다. 김 과장이 우현에게 커피를 건네주었다.

"소식 들었어? 이번에 출판사에서 명예퇴직 많이 한다는 것 같아."

"얼핏 들었어. 그래도 10년 넘게 다녔는데 우리는 아니겠지."

"요즘 출판사 상황이 워낙 안 좋은가 봐. 회사 매출이 거의 반이상이 줄었대. 인건비가 감당이 안 되나 봐. 옆 건물의 있는 출판사는 이미 직원의 삼 분의 일이나 그만두었대. 더 지나면 어차피 회사에서 월급을 줄 수도 없다고 그만둔 사람도 많은가 봐."

"그래도 우리는 10년을 회사에 바쳤는데 큰일이야 없겠지."

"난 아무래도 불안하다. 이러다 갑자기 그만두라고 하면 이 나이에 어디를 가야 할지 진짜 갑갑해."

"설마, 그렇게까지 될라구, 이따 점심이나 같이 하자."

"그래, 그러자. 이따 내가 이리로 올게."

김 과장이 돌아갔지만, 우현은 일이 손에 잡히지 않았다. 회사에서 보낸 10년이라는 세월이 주마등처럼 스치고 지나갔다. 주위에 보면 다니던 직장을 그만두는 친구들이 하나씩 생기고 있었다. 자의로든, 타의로든 그렇게 직장을 그만두고 나면 마땅히 갈 곳도 없었다. 조그마한 가게를 내서 자영업을 하는 친구들이 대부분이었다. 무엇을 위해 살아왔는지 회의감에 빠져 지내는 친구들도 많았다. 우현은 생각해 보았다. 학창 시절부터 한눈팔지 않고 최선을 다해 살아왔건만, 이 모든 것은 무엇을 위한 것이었을까? 무언가를 이루기 위해 그렇게 뛰어왔건만, 언젠가는 그 모든 것이 사라지고 마는 것이 아닌가 하는 생각이 들었다.

다음날 우현은 월차를 내서 어머니와 함께 병원에 갔다. 지난 어머니의 건강 검진 결과 정밀 검사를 요한다는 의견이 있어서였다. 혈액검사와 소변검사를 한 후, 영상 의학과로 가서 MRI와 PET 촬영을 했다.

"어머니, 너무 걱정하지 마셔요. 괜찮을 거예요."

"그래, 별일이야 있겠니? 근데 너무 미안하구나. 네가 환희 잃은 지 얼마 되지도 않았는데 내가 신경 쓰게 만드는 것 같아서."

"별말씀을 다 하세요. 제 걱정은 마시고 어머니 건강 잘 챙기셔야 해요. 그동안 아버지 없이 어머니 혼자 고생 많이 하셨잖아요."

우현은 말없이 어머니의 손을 잡았다. 그런데 왠지 모를 불안감이 밀려왔다. 이 불안감은 어디서 오는 것일까? 환희가 떠났거늘, 또 다른 무언가가 다가오는 것은 아닌지 우현은 왠지 마음이 무거웠다.

어머니를 집에다 모셔드리고 집으로 돌아온 우현은 환희 방에 들어갔지만, 아내가 없었다. 안방으로 가도 없었다. 거실에서 보니 아내는 베란다에서 바깥을 바라보고 있었다. 베란다 문을 열고 나가 아내에게 다가갔다.

"여보 왜 여기 있어? 바깥바람이 무척 찬데."

서연은 멍하니 아파트 밖 풍경을 보고 있었다. 우현이 다가가니 아내가 눈물을 흘리고 있었다.

"환희가 나보고 오래."

"그게 무슨 말이야? 죽은 환희가 어떻게 당신을 불러?"

서연은 밤하늘을 바라보며 계속 눈물을 흘렸다.

"어여 들어가자."

우현은 서연을 데리고 방으로 들어갔다. 아내를 침대에 눕히고 불을 꺼준 후, 우현은 조용히 문을 닫고 방에서 나왔다. 아내가 있었던 베란다로 가 어두운 밖을 바라보았다. 모든 것은 예전이나 다름없었다.

다음날 우현은 회사가 끝나고 민석이와 호철이를 만났다. 갑자기 민석이가 급한 듯 만나자는 연락이 왔다. 민석이의 얼굴이 무척이나 어두웠다.

"애들아, 우찬이 감방 갔단다."

호철이마저 깜짝 놀란 듯했다.

"그 자식, 기어이. 사고 쳤구만."

"빌려준 돈 받기는 다 틀린 것 같다."

"우현아, 너도 오천이나 빌려줬다며? 어떻게 하냐?"

우현은 고개를 숙이고 소주만 들이마셨다.

"우현이 너는 우찬이 하고 워낙 친했는데…."

"너네, 어떻게 하냐? 친구 잃고 돈 잃고."

"야, 골치 아프니까 그만하고 이거나 먹자."

모두 삼겹살과 소주를 먹었지만, 흥이 하나도 없었다.

며칠 후 우현은 우찬이가 있다는 교도소로 면회를 갔다. 면회실에서 기다리는 동안 왠지 마음이 먹먹했다. 우찬이가 면회실로 나왔다. 고개를 들지 못한 채 우찬이가 말했다.

"정말 미안하다. 사업하던 게 한꺼번에 다 얽히는 바람에…."

"그래도 제일 친했던 너라 믿고 빌려준 건데…. 아파트 빼고는 그게 전부였어…."

"진짜 미안하다…."

우현은 무슨 말을 해야 할지 몰랐다. 한참 생각하다가 어쩔 수 없다는 생각이 들었다.

"그만 들어가 봐. 난 갈게."

우찬이가 고개를 숙인 채 일어나 들어갔다. 우현은 교도소 밖으로 나와 먼 하늘을 바라보며 담배를 꺼내 물었다. 하늘에는 곧 비라도 오려는 듯 검은 구름이 낮게 깔려 있었다. 우현은 고개를 떨어뜨리고 땅을 쳐다보며 힘없이 터벅터벅 걸었다. 그동안 애써왔던 많은 것들이 하나씩 사라져가는 것을 느꼈다. 가장 믿었던 친구도 잃었다는 생각에 허탈함이 밀려왔다. 아끼고 아껴가며 힘들게 모았던 돈도 한순간에 날아간 듯한 느낌이었다. 어차피 그 돈은 잃어버린 친구처럼 돌아오지 않을 것이란 생각이 들었다.

우현은 출근을 하고 평상시처럼 일을 하고 있었다. 여직원 한 명이 우현에게 다가왔다.

"상무님이 사무실로 오시래요."

"어, 알겠어."

우현이 상무의 사무실을 노크하고 들어갔을 때 상무의 낯이 무척이나 어두웠다. 우현을 쳐다보며 조금 머뭇거린 끝에 말했다.

"저기, 말이야. 자네도 알겠지만, 이번에 회사가 워낙 어려워서. 회사가 앞으로 더 좋아질 것 같지도 않다는 결론이 나서. 말하기가 좀 그런데. 10년 넘은 부장 이하 직원들부터 명예퇴직 대상이 되었어. 자네도 이번에 대상자에 포함이 되어서….”

우현은 갑자기 멍해졌다. 상무를 쳐다보았지만 아무 말도 하지 않았다.

우현은 퇴근하고 나서 홀로 강둑에 앉아 소주를 마셨다. 멀리 보이는 시내 야경이 보였다. 도로에는 수많은 자동차들이 오고 가고 있었다. 멀리 보이는 다리에는 불을 밝힌 지하철이 지나가고 있었다. 밤하늘을 바라보는 우현은 아무 생각도 나지 않았다. 그동안 그토록 애쓴 결과가 겨우 이것이었던 것일까? 10년 넘도록 자신의 젊음을 이 회사에 바쳤거늘, 회사는 너무나 냉정하게 자신을 내치고 만다는 생각에 헛웃음이 나왔다. 이 상황에서 우현은 무엇을 할 수 있는 것일까? 회사에 무슨 말을 한다고 해서, 받아들여지는 것도 아니고, 자신의 한계 넘은 어떠한 힘이 너무나 잔인하게 그를 누르고 있다는 것만 느낄 뿐이었다. 혼자 마시는 소주도 이제는 지겨웠고, 하나도 위로가 되지 않았다. 우현은 허탈하게 일어나 집으로 향했다.

얼마 후 우현은 어머니와 함께 병원에서 검사 결과를 기다리고 있었다. 간호사가 우현 어머니의 이름을 불렀다.

“어머니, 잠시만 기다리세요. 제가 먼저 의사하고 이야기 좀 해 볼게요.”

“그래, 여기서 기다리고 있을게.”

우현이 진료실로 들어가고 의사와 인사했다.

"안녕하세요? 많이 기다리셨나요?"

"아닙니다. 많이 기다리지 않았습니다. 결과가 어떻게 나왔나요?"

"네, 결과가 나오긴 했는데, 좀 좋지 않은 상황입니다. 유감스럽게도 췌장암 말기입니다."

"네? 췌장암요? 그럴 리가요? 평소에 별 증상이 없었는데요?"

"암이 워낙 그렇습니다. 어머니 연세도 있으시고. 수술하기에 너무 늦었어요."

우현은 하늘이 무너지듯 할 말을 잊었다.

일주일 후 우현은 어머니를 입원시켰다.

"어머니, 너무 걱정하지 마세요. 제가 있잖아요."

"그래, 내 걱정하지 말고 네 몸이나 생각해. 나야 뭐 살 만큼 살았는데."

"일단 수술하고 항암은 수술 결과 보고 결정하면 된대요. 힘내셔야 해요, 어머니."

"그래, 힘내야지. 너를 봐서라도."

우현은 어머니에게 이불을 덮어드렸다.

병원에서 한참이나 머무른 후 잠이 드신 어머니를 본 후 우현은 집으로 돌아왔다. 문을 열고 들어온 순간 왠지 집안 분위기가 이상했다.

"여보, 나 왔어. 하루 종일 전화도 받지 않더니 어딜 간 거야?"

환희 방에 들어가도 아내는 없었다. 환희 방에서 나와 혹시나 하는 마음으로 베란다로 나가 보았다. 베란다에는 아내의 몸이 공중에 대롱대롱 매달려 있었다. 우현은 눈앞의 모습이 도저히 믿어지지 않았다.

"여보! 안돼! 왜 당신까지!"

우현은 미친 듯이 울부짖으며 소리를 질렀다.

아내는 그렇게 이승을 떠나 환희가 있는 저승으로 갔다. 아내의 장례를 치르는 우현은 모든 것을 다 잃은 것 같았다. 아내의 화장되는 모습을 보는 우현의 눈에서 끊임없이 눈물이 흘러 내렸다. 주위 사람들이 말을 걸어도 우현은 반응이 없었다.

아내의 장례를 마치고 우현은 사찰을 찾았다. 사찰에는 여름이 한창이었다. 녹음이 울창한 산은 아무 일도 없었다는 것 같았다. 사찰 옆 계곡에는 시냇물이 평상시처럼 소리 나게 흘러가고 있었다. 법당에서 땀이 비 오듯이 흘리면서 우현은 절을 계속했다. 삼천 배를 채우려는 듯, 우현의 몸은 힘이 없었다. 어디선가 목탁 소리와 함께 무상게(無常偈)의 독경 소리가 들렸다.

"부무상계자 입열반지요문 월고해지자항 시고 일체제불 인차계고 이입열반…."

절을 다 마친 우현이 바닥에 쓰러져 머리를 감싼 채 흐느꼈다.

우현은 저녁을 먹고 아파트 근처 공원엘 나갔다. 서쪽 하늘엔 노을이 아름답게 펼쳐져 있었다. 노을을 바라보며 담배를 피워 물었다. 공원에는 많은 어린아이들이 뛰어놀고 있었다. 환희와 놀던 일이 생각이 났다. 조그마한 환희의 손이 우현의 손에 들어올 때 우현은 너무나 행복했었다. 이제는 더 이상 그런 행복을 우현은 느낄 수 없었다.

어느 한 부부가 아이들의 모습을 손을 잡고 지켜보고 있었다. 하지만 이제 우현에게는 아내마저 없었다. 손을 잡고 싶어도 잡을 사람이 없다는 것이 이리도 가슴 아픈 것이란 사실을 예전에는 몰랐다. 우현이 담배를 한 모금 깊게 빨고 내쉬었다. 노을을 바라보는 우현은 모든 것을 체념한 표정이었다.

마지막으로 회사에 출근한 우현은 책상을 정리하고 자신의 짐을 쌌다. 주위의 동료들과 가볍게 인사를 하고 사무실을 나섰다. 사람들이 아쉬워하는 표정으로 우현을 배웅하려 엘리베이터까지 따라 나왔다. 팀장이 다가왔다.

"이렇게 보내서 어찌해야 할지 모르겠다. 내가 전화할게. 소주나 한잔하자."

우현은 지나가는 말인 줄 알면서도 미소를 지었다.

"네. 다음에 한 번 뵈어요."

엘리베이터의 문이 닫히기 전 동료들과 멋쩍은 표정으로 마지막 인사를 했다.

민석이에게 전화가 와서 나갔다. 식당에는 민석이와 호철이가 먼저 와서 기다리고 있었다.

"우현아, 너 열심히 산 것 다 알아."

"그동안 회사를 위해 그 많은 세월을 바쳤는데. 너무한 거 아냐?"

우현은 아무 말 없이 소주만 마셨다.

"그래서 너무 열심히 살 필요가 없어. 누가 알아주기나 한다냐? 세상 대충 살아야 해. 양심 지킬 필요도 없고. 거짓말도 가끔 하면서. 진짜 대강대강 살아야 해. 착하면 손해 보는 게 세상이야."

"열심히 안 살면 어쩌냐? 그렇게라도 버텨야지. 우현아, 너 말고도 이번에 힘든 사람들 진짜 많아. 기운 내."

"야, 아무 말 하지 말고 마시기나 하자. 말해서 뭐 하겠냐."

우현은 고개를 숙인 채 소주만 마셨다.

친구들과 헤어진 후 우현은 병원으로 갔다. 이제 우현에게 남아있는 것은 어머니가 유일했다. 어머니가 잠드신 침대 밑에서 우현은 밤을 새우다시피 했다.

아침에 일어나 어머니 식사를 챙겨드리고 담당 의사 선생의 진료실로 갔다. 우현은 어머니의 이름이 불리자 진료실로 들어갔다. 의사는 어두운 표정으로 말했다.

"아무래도 준비하셔야 할 것 같습니다. 이미 다른 곳으로 다 전이가 돼서. 길어야 한두 달입니다."

"이제 정말 다른 방법이 없는 것인가요? 저한텐 이제 어머니밖에 없는데."

"워낙 늦게 발견이 돼서 항암도 소용이 없었습니다. 가시는 길이라도 편하게 해드리는 것이 최선일 듯합니다."

우현은 진료실을 나와 어머니가 입원하고 계신 병실을 향했다. 병실 문을 열고 조용히 들어왔다. 어머니는 잠들어 있었다. 살이

다 빠져 초췌한 모습이었다. 우현은 어머니 손을 꼭 잡았다. 잠들어 있는 어머니의 모습을 바라보니 어린 시절 생각이 났다. 행복은 한순간일 뿐, 그리 오래 가지 못한다는 생각이 들었다.

3개월 후 우현은 또다시 장례식을 치렀다. 많이 지인들이 찾아와 애도를 표했다. 민석이와 호철이가 다가와 우현이를 위로해 주었다.

"우현아, 힘내라. 어머니 그래도 편하게 가셨을 거야."

"그래, 넌 효자였어. 어머니에게 자랑스러운 아들이었어. 기운 내라."

민석이와 호철이는 우현의 등을 두드려 주고 나서 식사를 하러 갔다. 자리에 앉으려다 말고 민석이는 우현이에게 손짓을 했다.

"우현아, 너도 같이 먹자."

"그래. 이리 와." 호철이도 맞장구를 쳤다.

"난 괜찮아. 어여들 먹어."

민석이와 호철이는 더 이상 권하지는 않았다.

"이게 뭔 일이라냐? 우현이, 쟤 올해 초상만 세 번 치른다. 기가 막히겠다."

"누가 아니래냐? 저승사자는 쉬지도 않는대? 뭔 일이라고 그렇게 바쁘게 데려간대. 귀신도 곡하겠다. 도대체 신은 뭘 하려고 그러는 건지."

"우현이 쟤, 이제 무슨 힘으로 살아갈지 걱정이다."

"그래 말이다. 버틸 힘이라도 있을까 모르겠다."

"야, 한잔 해."

민석이와 호철이는 거푸 소주잔을 비웠다.

어머니의 장례식이 끝난 후 우현은 아파트를 내놨다. 며칠 되지 않아 부동산 중개소에서 연락이 왔다. 우현은 집에 들어가기 전 부동산 중개소를 들렀다.

"마침 급하게 집을 찾는 사람이 있었어요. 요즘 경기가 안 좋아서 매매가 정말 드물어. 집이 마음에 든다고 계약하겠대요."

"네, 애써 주셔서 감사해요."

"내가 감사하지. 그래도 시가보다 좀 싸게 내놓으셔서. 그런데 아파트 팔고 어디로 가셔요?"

"아, 갈 때는 있어요."

"아, 그래요. 사겠다는 사람 있을 때 얼른 계약하는 게 나아."

"네, 바로 계약할게요."

"그래, 잘 생각하셨어. 내가 매수인에게 얼른 연락할게."

우현은 미련을 갖지 않고 환희와 아내와 살았던 아파트를 정리했다. 더 이상 이곳에서 살아갈 용기가 나지 않았다. 우현이 아파트를 떠나던 날 마지막으로 베란다에서 휘황찬란한 도시의 야경을 바라보았다. 담배를 꺼내 물었다.

"환희야, 여보, 나도 이제 이 아파트 떠나. 여기서는 더 이상 못 살 것 같아. 그리고 이 도시도 마지막이야."

우현은 멀리 도시의 야경을 바라보며 담배 연기를 천천히 내뿜었다.

우현은 모든 것을 잃었다. 환희도, 아내도, 어머니도, 친구도, 직장도, 그동안 40년을 힘써 달려왔건만, 어느날 갑자기 그 모든 것을 잃어버리고 말았다. 그동안 열심히 살아온 모든 것들이 결국은 이렇게 허무하게 사라져 버렸다. 이제는 다시 얻을 것도, 얻으려 노력할 힘도 그에겐 남아있지 않았다. 앞으로 그 무엇을 해도, 그의 마음을 채울 수 있는 것은 하나도 없을 것이라는 생각이 들었다. 아무것도 가진 것 없이 이 세상에 왔기에, 아무것도 가진 것 없이 떠나야 한다는 것은 알지만, 그에게는 더 이상 살아가야 할 이유도, 그럴 만한 능력도 없는 것 같았다. 조용히 남은 시간을 아무도 없는 곳에서 사랑했던 이들을 그리워하며 살아가기로 했다.

우현은 아파트를 떠나 산속 한 사찰로 들어갔다. 속세에 대한 모든 미련을 버리기로 했다. 사찰 주위엔 단풍이 붉게 물들어 있었다. 쌓여 있는 낙엽을 스님들이 부지런히 치우고 있었다. 며칠 후 사찰의 한 법당 안에는 노스님 한 분이 가운데 서 있고, 우현은 무릎을 꿇은 채 앉아 있었다. 우현 옆에 서 있던 다른 스님 한 분이 우현의 머리를 자르기 시작했다. 우현은 고개를 숙인 채 눈을 감고 있었다. 거침없이 잘라진 우현의 머리칼이 방바닥에 떨어졌다. 대웅전 밖에는 겨울을 재촉하듯 나뭇잎이 하나둘 떨어지고 있었다.

사찰에서의 하루는 정신없이 지나갔다. 가을이 깊어가서 그런지 해도 몹시 짧았다. 우현은 하루 일과를 마치고 잠자리에 들었다. 이미 모두가 잠들었는지 사방이 다 고요했다. 잠이 오지 않아

다시 일어나 앉아서 조용히 법문을 펼쳐 읽었다. 법문을 읽다 고개를 들어 눈을 감았다. 우현의 머릿속에 환희와 아내, 어머니 모습이 생각났다. 우현이 다시 마음을 다잡은 듯 다시 법문을 읽어나가기 시작했다.

아침에 일어나 예불과 공양을 마치고 창고 근처에서 우현은 다가오는 겨울에 사용할 땔감을 위해 도끼로 나무를 패고 있었다. 나무를 패고 있던 우현 옆으로 다람쥐 한 마리가 다가왔다. 다람쥐를 물끄러미 보다가 다람쥐를 향해 우현은 자신도 모르게 말했다.

"너는 행복이 뭔지, 불행이 뭔지 모르지? 그런 네가 부럽다."

우현은 아무 생각 없이 다람쥐를 보기만 했다. 우연히 이 근처를 지나가다가 이 모습을 발견한 민서는 걸어가던 걸음을 멈추고 다람쥐와 이야기하는 우현을 바라보았다.

민서는 고아였다. 너무 어릴 때 보육원에 맡겨져 친부모의 얼굴도 기억하지 못했다. 보육원 친구들과 모든 것을 함께 했다. 하지만 어떤 따뜻함을 느끼진 못했다. 가끔 보육원에 봉사활동 하러 온 언니와 오빠들이 있었다. 그럴 때마다 잠시 푸근한 순간을 느끼긴 했지만 그때뿐이었다. 몇 시간이 지나면 언니 오빠들이 돌아간다는 것을 알았다.

학교에 다니면서 친구들에게 많은 괴롭힘을 당했다. 엄마 아빠가 없었기에 어쩌면 당연한 것인지도 몰랐다. 하지만 그러한 것이 쌓여 커다란 상처로 남았다. 친구들이 무섭고 두려웠다. 학교에서 말하는 시간이 줄어들었다. 점점 홀로 지내는 시간이 많아졌다. 중

고등학교에 가서도 마찬가지였다. 학교가 끝나면 홀로 보육원에 돌아와 책을 읽으며 시간을 보냈다. 마음 통하는 친구 하나 없이 그렇게 고등학교를 마쳤다.

보육원은 산자락에 자리 잡고 있었다. 그리 멀지 않은 곳에 조그만 사찰이 있었다. 주말에 시간이 나면 보육원 친구들과 그곳에 가서 시간을 보내곤 했다. 대웅전을 구경하기도 하고, 법당 옆에 피는 예쁜 꽃들을 보기도 했다. 바쁘게 돌아다니는 스님들의 모습을 한참이나 바라보기도 했다. 일요일에는 예불이 끝나고 사찰에서 주는 밥을 먹기도 했다. 사찰음식은 보육원 음식하고 별반 다를 게 없었다. 새벽에 가끔 일찍 눈이 떠졌을 때, 사찰에서 종소리가 들리곤 했다. 왠지 모르게 그 소리가 마음에 와닿았다. 몇 번이나 울리는지 속으로 세어보기도 했다. 차라리 절에 가서 살면 어떨까 하는 생각을 하곤 했다. 스님들의 모습에서 편안함을 느꼈기 때문이었다. 하지만 여자가 스님이 된다는 것이 쉽지 않다는 것을 은연중 느끼고 있었다.

마음이 힘들수록, 외로움을 느낄수록 사찰에서 들려오는 종소리가 귀에 쟁쟁하게 들렸다. 때로는 혼자서 절에 올라가기도 했다. 아무도 없는 법당 툇마루에 앉아 멀뚱멀뚱 시간을 보내고 오기도 했다. 바람이 불면 들리는 풍경소리가 마음 깊은 곳까지 울리곤 했다. 풍경소리를 들으면서 얼굴도 모르는 엄마와 아빠 생각을 하곤 했다. 왜 자신을 낳았는지, 왜 낳아놓고 기르지 않았는지, 왜 버렸는지, 살아는 있는지, 어디서 무엇을 하고 있는지 그냥 궁금하기도 했다. 살아서 한 번이라도 만날 수는 있을지, 만나면 알아볼 수는 있는지 풍경소리는 그런 생각을 하게 만들었다.

그렇게 시간을 보내다 서쪽 하늘에 노을이 보이면 자리를 털고 다시 보육원으로 돌아오곤 했다. 가끔은 그냥 절에서 자고 싶은 마음이 생기기도 했다. 혼자 지내는 것이 익숙해지면서 더욱 그런 생각이 들었다. 앞으로 자신을 사랑해줄 수 있는 사람이 나타날지, 자신이 누군가를 좋아할 기회라도 생길 것인지 그냥 궁금하기도 했다. 민서는 사춘기가 무엇인지도 모른 채 그렇게 소녀가 되었고, 중고등학교에 가서 더욱 말수가 줄어들었다. 하루종일 학교에 있어도 민서에게 말을 거는 아이도 없었고, 민서가 말을 건네는 아이도 없었다. 학교가 끝나고 나면 보육원에 돌아와 특별히 할 일이 없었기에 그저 책을 읽거나 공부를 하곤 했다. 그렇게 고등학교를 졸업하고 민서는 장학금을 받고 지방 대학에 진학할 수 있었다. 그리고 기억도 나지 않을 때부터 지냈던 보육원을 나와서 혼자 세상 속에서 살아가야만 했다.

대학에서 사랑하는 사람을 만났다. 그 사람의 아이를 임신했지만, 남자의 강압으로 아이를 지울 수밖에 없었다. 그리고 그 남자는 아무 말없이 민서를 버리고 떠나버렸다. 부모에게서 버림을 받은 민서는, 처음으로 마음과 몸을 준 남자에게도 그렇게 버림을 받았다. 그녀는 자신이 있을 곳은 세상이 아니라는 생각이 들었다. 또다시 버림을 받아들일 자신이 없었다. 자신을 버리지 않을 곳을 찾아 민서는 어릴 때부터 마음을 편하게 해주었던 사찰에 들어왔다. 사랑이라는 단어가 그녀를 회피해 갔듯, 그녀는 세상을 피하기로 했다.

법성 스님의 방에 노크를 하고 민서가 들어왔다. 법성 스님에게 삼배의 예를 올린 후 조용히 무릎을 꿇고 앉았다. 그 모습을 진지하게 바라보는 법성 스님은 조용히 민서에게 차를 만들어 주면서 물었다.

"그래, 비구니계는 잘 받았느냐?"

"네, 스님"

"여기에 온 지 얼마나 되었지?"

"꼭 10년입니다, 스님."

"그동안 오랜 세월 참으로 애 많이 썼다. 부모 없이 힘들게 보냈던 세월은 다 잊어야 해. 너에게 상처를 준 사람도 용서하고."

"잘 알고 있습니다, 스님."

"비구니계를 받았다고 다 끝난 것이 아니야. 항상 마음이 편안할 수 있도록 끊임없이 수행하고 정진해야 해. 오늘은 마음 편하게 푹 쉬거라."

"네, 스님."

법성 스님의 방문을 열고 나오는 민서가 밤하늘을 바라보았다. 유난히 별빛이 반짝였다.

공양을 하고 나온 우현에게 지장 스님이 묵직한 물건을 들고 다가왔다.

"이것 좀 저쪽 비구니 스님들 거하는 곳에 좀 가져다주게. 거기 계시는 해정 스님 찾아서 좀 전달해 주게나."

"이게 뭐에요?"

"아, 이번에 해정 스님이 비구니계를 받았어. 우리 사찰 차원에서 정성을 모든 것이야. 요즘 비구니가 되는 경우가 워낙 드물어서."

"아, 네. 알겠습니다."

비구니 사찰엔 적막함이 감돌고 있었다. 아침을 먹고 비구니 스님들이 마당을 쓸고 있었다. 공양간 주위에도 분주히 사람들이 오고 가고 있었다. 우현은 지나가는 한 비구니 스님에게 물었다.

"저기, 해정 스님에게 이것을 좀 전달하러 왔습니다."

"아, 네. 저쪽 법당 안으로 가 보세요."

우현은 법당 쪽으로 가며 이리저리 둘러보았다. 비구니 스님들이 거하는 곳이라 분위기가 다른 것에 조금 놀랐다. 민서가 있는 법당에 다가온 후 법당 안을 들여다보았다. 법당 안에서 민서가 끊임없이 절을 하고 있었다. 우현이 법당 안에서 나오는 한 스님에게 물었다.

"혹시, 해정 스님 여기 계신가요?"

"아, 저기 절하고 계시는 분이세요."

"네, 감사합니다."

우현은 민서가 절하고 나오면 물건을 전해주기 위해 법당 밖에서 기다렸다. 아무리 기다려도 해정 스님은 나오지 않았다. 한참이나 기다린 끝에야 해정 스님이 법당 안에서 나왔다.

"저기, 해정 스님 되시나요?"

민서가 깜짝 놀랐다.

"아, 네."

"이것 좀 전해주라고 해서요."

민서와 우현의 눈이 마주쳤다.

"아, 이것이 뭐예요?"

"사찰 전체에서 정성을 모은 선물이라고 합니다."

"아, 네."

"저는 잘 모르고 지장 스님이 그냥 전해주고 오라고 해서 가지고 왔어요."

"네, 알겠습니다. 감사합니다."

우현은 왠지 발걸음을 떼기가 힘들었다. 무슨 알 수 없는 힘이 그의 발을 땅에 붙들어 매고 있는 것 같았다.

"그럼, 저는 이만 가 보겠습니다."

"아, 네. 고맙습니다. 조심해 가세요."

민서가 툇마루에 앉아 물건의 보자기를 풀어보았다. 그리고는 고개를 들어 우현의 가는 모습을 물끄러미 바라보았다. 민서는 나무를 패다가 다람쥐와 이야기하던 우현을 기억해 냈다. 자신도 모르는 사이 민서의 얼굴에 미소가 번졌다.

민서에게 물건을 전달해 주고 돌아오는 우현은 지장스님을 다시 만났다.

"선물은 잘 전달해 주었나?"

"예, 스님. 그런데 비구니계 받는 사람이 요즘 그렇게 드문가요?"

"그럼, 일 년에 전국적으로 몇십 명 되지도 않아. 요즘 어디 여자들이 스님이 되려는 사람이 있어야지."

"그 정도에요?"

"비구니 되기까지 한 10년 걸렸을 거야. 해정 스님 그분, 처음에 머리 깎고 매일 천배를 천 일 동안 하루도 쉬지 않고 했었다고 하지, 아마."

"매일 천배를 천 일 동안이나요? 그럼 백만 배를 했다는 말씀이세요?"

"응, 그렇지. 백만 배. 결코 아무나 할 수 없는 일이야. 그만큼 아픔과 상처가 크다는 뜻이겠지. 아무런 아픔 없이 이곳에 오는 사람이 있을까? 여기 있는 사람들 모두 많은 아픔이 있을 거야. 특히나 비구니는 아무나 될 수가 없지. 모르긴 몰라도 자네도 아픔이 많았을 텐데."

늦가을 사찰의 밤은 길었다. 우현은 저녁을 먹고 조용히 경전을 읽다 보니 왠지 모를 상념이 생겼다. 고개를 흔들며 다시 경전을 읽었다. 경전이 눈이 들어오지 않아 내일 있을 새벽 예불을 위해 일찍 잠자리에 든 우현에게 소쩍새 소리가 크게 들렸다. 자려고 해도 잠이 쉽게 들지 않았다.

"왜 이리 잠이 안 오는 거지? 새벽 예불하려면 일찍 자야 하는데."

잠을 뒤척이는 우현에게 해정 스님의 얼굴이 생각났다. 자는 듯 마는 듯 그렇게 밤이 지나갔다. 새벽 종소리와 더불어 우현은 법당으로 가서 새벽 예불을 드렸다. 예불이 끝나고 다른 스님들은 법당 밖으로 나갔지만, 우현은 그 자리에 남아 무언가 떨쳐내려는 듯 계속 절을 했다. 늦게 아침을 먹으러 공양간에 들어오는 우현에게 지장 스님이 물었다.

"왜 이제 와? 계속 절을 하던데, 무슨 일이라도 있는 거야?"

"아, 아닙니다. 그냥 108배를 하다 보니 계속하게 되었어요."

"이곳에 온 지 얼마 되지 않아서 많은 것이 힘들 거야. 그래도 계속 수행하다 보면 다 내려놓을 수 있어."

"네."

밤이 깊었지만, 우현은 법당 안에 앉아 불상을 쳐다보고 있었다. 한참 아무 생각 없이 앉아 있다가 자리에서 일어나 108배를 하기 시작했다. 108배를 넘어 절은 끝없이 계속되었고 우현의 얼굴에 어느새 땀이 흘러내렸다. 절을 끝내고 법당 밖으로 나오는 우현이 고개를 들었다. 밤하늘의 별은 너무나 아름다웠다.

다음 날 오전 우현은 민서의 거처에 들러 담 너머에 있는 민서를 한참이나 바라보았다. 늦가을 바람이 불어 흔들리는 단풍이 너무나 아름다웠다. 단풍잎 사이로 비치는 햇살이 눈부셨다. 한참이나 그곳에 머물다 우현은 애써 발걸음을 돌렸고 뒤늦게 이를 발견한 민서가 우현이 돌아가는 것을 바라보았다. 그 모습을 보며 민서는 생각했다.

'맺어지지도 못할 인연이 왜 찾아오는 것일까?'

저녁이 되어 우현은 공양간에 갔다. 그의 옆자리에서 밥을 먹고 있는 보현스님이 있었다.

"스님, 제가 아직 모르는 것이 많아서 뭐 좀 여쭈어봐도 되겠습니까?"

"그럼, 뭐든지."

"사랑했던 가족이 죽어서 제 곁으로 올 수도 있는 것일까요?"

"아, 윤회에 관심이 있는가 보군. 내가 사랑했던 사람이 죽어서 다시 내 곁으로 올 수 있나 싶어서?"

"예"

"나한테 소중했던 사람이 죽어서 내 옆으로 다시 온다고 해도 그 사람의 원래 모습은 아닐 텐데."

"그럼, 아예 다른 사람인 것일까요?"

"나도 윤회 공부는 했어도 거기까지는 잘 몰라. 쉽지 않은 질문 인데…."

"아, 네."

우현은 밤이 늦도록 윤회에 관한 책을 읽었다.

'환희가 다시 온 것일까? 아내가 온 걸까? 아니면, 어머니께서 다시 오신 걸까? 정말 그랬으면 얼마나 좋을까?'

다시 책을 보다 고개를 들고 밖으로 나왔다. 하늘에 보름달이 환 했다. 사찰 주위의 밤은 차분하면서도 청아했고 아름다웠다. 어디 선가 소쩍새 우는 소리가 들렸다.

민서는 주지 스님을 직접 찾아와 고마움을 전했다. 법성 스님의 언지가 있어서였다.

"저번에 선물 너무 감사드립니다. 아무래도 인사라도 드려야 할 것 같아서요."

"별말씀을, 담벼락 하나 사이 이웃인걸. 우리 사찰에 비구니 한 분이 새로 나왔는데 당연히 축하해 주어야지."

"진심으로 고맙습니다, 스님."

민서는 합장을 한 채 고개를 숙여 인사를 한 후 천천히 걸어 나왔다.

우현은 창고 옆에서 땔감을 위해 나무를 패고 있었다. 하늘엔 눈을 올 듯 흐려있었다. 일하던 우현의 옆으로 작은 다람쥐 한 마리가 다가왔다. 다람쥐를 보자 하던 일을 멈춘 우현은 쪼그리고 앉아 다람쥐를 바라보았다. 지나가다 이 모습을 본 민서는 자신도 모르게 우현에게 다가왔고 우현에게 인사를 건넸다.

"안녕하세요, 스님?"

고개를 들고 민서인 것을 안 우현은 그만 깜짝 놀라고 말았다.

"아, 안녕하세요?"

"저번에 선물 전해주셔서 고마워요."

"아, 네."

민서도 다람쥐가 귀엽다는 생각이 들었다.

"아이 귀여워라. 너무 이쁜 다람쥐네요."

"아, 일하다 보면 이곳으로 가끔 애네들이 와요."

민서가 편하게 툇마루에 앉았다.

"아, 이 근처에 다람쥐들이 살고 있나 보네요."

우현도 아무 생각 없이 민서 옆에 앉았다.

"아, 네. 그런 것 같아요."

"이제 겨울이 곧 올 것 같아요."

"네, 곧 추워질 것 같아요. 오늘은 하늘에 구름도 잔뜩 끼었네요."

"아, 그러네요."

구름이 잔뜩 낀 하늘에서 서서히 눈발이 날리기 시작했다.

"어, 눈이 오는 것 같은데요."

"와, 정말이네요. 올해 첫눈인걸요."

민서와 우현은 툇마루에 나란히 앉아 눈이 내리는 것을 바라보았다.

가늘게 오던 눈은 어느새 함박눈으로 바뀌고 있었다. 함박눈이 내리는 가운데 바람에 불자 청아한 풍경소리가 들려왔다. 툇마루에는 민서와 우현의 손이 아주 가까이 놓여 있었다.

4. 그곳엔 빛조차 없었다

허름한 자동차가 가파른 산길을 내려가고 있었다. 산길을 어느 정도 내려가니 계곡이 나타났다. 자동차는 조금 더 달려 계곡 속에 위치한 수용소 정문 앞에 멈췄다. 자동차 앞좌석에는 험상궂은 남자가 서류 하나를 들고 있었다. 우현은 자동차 뒷좌석에서 유리창 밖을 바라보았다. 우현의 눈에 높이가 7~8미터가 되는 듯한 높은 망루 두 개가 보였다. 망루마다 북한 인민군 2명이 기관총을 들고 경계를 서고 있었다. 망루를 중심으로 3미터가 넘는 담장이 있었다. 담장 위에는 철조망이 끝없이 뻗어 있었다.

수용소 위병소에서 소총과 수류탄으로 무장한 군인이 나왔다. 앞좌석에 있는 사람이 가지고 있던 서류를 그에게 보여주었다. 잠시 후 수용소 문이 열리고 우현이 탄 자동차가 수용소 안으로 들어갔다. 경비초소를 두 개 더 지나가 어느 부락으로 자동차가 들어갔다. 완전히 난민수용소 같은 분위기에 주위의 사람들은 거지 같은 모습이었다.

부락의 안쪽으로 들어간 자동차는 사무소 같은 건물 앞에서 멈췄다. 사무소 근처에는 너댓 명의 사람들이 일하고 있었다. 그들의 옷차림은 다 헤어져 낡은 넝마를 뒤집어 쓴 것 같았다. 피골이

상접한 얼굴, 초점이 없는 눈빛들, 금방이라도 쓰러질 것 같았다.

감독인 듯한 사람이 몽둥이를 들고 있었고, 사람들이 일하다 자동차가 멈추는 것을 바라보자 빡빡 소리를 질렀다.

"이 새끼들, 뭘 쳐다보는 거야? 빨리 일하라우!"

그 소리에 움찔하며 사람들이 다시 일을 시작했다.

앞좌석에 타고 있던 사람이 내리면서 우현에게 말했다.

"다 왔으니 내려!"

우현이 지나가자 일하던 사람들이 다시 쳐다보았다.

"이 개새끼, 하라는 일은 안 하고 뭘 보는 거야?"

감독이 들고 있던 몽둥이로 사정없이 후려치기 시작했다. 몽둥이에 맞은 사람이 충격이 컸는지 아무 저항도 없이 힘없이 쓰러졌다.

"이 새끼가 어디서 엄살을 부리고 지랄이야! 빨리 일어나지 못하갓어? 이 샹놈의 새끼!"

앞좌석에 있던 사람이 우현을 데리고 사무소로 들어가 서류를 직원에게 건넸다.

"남조선 아새끼가 온다더니 이 놈입네까?"

"그렇소"

"백두산에서 붙잡혔네."

"여행을 하다가 국경을 넘었다나? 그걸 어째 믿으라구. 남조선이 보낸 간첩일 거외다. 그러니 이곳으로 보냈겠지."

"겁대가리도 없는 거지. 거기가 어디라구."

"여기가 저 동무 무덤이 되갔지. 살아서 나갈 수 있갔어?"

직원이 서류에 도장을 찍으며 말했다.

"독신자 12호로 보내시오."

"알갓소"

직원이 우현에게 넝마 같은 옷 하나를 주었다.

"동무, 앞으로는 이 옷을 입고 다니시오."

사무소에서 우현을 태운 자동차가 5분 남짓 달려 12호 앞에서 멈추었다.

"여기가 동무 숙소요. 내일부터 이곳 일과대로 생활해야 하니까 그리 알라우."

우현을 내려준 자동차가 흙먼지를 일으키며 떠났다. 주위는 완전히 폐허와 다름없었다.

우현은 잠시 머뭇거리다가 12호로 들어갔다. 흙벽돌로 지은 토담집이었다. 내부에는 조그만 방 한 칸과 부엌 한 칸이 전부였다. 마치 돼지우리같이 엉성했다. 방바닥과 벽은 모두 흙으로 되어 있었고, 우현이 걸을 때마다 먼지가 날렸다. 방바닥에는 장판이 아닌 나무껍질로 만든 것이 깔려있을 뿐이었다. 천장은 나무로 되어 있는데 다 썩어 무너져 내릴 것 같았다. 부엌에는 나무로 때야 하는 부뚜막이 있었다. 힘없이 주저앉는 우현은 절망감에 한숨이 저절로 나왔다.

다음날 아침 우현은 사무소 앞으로 나갔다. 이미 부락민들이 다들 모여 있었다. 잠시 후 사무소 문이 열리며 완장을 두른 감독들이 나왔다. 사무소 앞에 있는 단상에 감독 한 사람이 올라갔다.

"동무들! 오늘도 위대한 수령 동지의 따뜻한 배려와 은혜를 입었으니 최선을 다해 자신의 할당량을 채우도록 하라우. 만일 그렇지 못하면 완전히 아작을 내버릴테니께니 각오하라우. 이상!"

감독의 말이 끝나자 모여있던 사람들이 이동하기 시작했다.

석회석을 캐는 채석장에 도착한 한 우현은 사방을 둘러보았다. 주위는 뽀얗게 먼지가 날리고 있었다. 감독인 최철호는 여기저기 거드름을 피우며 돌아다니면서 소리를 질러댔다.

"야, 날래날래 일하라우. 할당량을 채우지 못하면 배급이 없을테니 그리 알아!"

감독들은 여기저기서 채찍을 휘두르며 난리를 치고 있었다. 최철호가 한 사람에게 주먹질을 하기 시작했다. 맞고 쓰러진 사람에게 인정사정없이 발길질을 해댔다.

"이 간나새끼, 책임량을 채우지도 못하면서 말썽을 피워! 이 쌍간나새끼, 너 어디 혼 좀 나봐라. 네발로 기어, 이 새끼야!"

주위에 있는 사람들은 이 모습을 보고 고개를 돌렸다. 우현 또한 눈으로 차마 볼 수가 없었다.

다음날 새벽 5시, 아침 집합을 알리는 종소리가 들렸다. 해도 뜨지 않은 어두컴컴한 시각이었다. 우현은 종소리에 놀라 벌떡 일어나 집 밖으로 나왔다. 벌써부터 여기저기서 감독들의 소리가 들렸다. 최철호의 따깔이라고 하는 이춘식이 오늘은 설쳐댔다.

"이 새끼들아, 빨리빨리 움직이지 못해! 오늘 해야 할 일을 전달

할테니 잘 듣도록!"

우현은 오늘 화목장으로 가야 했다. 화목장에는 인민군들이 겨울에 사용할 나무들이 쌓여있었다. 화목장에 도착한 우현은 도끼로 나무를 패기 시작했다. 나무가 너무 굵고 옹이가 많아 도끼질이 쉽지 않았다. 우현의 어수룩한 도끼질을 본 최철호가 다가왔다.

"아니, 동무는 왜 그리 속도가 느리오? 굼벵이 삶아 먹었소?"

뭐에 홀렸는지 우현은 아무런 반응을 하지 않았다. 우현이 아무런 대답도 없자, 최철호는 대번 화가 뻗쳤다.

"아니, 이 새끼는 누가 말을 하면 대답을 해야 할 것 아냐? 야! 내 말 안들려?"

최철호가 계속 소리를 지르지만 우현에게는 아무런 반응이 없었다. 최철호가 화를 조절하지 못하고 우현에게 달려가 발로 걷어찼다.

"야, 이 새끼야, 너는 귓구멍이 먹었어? 왜, 묻는 말에 대답을 안해?"

그래도 우현이 말이 없자, 최철호는 우현의 명치를 정확하게 걷어찼다. 우현은 명치 끝을 맞아 그 자리에서 고꾸라지고 말았다.

"이 간나새끼, 완전 또라이구만."

최철호는 쓰러진 우현을 사정없이 차고 밟았다.

점심시간이 되자, 사람들이 배식대에 줄을 섰다. 적은 양의 음식을 배급받고서도 사람들은 아무런 불만 없이 밥을 먹었다. 배급받은 음식을 먹고 있는 우현의 옆으로 김민석이 다가왔다.

"동무, 처음 보는 것 같은데 어디메서 왔소?"

우현은 말을 안 하려다가 민석의 인상이 나쁘지 않음을 보고 대답했다.

"사실 나는 남한에서 왔소."

"아니, 남조선 동무가 어찌 이곳을 온 거요?"

"중국 쪽에 있는 백두산에 갔다가 길을 잃었소. 눈보라 속에서 아마 국경을 넘었나 보오. 인민군에게 체포되어 여기까지 온 거요."

"아이고, 운 드럽게 읎었네. 나는 김민석이라 하오. 아버지가 체포되는 바람에 어릴 때부터 여기서 살았수다."

"아니, 아버지 때문에요?"

"그렇소, 아버지가 무슨 반동일을 했는지는 모르나 북조선에서는 가족 중에 잘못한 사람이 있으면 다 벌을 받는다오."

우현과 민석이 하는 말을 옆에서 듣던 이성철이 자신을 소개했다.

"나는 이성철이라 하오."

민석은 이성철을 돌아보며 인사했다.

"나이가 좀 있어 보입네다."

"그렇소, 올해 마흔하나요."

"어찌 이곳에 오시었소?"

"난 정치범이오."

"아! 그렇습네까? 이것도 인연인데 우리 잘 지내봅시다."

우현은 민석과 성철을 바라보며 조금은 친하게 지낼 수 있겠다는 생각이 들었다.

화목장에서 일을 마치고 온 우현은 허기에 지쳐 부엌으로 먼저 들어갔다. 그날 배급된 것은 옥수수를 굵게 갈아놓은 것이 전부였다.

"이걸 어떻게 먹으라는 거지? 그냥 물에 타 먹는 건가?"

우현은 어떻게 해야 할지 몰라 그냥 물에 넣어 흔든 다음 배급된 것을 먹었다.

저녁에 먹은 것으로 인해 우현은 밤새도록 설사를 하기 시작했다. 잠자다 말고 계속해서 화장실을 들락거린 우현은 더 이상 나올 것도 없을 만큼 물까지 쏟아냈다. 다음날 일을 마치고 돌아온 우현은 아무런 기운도 없었다. 부엌에는 먹을 것이 하나도 없었다. 우현은 배를 잡고 방에 들어와 쓰러지듯 잠들어 버렸다.

저녁때가 지나 우현의 집으로 민석이 들어왔다. 그는 잠들어 있는 우현을 흔들어 깨웠다.

"야, 자는 거야? 일어나 봐라."

우현은 눈을 부스스 뜨며 힘들게 일어났다.

"웬일이야? 이 밤중에."

"야, 너 이러다가는 병난다. 그러다 큰일 나."

"왜, 무슨 일인데?"

"니가 잘 몰라서 그러는데 배급 주는 것만으로는 택도 없어. 하루종일 죽어라하고 일하는데 되겠냐? 그것도 일 년 365일 중노동

인데. 우리가 받는 배급은 다른 북조선 사람들이 받는 거 1/3도 안
돼. 몰래라도 다른 거를 먹어야 해.”

“뭘 어떻게 더 먹어? 주는 것도 없는데?”

“도둑질해서라도 해서 먹어야 해. 안 그러면 죽는다.”

“뭐? 도둑질?”

“그래, 일어나서 나 따라와라.”

민석은 우현을 일으켜 세운 후 데리고 나갔다.

　민석이가 우현을 데리고 간 곳은 토끼를 키우는 사육장이었다.
그들은 사육장을 지키는 경비의 눈에 띄지 않는 곳에 숨었다. 경
비를 유심히 지켜보던 민석이가 말했다.

“야, 오늘 토끼 훔쳐 먹자.”

“아니, 뭐라고? 훔치자고? 그러다 걸리면 개죽음당할 수도 있
어.”

“안 들키면 되지. 너는 여기서 망보고 있어. 내가 갔다 올게.”

　민석은 낮은 포복으로 기어서 토끼 사육장으로 들어갔다. 그리
고 나서 잠시 후, 민석은 토끼 한 마리를 품에 안고 나왔다. 경비
의 눈을 피해 우현과 민석은 재빠르게 토끼사육장에서 빠져나왔
다. 민석은 우현을 자신의 집으로 데리고 가더니 능숙하게 토끼를
삶기 시작했다.

“야, 너 게걸병이 뭔지 아나?”

“몰라, 그게 뭔데?”

“게걸병이라는 건 하도 못 먹어서 걸리는 병이다. 나중에 뼈만

남아서 먹을 게 있어도 못 먹고 죽는다. 게걸스럽게 먹는 것도 살아 있으니까 그런 거야. 그렇게 먹고 싶어도 게걸병에 걸리면 그러지도 못한다."

"너는 게걸병에는 안 걸리겠다."

"나는 절대 그런 병에 걸리지 않을꺼다. 아무거나 다 먹으면 된다."

"니는 그럼 아무거나 다 먹나?"

"그럼, 나는 못 먹는 거 없다. 닥치는 대로, 손에 잡히는 대로 다 먹는다. 먹는 거 가리면 여기서는 죽는다. 내가 어떤 거 먹는지 나중에 다 알려주께."

우현과 민석은 이야기하면서 토끼고기를 모조리 다 먹어 치웠다.

다음 날 아침, 민석이가 우현의 집으로 들어오며 말했다.

"오늘 처형장에서 사형 집행한다고 하더라."

"아니, 왜?"

"수용소 탈출하다가 잡혔대. 게다가 정치범으로 여기에 끌려왔대."

"재판은 끝났구?"

"재판은 무슨, 즉결처분이지. 수용소 도망갔다가 잡히면 바로 사형이다. 공개처형이라 다 모이래."

"다 가야되는 거야?"

"인원 점검해서 빠지면 죽도록 맞는다. 늦기 전에 얼른 가자."

이미 사형 집행장에는 많은 사람들이 모여있었다.

집행관이 앞으로 나와 아무런 망설임도 없이 말했다.

"이 자들은 정치범으로 즉결 총살한다. 사격 준비. 사격!"

"탕! 탕! 탕!"

묶여있던 세 명의 탈주자 나무토막처럼 쓰러졌다. 사형이 집행되는 동안 심각한 표정의 이성철이 이를 깨물었다. 집행관은 처형이 끝나자 큰소리로 말했다.

"민족 반역자를 인민의 이름으로 처형했다!"

민석은 고개를 돌린 채 애써 보려 하지 않았다.

"난 도저히 저런 거 못 보겠다."

"재판도 하지 않고 죽이다니. 저 사람들 얼마나 한이 될까?"

"재판은 무슨. 이런 일 수시로 보게 될거야."

다음날 아침, 일을 나가려고 부락의 사무소에 우현은 대기하고 있었다. 사무소 문이 열리고 이춘식이 나와 우현을 불렀다. 우현은 조금은 걱정스러운 마음으로 사무소로 들어갔다.

"부르셨습니까?"

"니가 동물에 대해 잘 안다면서?"

"예, 수의학을 공부했습니다."

"그래? 잘 됐다. 토끼들이 자꾸 죽는데 니가 오늘부터 토끼 사육장을 맡아라."

"토끼 사육장을요?"

"토끼는 외화벌이에 큰 힘을 발휘하고 있어. 가죽을 벗겨서 수출한단 말이야. 전염병이 도는지 토끼가 자꾸 죽어나가니 니가 토끼들을 담당해."

"알겠습니다."

"토끼를 더 많이 키우기 위해 지금 사육사를 확장하고 있으니 가서 그것도 좀 도와라."

토끼 사육장은 더 많은 토끼를 기르기 위해 몇 개의 토끼굴을 더 파고 있었다. 굴을 파고 있던 사람들은 어린아이들이었다. 토끼굴이 작아 성인은 작업을 하지 못하기 때문이었다.

우현은 일단 아이들이 작업하는 것을 지켜보고 있었다. 순간, 갑자기 파고 있던 토끼굴이 무너져 내렸다. 깜짝 놀라며 소리를 지르는 아이들에게 우현은 반사적으로 뛰어갔다. 일단 우현은 몇 명의 아이들을 토끼굴에서 꺼냈다.

"애들아, 괜찮아?"

"다른 아이들이 굴속에 많이 있어요. 얼른 구해주세요."

"알겠다. 내가 해볼게."

우현은 삽을 가지고 와서 무너진 흙을 파내지만, 워낙 많아 소용이 없었다. 아이들의 일을 지켜보던 감독이 인민군들을 데리고 왔다. 인민군들이 흙을 파내 아이들을 꺼냈지만, 흙 속에 묻혔던 아이들 대부분은 이미 사망한 상태였다. 감독은 인민군에게 부모에게 연락도 없이 아이들을 묻으라고 말했다. 인민군은 들것에 죽은 아이들을 실은 후 가마니로 덮고 나갔다. 우현은 말없이 지켜보기만 했다.

깊은 밤, 보위원인 김정선이 사육장에 있던 우현에게 다가왔다. 우현에게 은근히 친한척하며 그가 말했다.

"내래 토끼 5마리만 주면 좋겠는데."

우현은 무슨 뜻인지 금방 알아차렸다. 만약 주지 않는다면 다른 일로 트집 잡아 괴롭힐 것이다. 우현은 마지못해 토끼 사육장 안으로 들어가 5마리를 가지고 나왔다.

"이거 절대 다른 사람한테 말하면 안 됩니다."

"그럼, 그럼. 내 입 딱 다물고 있을께. 동무, 진짜 고맙소. 내래 나중에 동무 도와줄 일 있으면 도와줄게."

토끼를 받아든 김정선은 기분 좋은 듯 사라져 버렸다. 우현은 그가 한 말은 그저 빈말이라는 것을 너무나 잘 알고 있었다.

수용소의 겨울은 너무나 추웠다. 우현은 방에서 잠을 자려고 하지만, 너무 추워 잠을 잘 수가 없었다. 자다말고 갑자기 일어나는 우현은 토끼 사육장으로 향했다. 사육장에 도착해 토끼들이 있는 곳으로 들어가 잠을 청했다.

"여기가 내 방보다 훨씬 낫네."

우현은 토끼를 끌어안고 잠을 청했다. 어쩌면 토끼가 자신보다 더 나은 삶을 살고 있는지도 모른다는 생각이 들었다.

다음날 일터로 향하는 사람들이 보였다. 한겨울 칼바람 같은 추위로 모든 것이 얼어붙어 있었다. 사람들이 옷이 없어, 모포 조각이나 다른 옷들을 잘라 얼굴과 손발을 가리고 다니고 있었다. 옷차림이 마치 유령 같은 모습이었다. 창문을 통해 지나가는 사람들을 바라보며 우현은 수용소에서 나가는 날이 있을지 생각했다. 지나가는 사람들을 보던 우현은 그만 고개를 떨어뜨릴 수밖에 없었다.

너무나도 추운 어느날 집에 있던 우현은 갑자기 사람들이 어디론가 뛰어가는 것을 보았다. 마침 민석이 나오면서 우현에게 같이 가자고 했다.

"누군가 얼어 죽었대."

영문도 모른 채 우현은 민석이를 따라 뛰어갔다. 사람들은 얼어 죽은 사람의 집을 향하고 있었다. 뛰어간 사람들은 죽은 사람의 집으로 들어가 이것저것 마구 훔치기 시작했다. 이러한 상황을 처음 본 우현은 당황스러울 수밖에 없었다. 우현의 표정을 보고 민석은 말했다.

"여기서는 다 그래. 죽은 사람 것은 아무나 가져도 되거든."

"그래도 이건 너무하잖아. 죽은 사람이 불쌍하지도 않은 거야?"

민석은 우현의 어깨들 다독일 뿐이었다.

돌아오는 길에서 보니 야산 근처에 죽은 사람의 시체를 묻고 있는 모습이 보였다. 우현은 자신도 모르게 그쪽으로 발길을 옮겼다. 구덩이가 어느 정도 파지자 갑자기 사람들이 파고 있던 곡괭이를 놓더니 시체에 달려들어 그 사람이 입고 있던 옷을 다 벗기기 시작했다. 죽은 사람의 옷을 챙기며 사람들은 좋아했다. 시체는 완전히 알몸이 되어버렸다. 알몸인 시체에 흙을 퍼서 덮는 사람들. 우현은 차마 볼 수가 없어 발길을 돌렸다.

저녁을 먹고 난 우현은 자신이 신고 있던 신발을 바라보았다.

앞뒤로 다 구멍이 나고, 밑창은 완전히 닳아 더 이상 신을 수가 없을 정도였다. 우현은 보다 못해 나무껍질을 벗겨 신을 만들었다. 비록 불편하지만 새로 만든 신을 신고 가는 우현을 본 민석이 잡아세웠다. 자신의 집으로 우현을 데리고 간 민석이 먹을 것을 내밀었다.

"이거 하나 먹어봐."

"이게 뭔데?"

"쥐야."

"쥐라고?"

"응, 여기서는 아무것도 다 먹어야 해. 이것저것 가리다가는 굶어 뒤지기 십상이야."

"그래도 쥐를 어떻게 먹어?"

"아직 배가 안 고프구만. 조금 지나면 먼저 먹자고 난리를 칠 거다 안다."

"설마."

"내기해도 좋다. 잔소리 말고 한번 먹어보기요. 처음이 힘들지만, 나중에는 자동이야. 이리 오라우."

민석은 우현을 데리고 부뚜막으로 갔다. 능숙하게 잡은 쥐의 가죽을 벗기고 불에 굽기 시작했다. 점점 익어가는 쥐고기를 보는 우현은 영 께름칙했다.

"자, 다 됐다. 한번 먹어봐."

우현은 망설이다가 배가 고픈지 손을 배에 얹었다. 이것을 본,

민석이가 재촉했다.

"니도 배고프지? 쥐고기라고 뭐가 다른 게 있나? 다른 고기하고 똑같은 거야."

망설이다가 결심을 했는지 쥐고기 앞으로 다가가는 우현은 눈을 딱 감고 민석이가 건네준 쥐고기를 입에 넣었다.

"어! 괜찮은데."

"그렇지? 그래도 맛있지? 고기가 별거 있나. 다 먹으면 배속으로 들어가는 건데. 그냥 다 같은 거야. 많이 먹어라. 내가 쥐 많이 잡았다."

우현은 민석이가 챙겨주는 쥐고기를 되는대로 입에 넣어 씹어 삼켰다.

며칠 후 우현은 민석이가 쥐를 또 잡았는지 궁금해 그의 집으로 가보았다. 방문을 열고 들어가보니 민석이가 누워있었다.

"너, 어디 아파?"

민석은 우현의 소리에 반응도 제대로 반응도 하지 못했다.

"얘가 왜 이래?"

힘없이 축 처진 민석이의 모습에 우현은 자신의 집으로 뛰어가 급하게 죽을 쑤어 가져왔다.

"민석아, 이거라도 얼른 먹어봐."

민석은 간신히 눈을 뜨고 죽을 먹기 시작했다. 다음 날 새벽, 부스스 일어난 민석은 우현이가 벽에 기댄 채 잠들어 있는 것을 보았다.

"아니, 얘가 여기서 밤을 샌 거야?"

민석은 우현의 얼굴을 한참이나 바라보았다.

얼마 후 눈을 뜬 우현은 민석과 함께 일하러 갈 수밖에 없었다. 하루라도 빠지면 그 뒷감당을 할 수 없기에 힘든 몸을 끌고서라고 가야만 했다. 그날은 산에서 약초를 캐야 했다. 일하던 도중 갑자기 감독관 한 명이 갑자기 호루라기를 불었다.

"작업 중지! 지금부터 탈주자를 찾는다."

탈주자가 나타났는지 그를 찾기 전에는 다시 일을 시작할 수가 없었다. 사람들이 산으로 흩어져 탈주자를 찾기 시작했다. 어느 정도 시간이 지나자 누군가 외치는 소리가 들렸다.

"찾았다. 여기 있어!"

사람들이 소리나는 쪽으로 모두 몰려갔다. 탈주자는 계곡에서 언 채로 죽어있었다. 시체를 보며 감독이 말했다.

"봐라. 도망갔다간 산도 넘기 전에 저렇게 얼어 뒈지는 거야! 이제껏 이 수용소에 들어왔다가 탈출에 성공했다는 사람은 한 명도 없었어."

감독의 말에 모두들 어두운 표정이 되었다. 다시 우현과 민석은 산으로 올라가 약초를 캐기 시작했다. 민석은 우현의 옆에서 약초를 캐고 있지만 뭔가 다른 것을 찾는듯한 모습이었다. 민석의 옆으로 뱀이 지나가자, 그는 미소를 짓는다.

"야, 우현아, 이리 와 봐."

"뭔데?"

"오늘 운수 맞았다. 뱀이다. 뱀!"

"잡을 수 있겠어?"

"걱정 말라우. 내 솜씨 한번 보여줄게."

민석은 똬리를 틀고 있는 뱀에게 다가가서 날쌔게 뱀을 잡아챘다. 그 모습을 보고 깜짝 놀란 우현은 서둘러 주위에 있는 나뭇가지를 꺾어 모았다. 그리고는 둘은 불을 지펴 뱀을 구워 먹었다.

우현과 민석은 다시 약초를 캐기 시작했다. 갑자기 비가 쏟아지기 시작했다. 약초 캐던 것을 멈추고 나무 밑으로 피했다. 추위로 인해 몸이 부들부들 떨려왔다. 참다못한 우현이 말했다.

"이거 추워서 못 살겠다. 불이라도 지펴야지, 버틸 수가 없겠어."

"나뭇가지가 다 젖었는데 될까?"

"하는 데까지는 해 봐야지."

우현은 가지고 있던 성냥으로 나뭇가지를 끌어모아 불을 지폈다. 젖은 나무라 불이 잘 붙지 않았다. 불이 붙을 때까지 계속하는 우현, 결국 불을 붙이는 데 성공했다.

"내가 너 의지 하나는 알아준다. 포기하지 않는 의지. 대단해!"

민석은 엄지손가락을 치켜세웠다.

비가 그치고 약초를 캐던 사람들이 모두 숙소에 들어와 쓰러지며 하나 둘 잠이 들기 시작했다. 성철 또한 몸이 많이 힘든지 들어오자마자 쓰러졌다. 성철에게 다가간 우현은 그가 신음을 하길래 깨웠지만 반응이 없었다. 너무 피곤해서 그런가 싶어 자신의 자리로 돌아와 잠을 청했다.

다음 날 아침, 나갈 준비를 하던 우현은 아직까지도 일어나지 못하는 성철을 발견했다. 이때 마침 최철호가 들어왔다. 일어나지 않은 성철을 보고 최철호가 소리를 질렀다.

"거기 아직도 누워있는 새끼 누구야? 누가 아프다가 꾀를 부려? 엄살 부리지 말고 빨리 나오지 못하갓어?"

그래도 반응이 없자 최철호가 누워있는 사람 성철에게 다가갔다. 발길로 한번 걷어차도 아무런 움직임이 없자, 가까이 가서 그를 살폈다.

"아니, 이거 뭐야? 발진티푸스 같은데."

최철호가 옆에 있는 사람한테 명했다.

"야, 너 빨리 가서 군의관 동무 오라 해라."

지시를 받은 사람이 부리나케 뛰어나갔다.

"야, 이거 재수 드럽게 없구만. 전염병이니 더 이상 작업은 못하고 복귀해야잖아."

최철호가 옆에 있는 다른 몇 명에게 말했다.

"야, 이 동무 끌고 나가서 다른 움막으로 격리시키라. 그리고 그 움막에는 아무도 못 오게 지키라. 전염병이니 다른 사람한테 다 옮을지도 모른다."

최철호는 다른 모든 사람들을 향해 명했다.

"야, 다들 여기서 나가라우. 나가서 집합하고 있으라우."

움막을 나온 우현을 비롯한 사람들은 인근 창고 앞으로 모였다. 창고에 들어갔다가 나온 최철호와 다른 직원은 분무기 같은 것을 가지고 나왔다. 최철호가 모여있는 사람들한테 말했다.

"전염병이 도는 것 같으니 다들 옷 벗으라우."

사람들이 옷을 벗자 최철호와 직원이 분무기로 약을 뿌려대기 시작했다. 하얀 가루 소독약이 뿌려지고 사람들은 마치 밀가루를 흠뻑 뒤집어 쓴 것 같았다.

다음날은 공개처형이 있었다. 우현도 다른 사람들과 같이 아침 7시에 집합하여 명단을 확인하고 나서 처형장을 향했다. 사형장엔 이미 많은 부락 사람들이 모여있었다.

잠시 후 포승줄에 묶인 채 사형수들이 끌려왔다. 집행관이 사형수를 밧줄에 걸었다. 아무런 절차도 없이 집행관의 지시에 따라 사형이 집행되었다. 두 사형수의 목이 허공에 매달려 있었다. 한 명은 이미 죽은 듯 미동도 하지 않았다. 다른 한 명은 아직 꿈틀대고 있었다. 그의 바짓가랑이 밑으로 오줌이 지르르 흘러내렸다. 집행관이 다시 밧줄을 당기자 꿈틀대던 사형수도 움직이지 않았다.

잠시 후 처형된 시체가 트럭에 실렸다. 시체를 실은 트럭은 도로가 있는 야산에서 멈추었다. 인부들이 사람 다니는 흙길을 파고 시신을 묻었다. 시신이 묻힌 길 위에 트럭이 몇 번 왔다갔다 하며 길을 평탄하게 만들었다. 일을 마친 인부들이 트럭에 타자, 트럭이 다시 시신 묻은 길을 여러 번 지나갔다. 시신이 묻힌 곳은 여느 도로와 다름없이 평탄했다. 그냥 흙자국만 남아있었다.

공개처형이 끝나고 우현은 옥수수밭에서 일을 해야 했다. 같이 밭을 일구던 사람 중 한 명이 기겁을 하고 놀랐다. 소리 지르는 그에게 다른 사람들이 몰려갔다. 감독인 최철호가 무슨 일인가 싶어 다가갔다.

"무슨 일이가?"

일꾼이 밭을 손으로 가리키며 말했다.

"여기 사람 시체가."

몰려든 사람들이 가리키는 쪽을 바라보았다. 겨울 동안 땅속에 얼었던 시신의 팔과 다리가 그대로였다. 우현도 그 모습을 보고 크게 놀랐다. 최철호는 아무렇지도 않다는 듯 말했다.

"시체 한두 번 보나? 쎄고 쎈 게 시첸데. 야, 가서 불도저 가져오라고 하라."

잠시 후 불도저가 와서 땅을 파헤쳤다. 겨울 동안 땅속에서 썩지 않은 시체 수십 구가 나왔다. 팔 한쪽이 잘린 시체, 머리가 깨진 시체, 들쥐가 먹다만 시체들이었다. 사람들, 불도저가 파헤친 후 나오는 시체들을 보고 경악했다.

최철호의 지시에 따라 밭 한쪽에 구덩이를 파더니 시체들을 묻고 흙으로 덮었다.

"야, 날래 일하라우."

최철호의 말에 사람들은 내키지 않는 표정이지만 다시 일하기 시작했다.

다음날, 산속으로 간 우현과 민석은 무언가를 찾고 있었다.

"내 눈에는 잘 안 보여."

"가만 있어 봐. 내가 찾아줄게."

민석은 주위를 이러저리 둘러보았다.

"찾았다. 여기 있어."

우현이 민석에게 다가갔다. 민석이가 찾은 것을 들어서 우현에게 보여주었다. 도롱뇽이었다.

"이걸 산채로 먹는단 말이야?"

"그냥 꿀꺽 삼키면 돼."

"야, 난 못할 것 같어."

"내가 하는 거 봐라."

민석은 살아있는 도롱뇽을 들고 크게 입을 벌리고 삼켰다.

"야, 봤지. 씹으면 안 돼. 터져버리니깐. 아깝잖아. 그냥 통째로 삼키는 거야. 알았지?"

그렇게 도롱뇽을 먹고 그들은 냇가로 내려왔다. 민석은 지렁이를 잡아 바위에 올려놓고 말렸다. 옆에 있던 우현은 민석이가 하는 것을 지켜만 보고 있었다.

"이걸 말렸다가 먹는 거야. 먹을만 해."

"난 안 먹을래."

"이것저것 가리지 마. 뭐든지 먹어야 해. 죽는 것보단 낫잖아."

민석이가 미리 말려놓은 지렁이를 손으로 들고 입에 넣었다. 지렁이를 질겅질겅 씹어먹는 민석을 따라 우현도 민석이를 따라 먹었다.

일을 마치고 우현은 부락 사무소에 가야 할 일이 있었다. 사무소에서 이춘식이 김미애라는 중년 여인에게 큰 소리로 말하고 있었다.

"개간나, 잘 들어라. 만약 다시 기돈가 뭔가를 했다가 발각되면 너는 죽는다. 알간?"

옆에 김정선이 말했다.

"저년은 미친년이야요. 맨날, 하나님이 아버지네, 예수가 아버지네 하고 다녀요."

"종교는 아편과 같은 거를 몰라? 내래 오늘 맛을 보여주갓어."

작정한 듯 이춘식은 여인을 개 패듯 두들겨 팼다. 여인은 비명을 지르며 고통스러워했지만 아무도 말리는 사람이 없었다.

밤이 깊어지자 이춘식이 김미애의 집에 몰래 들어갔다. 김미애는 그를 보고 깜짝 놀라 막 소리를 지르려 했다. 이춘식이 그녀의 입을 틀어막았다.

"아, 조용히 하라우. 내래 넘자같이 튕기는 사람을 더 좋아하거든."

이춘식은 순식간에 김미애를 제압하고 강간하려 했다. 하지만 김미애는 거칠게 대항하며 이춘식을 밀어냈다. 계속 달려드는 이춘식의 손을 김미애는 있는 힘껏 입으로 깨물었다.

"아아악! 이 에미나이, 진짜 미쳤나?"

손가락이 어떻게 됐는지 커다란 고통을 느끼며 이춘식이 물러났다.

다음날 새벽, 미친 듯한 비명을 지르며 우는 소리와 보위원들의 욕설이 들려왔다. 자다 말고 눈을 뜬 우현은 무슨 일인가 싶어 밖으로 나왔다. 소리가 나는 곳은 김미애의 집이었다. 김미애가 이춘식과 김정선에 의해 린치를 당하고 있었다. 엄청난 구타에 김미애는 정신을 잃었다.

"야, 이 년은 도저히 안 되겠다. 처리하라우."

이춘식의 명에 김정선은 기절한 김미애를 트럭에 태우고 어딘가 사라졌다.

김미애가 도착한 곳은 수용소 정신 병동이었다. 더 이상 아무런 저항도 하지 않은 채, 병실로 끌려가는 김미애의 초점 없는 눈빛은 삶을 포기한 것 같았다. 병실 직원이 들어와 김미애에게 약물을 주사하자 그녀는 스스로 잠이 들었다.

깊은 밤, 병실에는 김미애가 줄로 침대에 묶여 있었다. 밤 12시가 넘자 이춘식이 병실을 지키는 직원에게 무언가를 주었다. 직원은 물건을 받고 열쇠를 이춘식에게 넘겼다. 이춘식은 열쇠로 문을 열고 미애의 병실로 들어왔다. 약물로 인해 깊게 잠이 들어 아무것도 모르는 미애에게 다가간 이춘식은 그녀의 옷을 전부 벗겼다. 속옷까지 완전히 벗긴 이춘식은 미애 위에 올라타 강간을 했다. 미애는 아무런 반응도 할 수가 없었다. 무의식으로 인한 것일까? 미애의 눈에서 눈물이 흐르고 있었다.

이성철은 집 앞에서 달을 바라보고 있었다. 한참이나 달을 바라보다 집 안으로 들어가는 성철은 집에 있는 끈을 찾아 올가미를 만들었다. 그 끈을 천장에 묶은 후, 받침대를 놓고 올라섰다. 올가미에 자신의 목을 건 후 성철은 자기 발로 받침대를 찼다. 성철의 몸은 끈에 매달린 채로 공중에서 빙빙 돌았다. 이윽고 성철의 팔이 힘없이 떨어졌다. 희망이 없던 삶을 그는 그렇게 끝냈다.

시간이 흘러 우현이 수용소에 온 지도 1년이 지났다. 바싹 마른 우현은 10년은 늙어 보였다. 집안에서 무언가를 잡은 우현이 손으로 잡은 것을 들어 올렸다. 그의 손에 들려있는 것은 쥐였다. 우현은 능숙하게 잡은 쥐를 능숙하게 때려죽이고, 가죽을 벗긴 후 불에 구워 먹었다. 이때 민석의 집으로 들어왔다. 다리를 다쳤는지 절룩거리는 민석이가 우현에게 묻는다.

"소식 들었어? 성철이 아저씨 죽었단다. 정치범이셨으니 아무런 희망도 없었을 거야. 그나저나 일주일이 멀다하고 초상이 나네."

"여기서 살아남는 게 기적이겠지. 아마 몇 년 후면 다 죽게 될 거야. 그 빈자리를 새로 들어오는 사람이 채우고. 여기서 살아나갈 방법은 탈출밖에 없어. 탈출하다 걸리면 그 자리에서 총살인 거 모르나? 그동안 수십 명이 죽은 거 다 알잖아?"

"아니야, 아마 우리가 속고 있는 것인지도 몰라."

"속다니, 그게 뭔 말인데."

"탈출한 사람 중에 성공한 사람도 있을 거야. 단지 저들이 다 죽었다고 이야기하는 것일 뿐이야. 우리가 탈출한 사람의 시체를 본 건 아니잖아."

"너 탈출하려고?"

"못할 것도 없지. 내가 행방불명된 것을 남쪽에서도 알고 있을 테지만, 남한 정부가 아무것도 하지 못한다는 것을 깨달았어. 사실 그동안 나는 혹시나 하고 기다렸던 것도 사실이야. 하지만 그 희망을 일찍 포기했어야 했던 것 같아. 여기 있다보면 죽는 것을 기다리는 것과 같아."

"탈출하다가 걸릴 확률이 훨씬 높아. 여기 있다가 다른 곳으로 가끔 옮겨지는 사람도 있어."

"나도 그건 알아. 하지만 나한테는 그런 일이 일어나지 않을 거야. 국경을 넘어온 건데 저들이 나를 다른 곳으로 옮겨주지는 않을 거야."

"그럼 어떻게 하려구?"

"무조건 나가기로 했어. 오늘 죽으나 내일 죽으나 어차피 여기 있다가는 죽을 뿐이야. 너도 나와 같이 가자."

"나는 안 돼. 이 다리 보면 모르겠어? 오히려 너한테 짐만 될 거야."

며칠 후 우현이 민석의 집으로 들어왔다. 민석이는 이제 작별해야 하는 것을 알았다.

"정말 이렇게 떠날 거야? 탈출하다 걸리면 어떻게 하려고?"

"죽기밖에 더 하겠어? 그래도 이곳에서 너를 만나 얼마나 좋았는지 몰라. 너는 내가 남한 출신인데도 불구하고 그냥 다 받아주고. 네 덕분에 이것저것 다 먹어보고. 그래서 이제까지 버틸 수 있었던 것 같아."

"너 없으면 난 어떻게 하지? 이제껏 나를 따뜻하게 대해준 건 네가 유일했어."

"나도 네가 많이 생각날 거야."

민석이가 갑자기 눈시울이 빨개지며 눈물을 흘렸다. 우현이도 민석을 덥석 끌어안았다.

"잘 지내라. 그동안 정말 고마웠다."

우현과 민석은 끌어안은 채 한참이나 있었다.

그믐밤, 달이 없어서 주위가 깜깜했다. 우현이 문을 열고 자신의 집에서 은밀하게 나왔다. 우현은 미리 계획한 길을 따라 재빠르게 움직이기 시작했다. 수용소 담장에 가까워지자 우현은 망루를 쳐다보았다. 준비해 온 밧줄을 수용소 담장에 건 후, 우현은 경비병의 눈을 피해 귀신같이 담장을 넘었다. 담장을 넘은 후 밧줄을 당겨 땅속에 파묻었다.

우현은 엄청난 속도로 산길을 달리기 시작했다. 수용소에서 조금 벗어날 때쯤 하늘에서 눈이 내리기 시작했다. 멀리 동이 트고 있었다. 쏟아지는 눈발을 헤치고 우현은 점점 수용소에서 멀어져 가고 있었다.

5. 만주 1945

우현은 마지막 인사를 해야 했다. 친구들이 우현의 하숙집으로 모였다. 2년 넘게 강의를 같이 들었던 친구들이 못내 아쉬움을 표했다.

"학도병을 피할 수는 없는 건가?"

우현은 망설임 없이 답했다.

"겁나지 않아. 아마 만주 지역 일본군 부대로 배치될 거야."

"고향이 평안도 강계였지?"

"응, 만주 쪽으로 가는 것은 확실할 것 같아."

"어쨌든 몸조심해라."

"난, 상황을 봐서 일본군을 탈출한 후 독립군 쪽으로 합류할 거야."

"자세한 계획은 세워 두었어?"

"나름대로 계획은 세워 놓았는데 상황을 봐야지."

"우리 살아서 다시 볼 수 있을까? 그래도 몇 년간 정도 많이 들었는데."

"나라 되찾고 나서 만나자. 그게 내 목표야."

"그게 그렇게 쉬울까? 수십 년을 이렇게 살았는데."

"수십 년 동안 이 모양이었으니 이제는 끝내야지. 일본이 더 이상 저렇게 하게 내버려 둘 수는 없지. 나는 내 자식들에게 이런 나라를 물려줄 수는 없어."

"그래, 어쨌든 우리 살아서 해방된 조국에서 다시 만나자."

만주의 겨울은 추웠다. 일본군의 신병훈련은 혹독했다. 그곳에서 우현은 또다른 조선 학도병인 지용을 만났다. 둘은 같은 조선인이라는 이유만으로도 금방 친해졌다. 힘든 훈련을 우현과 지용은 서로 의지해가며 이겨나갔다. 조센징이라는 차별은 그곳에서도 변함이 없었다. 밥 한끼도 편하게 먹을 수가 없었다.

"야, 니들 맨 뒤로 가! 조센징 주제에 어디 줄을 서고 난리야?"

"우리도 일본군이다. 훈련도 다 너네하고 똑같이 받는다구."

"이것들이 진짜!"

욱하는 우현을 지용이 말렸다. 차라리 마음 편하게 먹는 것이 나을 것 같아 지용은 우현의 팔을 잡고 맨 뒤로 가서 줄을 섰다.

"니들은 전쟁에 나가는 게 아니라 총알받이야, 알아?"

우현은 이를 악물며 참았다. 지용의 다독임이 아니었다면 또 차례 했을 것이다.

취침 시간 전, 우현과 지용은 바람이나 쐬려 막사에서 나왔다.

만주의 밤하늘에는 무수한 별들이 빛나고 있었다. 도쿄와는 전혀 다른 밤하늘이었다.

"난 이 부대를 탈출할 거야. 학도병으로 오기 전부터 마음먹고 있었어."

"나도 함께 가자."

"탈출하다 걸리면 죽을지도 몰라."

"이판사판이다. 학도병으로 전쟁에 나가느니 죽는 게 낫다. 근데 탈출을 하면 어디로 갈 건데?"

"난 독립군에게 갈 거야. 여기서 그리 멀지 않아. 그곳에 있는 독립군 부대에 합류할 거야. 며칠이면 갈 수 있어."

"잘 됐다. 내 꿈도 독립군으로 폼나게 살아보는 거였는데."

"그래? 그럼 이번 달 그믐밤 어때? 제일 어두울 때 탈출하는 거야."

"난 전혀 상관없어. 오늘 당장도 좋아."

"그럼. 그믐밤 2시 정도에 탈출하자."

"좋아. 내 꿈이 생각보다 빨리 이루어지겠군."

칠흑같이 어두운 밤이었다. 누워있던 우현은 2시임을 확인하고 조용히 일어났다. 지용을 깨우고, 주위를 살피며 조심스레 막사를 나왔다. 그들은 은밀하게 보초와 보초의 중간지점에 있는 철조망으로 향했다. 망루에 서 있는 경계병에게 들키지 않기 위해 소리를 죽여가며 포복으로 기어갔다. 철조망 아래에 도착한 우현과 지용은 잠시 경계병을 살펴보았다. 경계병이 한눈을 파는 사이 그들은 과감하게 3미터 정도 되는 철조망을 잽싸게 올라 넘었다. 조심스럽게 넘는데도 3미터 높이에서 떨어지는 발소리를 죽이지는 못했다. 한눈을 팔고 있던 경계병이 그 소리에 즉각 반응을 했다.

"거기 누구야? 손 들고 나와!"

옆에 있던 다른 보초가 급하게 다가왔다.

우현과 지용은 재빠르게 바닥에 엎드려 몸을 감췄다.

"뭐야?"

"무슨 소리가 났어."

"무슨 소리? 잘못 들은 거 아냐?"

"아닌가? 분명 소리가 났는데."

"야, 후레쉬로 비춰 봐."

경계병이 주머니에서 후레쉬를 꺼내 주위를 살폈다.

우현과 지용의 근처로 후레쉬 빛이 다가왔지만 발견되지는 않았다.

"아무것도 없네. 괜히 놀랐잖아."

"분명 소리가 났는데."

"꿈속에서 들린 소리 아냐? 졸지 말고 보초 잘 서."

"이상하네."

경계병이 후레쉬를 끄고 몸을 돌리자, 우현과 지용은 바짝 엎드린 채 낮은 자세로 기어갔다. 철조망에서 어느 정도 떨어지자 있는 힘을 다해 산속으로 달렸다. 나뭇가지에 긁히고 넘어지며 한참이나 달린 후 탈출한 부대를 돌아보았다.

부대 내에 소란이 없는 걸 보고 안도의 한숨을 내쉬었다. 자신들이 탈출한 것이 발각되지는 않은 것이다. 잠시 숨을 돌린 후 둘은 산속을 빠르게 걷기 시작했다. 바위를 타고 가파른 오르막을 오르며 험한 산을 헤쳐 나갔다. 새벽녘이 되자 들판이 나왔다. 들판을 가로지르니 커다란 강이 그들을 막고 있었다.

우현은 나뭇가지를 엮어 간단한 뗏목을 만들었다.

"강이 깊지 않으니 이 정도면 될 거야. 일단 빨리 건너자."

"너는 못 하는 게 없구나. 내가 친구 하나는 잘 뒀네."

"야, 농담할 시간 없어. 얼른 타."

"그래, 강을 건너면 그래도 안심이다."

우현과 지용은 뗏목으로 힘겹게 강을 건넜다. 강을 건너니 그들 앞에는 끝없는 들판이 펼쳐져 있었다.

아침이 되자 일본군 부대에서 아침 점호를 시작했다.

"아니, 2명이 없단 거야? 누구야 그게?"

"우현과 지용입니다."

"이런 조센징들! 겁도 없이 탈영을 해! 멀리 못갔을 거다. 얼른 따라가서 잡아와!"

"하이!"

들판을 무한정 건너던 우현과 지용은 밤새워 걷느라 지칠대로 지쳤다. 지용은 더 이상 갈 수가 없었다.

"배가 너무 고파서 더 이상 못 가겠다. 뭐라도 먹고 가자."

"아, 뭘 먹지? 일단 저쪽으로 가 보자."

우현과 지용은 들판의 끝에 보이는 민가 근처로 갔다. 그곳에서 고구마밭을 발견한 그들은 고구마를 뽑아 흙을 툭툭 털어낸 후 씹어 먹었다.

"아, 이제 좀 살 것 같다. 야, 일단 많이 먹어. 근데 독립군 부대는 언제 도착할까?"

"그리 멀지 않을 거야. 지도에서는 4~5일 거리였어."

우현과 지용은 고구마를 먹고 나서 넓은 갈대 숲속에 숨어 잠시 드러누웠다. 어느새 스르르 잠이 들어 버렸다.

일본군이 들판을 수색해 오고 있었다. 일본군의 소리가 점점 가까이 오자 갑자기 눈을 뜬 우현은 깜짝 놀라 옆에 있는 지용을 흔들어 깨웠다. 바싹 엎드린 채 숨죽이고 있는 그들에게 일본군이 점점 다가왔다. 일본군과 그들의 거리는 단지 10여 미터를 남겨두고 있었다. 이때 들판 반대쪽에서 개 짖는 소리 들렸다.

"야, 저쪽이다. 개가 발견한 것 같다. 모두 이동!"

다가오던 일본군이 일제히 개 짖는 쪽으로 뛰어갔다.

"우리가 언제 잠들었지?"

"고구마 먹고 나서."

"우리 앞으로 뭐 먹고 나서 자면 안 되겠다. 일단 빨리 가자."

우현과 지용은 일본군의 반대쪽으로 부리나케 뛰어갔다.

밤을 새워가며 도망치는 우현과 지용은 발걸음을 떼기조차 힘들었다. 쏟아지는 졸음을 지용은 참을 수가 없었다.

"자면 안 돼, 무조건 가야 해."

"한 시간이라도 자면 좋겠다. 눈이 자꾸 감겨."

"정신 차려. 일본군이 독이 바짝 올랐을 거야. 언제 잡힐지 몰라. 일단 가야 해."

우현은 지용의 손을 잡아끌고 계속해서 어두운 숲속 길을 걸었다.

뿌옇게 동이 틀 무렵 우현의 눈에 독립군 기지가 눈에 들어왔다. 자신이 어떻게 이곳까지 올 수 있었는지 믿기지가 않았다. 기지에 도착했을 당시 우현과 지용은 아직 일본군 군복을 입고 있었다. 보초를 서던 독립군이 총으로 경계를 했다.

"저희는 조선 학도병입니다. 일본군에서 탈출했습니다."

그 말을 함과 동시에 우현과 지용은 만신창이가 되어 쓰러져 버리고 말았다.

하얼빈 근처에 위치한 731부대의 부대장인 이치로 집무실에 이노키가 전입신고를 하고 있었다. 이치로는 자신의 오른팔과 다름없는 아베 대위가 대화를 하고 있었다.

"대위 이노키 731부대로 전입을 신고합니다."

"우리 부대에 온 것을 환영한다. 최선을 다해 우리 부대에 크게 이바지하기를 바란다."

"알겠습니다."

"우리가 하는 일은 인류 발전에 공헌하기 위한 것이다. 오늘날 전쟁 무기는 점점 고도화되고 전문화되는 추세다. 세균도 일종의 신무기로서 완벽하다. 내가 젊은 시절부터 느낀 것이지만 세균 무기 중에는 페스트가 가장 좋은 것 같다. 페스트는 전염성이 강하고 치료하기도 쉽지 않다. 따라서 적에게 치명적일 수 있다. 중세시대 유럽은 인구 1억 명 중에 페스트로 3,000만 명 정도가 목숨을 잃었다. 우리는 독자적으로 페스트를 연구해서 적을 세균전으로 완전히 제압할 수 있을 것이다. 아베 자네가 이 친구에게 진열실을 보여주도록 하지."

"알겠습니다. 각하."

아베가 이노키를 데리고 이치로 집무실을 나와 진열실로 갔다.

"부대장님이 세균전의 전문가라고 하던데."

"동경의대 출신이다. 군의관으로 출발해 별 세 개를 달았지. 일본군 역사상 처음일 것이다. 군의관이 중장이 된 것이. 세균전 연구한 것만 벌써 20년이 넘었어."

"실전에 사용하려고?"

"당연하지. 이제 거의 성공단계야. 세균전으로 세계를 정복하는 게 부대장님의 꿈이야. 일본이 세계를 지배하는 거지. 세균으로. 흐흐흐."

진열실은 상당히 넓었다. 진열장에는 포르말린을 넣은 유리 용기가 무수히 많았다. 유리 용기 안에는 사람을 해부한 조각들이 들어 있었다. 한 용기에는 사람의 머리가 잘려 들어 있는데 눈을 부릅뜬 상태였다. 그 외에도 머리를 잘라 뇌수가 보이는 용기, 눈을 빼내어 눈부분에 구멍이 뚫린 얼굴이 있는 용기, 치아를 다 빼내 입 주위가 허물어진 용기, 머리를 반으로 잘라 한쪽 부분만 있는 용기, 입어 벌어져 있는데 혓바닥이 없는 용기들 수많이 용기들이 가지각색이었다. 그중에는 상당한 미모의 여인의 모습을 한 것도 있었다. 머리가 전시되어 있는 진열장 다음에는 사지가 잘린 용기들이 진열되어 있었고, 머리만 잘린 사지, 머리와 팔이 잘린 사지,

머리와 팔다리 모두가 잘린 사지, 몸통을 반으로 잘라 한쪽 몸통만 있는 사지, 배를 갈라 내장이 다 보이는 사지, 심장만 없는 사지, 위만 없는 사지, 소장이나 대장 등 창자만 없는 사지, 여자의 음부를 없앤 사진, 남자의 음부를 없앤 사지, 수백 가지의 온갖 다른 형태의 것들이 진열되어 있었다.

"가장 중요한 의학적 성과는 인체를 직접 해부하고 실험하는 거야. 그것으로 우리는 수많은 데이터를 모으고 있지."

진열실을 다 둘러본 후 아베가 이노키를 데리고 다시 이치로 집무실로 들어왔다.

"각하, 이노키 대위에게 안내를 마쳤습니다."

"아, 그래? 둘러보니 어떻던가, 이노키 대위?"

이노키는 잠시 머뭇거리다 대답했다.

"군의관으로서 이 자리까지 오신 것이 대단하다고 느껴집니다."

"나는 지난 30년 동안 여기에 모든 걸 쏟아부었다. 이제 결실을 맺을 때가 되었어. 내가 만든 무기로 우리 일본제국이 세계를 정복할 거란 말이다. 하하하."

"아베!"

"예, 각하."

"새로 이노키대위가 왔으니 오늘 밤은 회식을 하자!"

"알겠습니다. 각하. 준비해 놓겠습니다."

하얼빈 도심의 밤거리는 웬만한 큰도시의 유흥가와 다름없었다. 이치로가 좋아하는 고급 요리집에 731부대의 핵심 인원들이 모였다. 새로 부임한 이노키까지 십여 명이었다.

남자들 사이에는 기생들이 끼어앉아 시중을 들었다. 술에 취한 이치로가 벌떡 일어났다.

"이년아, 내 옷을 벗기란 말이다!"

이치로 옆에 있던 기생은 겁에 질려 이치로의 옷을 벗겼다. 팬티만 걸친 채 이치로가 소리쳤다.

"너도 벗어라."

벌벌 떨던 기생은 공포에 질려 스스로 옷을 모두 벗었다. 기생들을 희롱하며 술을 마시는 이치로가 옷 벗은 기생을 끌고 다른 방으로 향했다. 이와 동시에 함께 있었던 군인들도 옆에 있던 기생들을 데리고 방을 나갔다. 이노키도 기생 한 명과 함께 준비된 방을 향했다. 방에는 이미 이불이 깔끔하게 펴져 있었다. 이노키가 기생에게 물었다.

"이름이 뭐냐?"

"미자라고 합니다."

"어디 출신인가?"

"저는 조선인입니다."

"고향은 어디지?"

"신의주입니다."

"어떻게 여기까지 왔어?"

"빚 때문에 팔려왔어요. 부모님은 대대로 먹고 살던 논밭을 동양척식주식회사에 다 빼앗겼구요."

"집에 가고 싶지는 않나?"

"너무 가고 싶죠. 하지만 지금 주인한테 빚진 것이 많아 갈 수가 없어요."

"부모가 원망스럽지는 않냐?"

"가난한 부모 탓해서 뭐하겠어요? 그분들이 가난을 원한 것도 아닌데."

"언제까지 여기서 일할 거냐?"

"모르죠. 이 년 팔자에 제대로 된 삶을 살아볼 수나 있을지."

이노키는 더 이상 묻지 않았다. 미자를 끌어당겨 옷을 벗기고 사랑을 나눴다. 이노키는 조선 여자를 처음으로 안았다.

독립군에 도착한 우현과 지용은 독립군 대장인 홍기하에게 인사를 한 후 저녁을 먹었다. 오랜만에 맛보는 한국 음식에 마음이 짠했다. 홍기하가 그들이 밥을 먹는 모습을 보고 물었다.

"그동안 고생이 많았소이다. 어떻게 여기까지 온 것이요?"

"학도병으로 징병 되었는데 독립군이 되기 위해 탈출한 것입니다."

"독립군에게 힘이 되고 싶어 왔어유."

고향인 충청도 사투리가 튀어나오는 지용의 모습에 홍기하가 미소지었다.

"잘 왔소이다. 자네들은 배운 바 많으니 우리에게 큰 힘이 될 거외다. 그런데 총은 쏠 줄 아시오?"

"일본군에서 몇 번 사격을 해보긴 했지만, 아직 경험은 별로 없습니다.”

“제가 볼 때 우현이는 진짜 사격에 솜씨가 있는 거 같어유. 일본
군 장교들이 놀라던 데유.”

“아, 그래? 어디 내일 사격 솜씨를 좀 볼까? 어쨌든 오늘은 푹 쉬
고 내일부터 훈련에 동참하도록 하게나.”

“네, 알겠습니다.”

다음날 아침, 독립군이 사격훈련을 시작했다. 홍기하의 참모장
인 최용준이 우현과 지용에게도 총을 주며 사격을 시켰다. 홍기하
도 관심을 갖고 직접 지켜보았다. 홍기하는 우현의 사격 솜씨가 보
통이 아님을 즉각 알 수 있었다. 그는 자신의 막사 안으로 들어가
저격수용 총을 가지고 나와 우현에게 건네주며 말했다.

“이 총으로 한번 쏴 보게.”

홍기하는 옆에 있는 부대원에게 200보 거리에 표적지를 가져
다 놓으라고 지시했다. 우현은 목표를 조준한 후 침착하게 방아쇠
를 당겼다. 우현이 쏜 총알이 정확하게 목표물에 가 맞았다. 홍기
하를 비롯한 주위 사람들이 모두 깜짝 놀랐다. 홍기하가 기뻤던지
큰소리로 말했다.

“특등사수 하나 얻었구만. 하하”

사격이 끝나자 산을 오르내리며 각개전투 훈련을 실시했다. 많
은 부대원들이 경사가 급한 산을 오르는 데 힘들어했지만, 지용은
아무렇지도 않다는 듯이 산을 타고 내렸다. 다른 사람이 따라잡을
수 없을 정도의 거리로 맨 앞에서 다람쥐처럼 날아다니듯 산을 탔

다. 경험이 많은 독립군도 지용을 따라가지 못했다. 멀리서 이를 지켜보던 홍기하가 고개를 끄덕이며 미소를 지었다.

훈련을 마친 부대원들이 다같이 모여 저녁을 먹었다. 우현과 지용도 다른 부대원들과 이야기를 하며 배식을 기다리고 있었다. 배식을 하는 사람 중에 민서가 있었다. 독립군들이 민서에게 말을 붙이려고 애쓰는 모습이었지만, 민서는 미소로만 답했다. 조금 떨어진 거리에서 가만히 민서의 모습을 지켜보는 우현은 그녀에게서 눈을 떼지 못했다. 우현과 지용도 차례가 되어 민서에게서 배식을 받았다.

"안녕하세요? 이번에 새로 합류한 정우현입니다."

"저는 박지용이구유, 잘 부탁혀유."

"아, 네. 저는 김민서라고 해요. 잘 오셨어요."

민서가 우현과 지용에게 반찬을 조금 더 얹어주었다. 괜히 싱글벙글 좋아하는 우현과 지용의 모습을 보고 민서도 미소를 지었다.

깊어가는 밤, 홍기하의 막사에 최용준을 비롯한 참모들이 모였다. 홍기하가 지도를 가리키며 말했다.

"여기가 731부대가 있는 곳이다. 내일 이 부대를 비밀리에 탐색한다."

"대장님이 생각하시는 것이 혹시?"

굳은 표정으로 자신의 마음을 내비치는 않는 홍기하가 답했다.

"일단 자세하게 731부대를 살펴보고 오도록. 이번에 합류한 우현과 지용을 데리고 가도록 해. 앞으로 도움이 많이 될 듯하다."

"예, 알겠습니다."

한편 731부대에서는 아베가 이노키에게 부대를 보여주고 있었다. 어느 건물의 11번 방에 이르렀을 때 이노키가 아베에게 물었다.

"마루타는 어디서 데려오는 겁니까?"

"그들은 주로 특무기관이나 사찰기관 혹은 관동군 헌병대에서 잡힌 사상범들, 조선인, 중국인, 몽고인, 그리고 러시아인들이오. 관동군과 특무기관은 중국이나 만주에서 항일운동을 하는 조선인들, 소련군 정보장교, 전투 중에 포로가 된 중국 팔로군들을 잡아서 정보를 알아낸 다음 처형시키기 전에 이리로 데려오지. 이것은 극비로 이루어지고 있소."

"그들은 재판을 받고 이리 오는 겁니까?"

"재판? 그런 것이 무슨 소용 있겠소. 대일본 제국에 대항하는 것들은 재판을 할 필요조차 없는 거요. 어차피 저놈들은 우리 일본군에 의해 사살시킬 수도 있었소. 재판 같은 쓸데없는 일을 하는 것도 시간 낭비일 뿐이야."

"마루타들은 어떻게 사용하고 있는 것이요?"

"한마디로 말해서 마루타들은 생체 실험용에 쓰는 것이오. 우리 부대는 각종 세균의 감염과 발병, 치유에 대한 연구를 하고 있소. 임상 실험을 바로 마루타에게 하는 것이지. 시간이 절약될 뿐만 아니라 원하는 실험을 마음대로 할 수 있어서 그 결과가 바로 나오고 있지. 좀 더 독성 있는 세균을 만들어 내려면 이를 마루타에게 투여해서 관찰하는 것이오. 아직 의학계에 발표는 하지 않은 것들로 아주 놀라운 것들이 많소이다. 이는 우리 일본 제국의 우수함을 입증하는 것이기도 하오."

11호실 안에는 711 번호를 단 여인이 있었다. 여인의 팔과 얼굴에는 반점과 부스럼 천지였다. 사람들이 다가와서 그런지 몸을 웅크린 채로 문 쪽을 노려보았다. 여인은 자꾸 손으로 사타구니를 긁었다.

"711번은 무슨 실험 대상입니까?"

"매독과 임질균을 투입했지. 독성이 강해 피부에 부작용이 있소."

"매독이나 임질균을 어떻게 감염시키는 거요?"

"그거야 간단하지 않겠소. 매독이나 임질균을 가지고 있는 남자와 성교를 시키지. 키스로도 감염이 되는지도 보고, 상처에 피를 내고 음부에 문지르기도 하고, 여자가 매독에 걸린 남자의 성기를 빨게 하기도 하지."

"매독과 임질에 대한 실험을 많이 하는가 보군."

"당연하지 않겠소. 지금 최전선에는 일본군들을 상대하는 위안부에게서 매독이나 임질이 많이 감염되고 있으니. 수천 명의 위안부 중에 성병에 걸린 여자는 수백 명일지도 모르잖소. 한 명의 위안부가 대하는 일본군이 하루에 30명이 넘소. 그런 과정에서 일본군이 성병에 감염될 것이고, 이는 일본군 전력에도 치명적일 테니."

이노키와 아베 12호실로 이동했다. 그곳에는 임신한 여인이 있었다.

"임신을 한 여자도 마루타로 사용합니까?"

"물론이지, 어떤 인간이건 가리지를 않아. 노인, 아이, 청년, 남자, 여자, 모든 종류의 인간이 실험 대상이지."

"저 712번 임신한 여인에게는 무슨 실험을 하고 있소?"

"저 여자는 조선인인데 임신한 상태에서 이곳에 들어왔소. 지금 실험하는 것은 임신부에게 약을 먹였을 때 어떻게 기형아가 생기는지를 알아보는 것이지."

"그럼 저 여인에게 약물을 투여하는 거요?"

"당연하지. 배 속에 있는 아이가 어떻게 기형아가 되어 가는지를 알고 싶은데 배를 갈라볼 수도 없고 그냥 뢴트겐 사진을 찍고 있소."

이때 마루타 대기실에 있던 새로 마루타 20여 명이 실험실로 들어오고 있었다. 갑자기 마루타 한 명이 대열에서 일탈하여 소리 지르기 시작했다. 살려달라고 하는 울부짖는 마루타를 본 일본군 한 명이 들고 있던 방망이로 그의 머리를 후려쳤다. '퍽' 하는 소리와 함께 마루타가 머리를 부여잡고 바닥에 쓰러졌다. 머리가 깨졌는지 피가 흘러내렸다.

"야, 이 새끼 얼른 일어나지 못해!"

일어나지 못하는 마루타에게 일본군 사정없이 매질과 발길질을 했다. 마치 마루타를 때려죽일 작정인 듯 멈추지를 않았다.

이노키가 이를 보고 아베에게 물었다.

"저렇게 죽일 겁니까?"

"할 수 없소."

"할 수 없다니요?"

"저들은 오늘 처음 이곳에 온 마루타들이야. 저런 걸 보여주면 다른 마루타에게 효과가 있으니까. 맞아 죽는 것을 눈으로 직접 보면 마루타들의 행동이 달라지지. 우리의 말을 고분고분 듣는다는 뜻이요. 일부러 한 명을 때려죽이고 나면 나머지 것들을 실험용으로 사용하기 편하거든."

일본군에게 맞던 마루타 움직임이 없었다. 다른 마루타들은 공포에 질린 모습으로 온몸을 떨고 있었다. 다른 일본군 한 명이 마루타에게 다가가 확인하고 아베에게 말했다.

"죽었습니다."

"가져다 화장해."

아베의 집무실에 들어온 이노키가 물었다.

"아까 마루타를 때려죽인 것은 좀 심한 것 아니었소? 별로 잘못한 것도 없지 않았소?"

"시범용이라니까. 자네가 아직 잘 몰라서 그래. 예전에 이런 일이 있었소. 한 병사가 목욕하는 마루타 여자를 감시하다가 덮친 적이 있었소. 그 병사는 이곳에 온 지 얼마 되지 않은 신병이었소. 시골에서 자라서 그런지 굉장히 순진했지. 여자 마루타는 얼굴이 예뻤고, 몸매도 날씬했지. 게다가 20살도 안 된 처녀였소. 아무리 마

168

루타라 할지라도 그런 여자가 목욕하는 것을 감시하다 보니 그 병사는 참지를 못했던 거요. 그 일 이후로 그는 몰래 그 여자를 계속해서 범했지. 그리고는 그 여자가 임신을 했어. 부대에서는 임신을 시킨 사람을 찾아냈고 결국 그 병사가 했다는 것을 알아냈지. 그때 병사가 뭐라고 했는지 아시오? 그 병사는 자신이 그 마루타 여자를 데리고 살겠다고 사정을 했소. 여자에게 정도 들고 자신의 아이까지 임신을 시켰으니 애도 낳아 자기가 키우겠다고. 그때 부대 수뇌부는 그 임신한 여자를 바로 죽여버렸고, 그 병사를 다른 곳으로 배치했소. 하지만 그 병사는 그 여자를 잊지 못해 스스로 목숨을 끊었지. 그 이후로 새로 오는 신임 병사들에게는 마루타를 더 잔인하게 다루게 해야겠다는 결정을 했소. 신임 병사 중에 임의로 골라 모든 신임 병사들이 보는 앞에서 마루타를 때려죽이게 시켰지."

아무 말도 하지 못하는 이노키에게 아베가 말했다.

"당신도 점점 익숙해질 거요."

점심을 먹고 난 후 이노키는 서류를 위해 취조실로 향했다. 취조실은 문이 열려 있었고 누군가 그 안에 있는 듯했다.

취조실 안에는 아베가 금방 잡아 온 젊은 마루타 여인을 강간하고 있었다. 미인형 얼굴에 몸매도 아름다운 여인이었다. 여인을 완전히 발가벗겨 세워 놓고 벽에 붙인 후 아베가 여인의 뒤에서 거칠게 정사를 벌이고 있었다. 여인의 두 손은 뒤로 묶여있고 양쪽 발목은 쇠사슬에 묶여있어 대항조차 못 하고 있었다. 여인의 옷은 전부 찢겨진 채로 바닥에 떨어져 있었다. 여인의 몸은 유난히 희고 고왔다. 하지만 여인의 몸 곳곳에는 시퍼런 멍과 피 흘린 자국이 남아 있었다. 아베의 바지는 무릎까지 반만 내려져 있었다. 한참동안 이루어진 강간 끝에 아베가 절정에 이르렀다. 그 모습을 본 이노키가 왠지 여자 생각이 났다. 저녁을 먹은 후 이노키는 전에 갔던 요리집으로 향했다. 거기서 그는 조선인 미자를 찾았다.

방안으로 들어온 미자가 이미 취해버린 이노키의 모습을 놀랐다.

"아니, 무슨 일 있으세요?"

아무 말없이 술만 들이키는 이노키의 모습에 미자는 당황했다.

"많이 피곤하신 것 같은 데 가서 쉬시겠어요?"

미자의 얼굴을 바라보던 이노키가 벌떡 일어나 미자의 손을 잡아끌고 방으로 달려갔다. 이미 펼쳐져 있는 이부자리에 미자를 쓰러뜨렸다. 이노키는 거칠게 미자의 옷을 벗기고 강간하듯 사랑을 나누었다. 당황한 미자가 체념한 듯, 눈을 감고 이노키를 받아들였다. 일을 끝낸 이노키가 미자에게 팔베개를 해주었다. 미자는 아무 생각도 없는 듯 이노키의 팔베개를 받았다. 이노키는 별 반응이 없는 미자를 끌어당겨 다시 품에 안았다.

최용준과 독립군 7~8명이 731부대 외곽 숲속에 숨어 부대를 살펴보고 있었다. 우현과 지용도 최용준의 옆에서 부대를 지켜보았다.

"부대가 엄청나게 큰 데유."

"근데 부대 크기에 비해 일본군 숫자는 적은 편인데요."

"이곳 부대장 계급이 뭔지 알아?"

"지는 잘 모르지유."

"중장이야. 별 세 개."

"어매, 별 세 개라구유?"

"그게 무엇을 의미하는지 알아?"

"병력은 많지 않은데 어떻게 부대장 계급이 그렇게 높죠?"

"부대장의 계급은 부대의 중요성을 뜻하는 거야."

"그래서 그런지 부대 안에 돌아다니는 일본군은 별로 없는데 경비는 무지 심한데유."

"그러네. 일본놈들은 전부 건물 안에 있는 건가?"

"여기가 731부대야."

"731유? 뭐 마루타 같은 게 있다는 게 여기인가유?"

"그래, 우리 대장님이 이곳을 친다는 것은 그만큼 깊은 뜻이 있는 거야."

최용준이 우현을 돌아보며 물었다.

"자네, 여기서 쏘면 부대 안의 일본군을 맞출 수 있겠나?"

"제 생각으로는 지금 가지고 있는 총으로는 너무 멀 것 같아요."

"음. 자네가 여기서 사격을 할 수 있다면 좋을 텐데. 자, 일단 돌아간다."

731부대를 탐색하고 온 부대원들이 홍기하 막사에 모여 회의를 했다. 홍기하는 중요한 정보를 얻어 부대원들에게 알려주었다.

"일본 마츠다 부대가 3일 후 이곳을 통과한다는 정보다. 이날이 마침 그믐이라 게릴라전 벌이기에 안성마춤이다. 지난번에 이야기한 대로 마츠다 부대를 공격한다."

최용준이 홍기하에게 물었다.

"이번에 우현이와 지용이도 데리고 갈까요?"

"그렇게 하도록 해. 우현이 사격훈련을 그토록 했는데 실력발휘할 때가 되었어."

달빛도 별로 없는 깊은 밤, 독립군들이 숲속에 잠복하고 있었다. 우현과 지용, 민서도 숨을 죽이고 일본군이 오기를 기다렸다. 서서히 산속 길을 행군하며 다가오는 일본군, 마츠다 대좌의 부대였다. 이노키도 자신의 대원들을 이끌고 있었다.

우현이 옆에 있는 민서에게 말했다.

"내가 해야 할 일은 적의 우두머리를 없애는 거야."

우현은 저격수 총으로 마츠다 대좌를 겨냥한 후 숨을 죽이고 방아쇠를 당겼다. 우현이 쏜 총알은 말을 타고 있던 일본군 마츠다 대좌의 이마에 정확히 가서 꽂혔다. 말에서 총을 맞고 거꾸러진 채 떨어진 마츠다 대좌는 즉사했다.

옆에 있던 이노키 대위와 일본군들은 갑작스런 공격에 어쩔줄 몰라했다. 우현의 사격에 이은 독립군의 공격에 일본군의 상당수가 사살되었다. 이노키는 상황이 심상치 않음을 깨닫고 후퇴를 명했다. 이를 본 독립군들이 만세를 부르며 환호했다. 민서와 우현도 서로를 바라보며 너무 기뻐했다.

일본군 병사 한 명이 아베의 집무실로 뛰어 들어오며 급하게 보고를 했다.

"마츠다 대좌가 죽었다고?"

"그곳에 조선인들이 숨어있을 줄 전혀 예상하지 못했습니다."

"우리가 독립군을 너무 얕잡아 봤어. 부대장님께는 내가 보고할 테니 아무 말 하지 마라. 마츠다 대좌를 부대장님이 많이 아꼈는데."

이치로 부대장은 마츠다 대좌의 죽음에 분노를 금치 못했다. 받은 것의 몇 배로 갚아주라고 명한 뒤 간부들을 모았다. 새로 개발한 신무기에 대한 회의였다. 회의실에 불이 다 꺼진 채 앞에 놓인 화면에는 영상이 돌아가고 있었다. 화면에는 일본군 비행기가 공중에서 무언가를 떨어뜨리고 있었다. 영상이 끝나자 불이 켜지고 이치로가 말했다.

"지금 장면은 저번에 우리 부대가 만든 세균 폭탄을 중국 어느 한 조그만 도시에 떨어뜨린 것이다. 예전에 실험한 것은 세균을 담은 폭탄이 떨어지는 과정에서 폭약이 폭발할 때 그 화력으로 많은 양이 세균이 공중에서 죽어 버렸다. 이번에 새로 개발한 것은 바로 도기 폭탄이라는 것이다. 즉, 도자기 안에 세균을 넣어 떨어뜨리는 거지. 그렇게 하면 폭발로 인해 생기는 열이 세균을 공중에서 죽이지는 못하니까."

아베가 물었다.

"각하, 그럼 저 폭탄은 곧 상용화할 예정이십니까?"

"당연한 것 아닌가? 실험은 성공적이었다. 하루속히 완성하여 대 일본 제국의 신무기로 사용할 것이다. 마츠다 대좌를 죽인 놈들에 게 가장 먼저 사용하겠다."

간부회의가 끝난 후 이치로가 매독 실험실로 둘러보았다. 아베 가 기다리고 있었다.

"연구는 잘 되어가고 있나?"

"예, 각하"

"경과를 얘기해 봐."

"현재 보고에 의하면 일본군 병사 중 약 6퍼센트가 매독이나 임 질 등에 감염되어 있습니다. 성병 보유율을 자세히 분석해 보았습 니다. 가장 중요한 요인은 위안부의 민족에 따라 성병 보유율이 다 르다는 것입니다."

"그래? 정확한 수치가 있나?"

"예, 사실대로 말씀드리면 일본 위안부의 성병 보유율이 가장 높 습니다."

"그 이유는 뭔가?"

"일본에서 온 위안부는 본토에서 이미 유곽 생활을 하다 온 여자 들이기 때문입니다. 그녀들은 전선에 투입되기 전에 이미 수년간 몸을 팔아왔기에 성병에 걸린 상태에서 온 경우도 많았던 것으로 보입니다."

"그 다음은?"

"남방 여인들입니다. 그녀들은 위생 관리가 불결해 그런 것으로 파악됩니다. 성병 보유율이 가장 적은 것은 중국 여자와 조선 여자입니다. 그들은 위안부가 되기 전 성적 경험이 거의 없어 성병 보유율이 낮은 것으로 생각됩니다."

"그래? 그럼 위안부를 전부 중국이나 조선 여자로 바꾸면 되겠구만."

"예, 그렇습니다."

"보고서를 잘 작성하도록 해라. 내가 군 수뇌부에 보고할 테니까. 그리고 서둘러서 매독이나 임질을 치료할 수 있는 약을 개발하도록, 바로 마루타에게 임상 실험도 실시하고, 알겠나?"

"알겠습니다. 장군."

731부대 해부실에는 집도하는 군의관 서너 명이 있었다. 그 주위에 몇 명의 군 장교들이 둘러서서 해부하는 모습을 지켜보고 있었다. 이를 지켜보는 아베가 이노키에게 설명해주었다.

"실험을 하고 나서는 이렇게 해부를 해봐야 하네. 실험 결과를 보는 것이지. 죽은 다음 해부를 하면 결과를 정확히 알 수가 없지. 살아있는 상태에서 마취한 후 바로 해부를 해야 우리 실험의 결과를 더 정확하게 알게 되는 거야."

"꼭 이렇게까지 해야 되는 건가?"

"이렇게 까지라니. 일본 제국의 세계 지배를 위해서는 이런 방법이 훨씬 빠른거지. 최대한 빨리 아시아를 우리 손에 넣어야 하지 않겠나? 군 수뇌부에서 우리 부대에게 엄청나게 큰 기대를 하고 있지. 저들을 인간이라고 생각하지 마. 나는 언젠가부터 저 마루타들이 사람으로 보이지 않더군. 그냥 실험용 동물이야. 자네도 군인 아닌가?"

"당연히 나도 군인이지."

"자네는 전투를 할 때 적을 인간으로 생각하나? 그런 생각으로 적을 죽일 수 있나? 나는 전투를 할 때 적을 사람으로 보지 않아. 그저 사냥용 짐승으로 볼 뿐이야. 그게 마음 편하지 않겠나? 어차피 사람은 언젠간 죽는다."

"어쨌든 난 전쟁이 얼른 끝났으면 해."

"전쟁을 빨리 끝내기 위해 우리가 이런 일을 하는 거야. 얼마나 거룩한 건가? 지금 해부하는 것은 자네가 각하에게 보고하도록 하게. 군의관들이 자세히 작성할 거고 자네는 그냥 읽어보고 사인만 하면 되네."

집도의들은 상체가 밀폐된 해부복을 입고 있었다. 클로로포름으로 마취된 여자 1명이 해부 침대에 누워있었다. 아직 살아있는 여자였다. 집도의 중 1명이 절개를 시작했다. 목에서 절개를 시작했다. 목의 절개가 끝난 후 겸자를 끼워 고정시켰다. 이어 가슴과 배를 갈라 나갔다. 절개는 여인의 음부까지 찢었다. 한 인간의 몸이 완전히 반으로 갈라진 형태였다. 여인의 심장은 아직도 뛰고 있었다. 집도의 둘이 가슴과 배를 벌렸다. 집도의 중 한 명이 말했다.

"간 아랫부분에 조그만 돌기가 있음. 비장이 많이 붓고 역시 이 부분에도 돌기가 있음."

176

옆에 있던 병사가 해부되고 있는 여인의 사진을 찍었다. 수십 번의 셔터가 눌러졌다. 사진 촬영이 끝나자 집도의가 여인의 간을 떼어 옆에 있는 용기에 넣었다. 더 이상 여인의 심장은 뛰지 않았다. 집도의 중 한 명이 커다란 톱을 가져왔다. 그 톱으로 여인의 머리를 썰었다. 두개골을 잘라내니 뇌가 노출되었다. 사진을 찍었던 병사가 뇌를 찍었다. 집도의가 여인의 뇌를 잘라내 용기에 넣었다. 여인의 다른 장기들도 차례대로 꺼내 포르말린이 들어있는 각각 다른 용기에 넣었다. 한 명의 군의관이 보고서를 작성하기 시작했다.

한편 부대 밖 야산에는 마루타들을 나무에 묶고 있었다. 죽음이 닥친 것을 안 마루타들이 소리를 지르며 난리를 피웠다. 저항하는 마루타들을 일본군이 사정없이 때린 후 모두를 묶고 나서 일본군은 빠르게 빠져나갔다.

잠시 후, 마루타들이 있는 곳 위에 경비행기가 날아왔다. 경비행기가 마루타에 가까워지자 새로 만든 도기 폭탄이 떨어졌다. 마루타 근처에서 도기 폭탄이 터지면서 그 안에 있던 세균들이 마루타에게 달라붙었다. 겁에 질린 듯 몸부림치는 마루타들을 멀리서 망원경으로 바라보는 아베가 만족한 듯 미소를 띠었다.

점심을 먹은 후 아베는 다른 야산으로 마루타들을 끌고 갔다. 마루타의 얼굴에 눈가리개를 한 후 나무에 묶었다. 마루타를 향해 일본군 병사 10명 정도가 소총에 실탄을 장전했다. 마루타는 병사들로부터 50m, 100m, 150m, 200m⋯. 500m까지 50미터 간격으로 서너 명씩 배치되어 있었다. 장전을 한 병사들이 일렬로 사격대형으로 자리를 잡았다. 아베가 병사들에게 말했다.

"새롭게 개발된 개인 화기의 최대 사거리 실험을 할 것이다. 각자 자신이 맡은 거리에 있는 목표물에 사격을 가한다. 정확한 유효사거리와 최대사거리를 측정해야 하니 실수하지 않도록."

아베의 사격 명령이 내려졌다.

"사격!"

병사들은 일제히 마루타를 향해 사격했다. 수십 발의 사격이 끝났다. 모든 마루타들이 죽었는지 피투성이가 된 채 고개를 떨구고 있었다. 병사들이 일제히 마루타에 가 총알의 인체 관통 결과를 기록했다. 가슴, 배, 멀, 팔, 다리 등 맞은 부위와 관통 정도, 출혈들을 보고서에 작성했다.

죽은 마루타를 처리하기 위해 나무에 묶여있는 것을 푸는 사이 500미터 부근의 마루타가 죽지 않았는지 달아나기 시작했다. 일본군 병사 도망가는 마루타를 사살했다.아베가 병사에게 달려와 따귀를 후려쳤다.

"야, 왜 그냥 사살하는 거야? 아직 목숨이 붙어 있으면 생포를 해서 다른 실험을 해야 할 것 아니야? 너는 기본을 잊었나? 정신 못 차리나? 뛰어가서 살펴봐라. 얼른."

병사는 도망간 마루타가 쓰러진 곳으로 급하게 뛰어갔다.

실험을 끝낸 아베가 이치로의 집무실로 들어와 보고했다.

"각하, 도기 폭탄 실험은 완벽하게 성공입니다."

"하하하, 내가 그럴 줄 알았어. 우리는 이제 가공할 만한 신무기를 보유하게 된 거야.

영국이나 러시아, 아니 미국하고 상대를 해도 우린 그 전쟁에서 승리할 수 있을 것이다. 저 세균 폭탄을 뉴욕이나 런던에 떨어뜨린다고 생각해 봐. 저들이 공포에 떨면서 항복을 하지 않겠어? 으하하하하."

이날 독립군 부대에서는 최용준과 홍기하가 밤 깊도록 회의를 하고 있었다.

"부대 규모는 사단급 이상입니다. 일본군 병력은 연대 정도는 아니구요."

"경계 정도는?"

"물 샐 틈 없습니다. 다른 부대보다 보초 인원이 두 배는 되는 것 같아요."

"그렇겠지. 극비리에 운영되는 부대이니까."

"부대 전부를 어떻게 하는 것은 무리라는 생각이 듭니다. 대장님. 중요한 시설 일부를 목표로 하는 것이 더 나을 듯싶습니다."

"치명상만 입히자 그건가?"

"예, 잘못했다간 죽도 밥도 안 될 것 같습니다."

"자네 생각도 일리가 있어. 그런데 그 안에 있는 우리 민족들을 구할 수는 없을까?"

"마루타 말입니까?"

"그렇네."

"건물이 너무 많고, 어디에 누가 있는지도 몰라서 그건 힘들 것 같습니다. 우리나라 사람들이 어느 건물에 있는지만 알아도 시도는 하겠지만, 그렇지 못할 경우에는 우리 부대원이 몰살될 수 있습니다."

"이미 수백 명이 마루타로 세상을 떠났다. 앞으로도 그 안에 있는 모든 사람들이 죽을 것이고. 우리가 한 명도 구하지 못해서야 되겠는가?"

"부대 내로 잠입을 한 번 해볼까요?"

"아니야, 그렇게 하면 좋긴 하겠지. 정보를 얻을 수 있으니. 하지만 잘못해서 발각되면 더 큰 것을 잃게 돼."

"부대를 공격하는 도중에 일부 병사들을 들여보내 볼까요?"

"그렇게 하면 좋기는 한데, 지원 사격이 어렵잖아."

"우현이한테 물어보니 지금 저격용 총으로는 힘들 것 같다고는 합니다. 하지만 개량된 총으로는 가능하지 않을까요?"

"그것을 구할 수 있겠나?"

"러시아 사람들은 가지고 있을 겁니다."

"아, 그거 좋은 생각이다."

"하얼빈으로 사람을 보내볼까요?"

"그래, 한번 알아봐. 돈이 조금 들더라도 그 총을 손에 넣는다면 한번 해볼만 할 거야."

"우현이 사격 솜씨가 워낙 있어서요."

"그 친구 사격 훈련을 더 시켜보라구."

"예, 대장님."

"그리고 한 가지 중요한 정보가 있어."

"예? 중요한 정보라구요?"

"731부대 근처 야산에 마루타들을 야외에서 실험하기 전에 가두어 두는 창고가 있다는 정보야. 갇혀있는 마루타 중에 조선인들도 있을 게 뻔해. 그 마루타들을 구했으면 한다."

"경계가 심하지 않을까요?"

"정보에 의하면 생각보다 경계가 심하지 않다는 거야. 어차피 실험용 마루타라 그다지 신경을 쓰지 않는 것이지."

"그렇다면 해볼만 할 것 같습니다. 우리 부대원들도 그동안 경험이 많이 쌓였으니."

"그래, 다만 몇 명이라도 우리 동포를 구해야 하지 않겠나? 이번 작전에 우현과 지용도 데리고 가도록. 민서도. 그들을 우리의 핵심자원으로 키워야 하네."

"예, 알겠습니다. 대장님."

우현과 지용은 저녁을 먹으며 민서와 이야기하고 있었다. 지용이 민서에게 물었다.

"민서 씨는 고향이 어디래유?"

"아, 저는 평양이에요. 지용씨는 충청도지요?"

"얼래? 어찌 지 고향을 알어유? 저한테 관심 있나유? 하하"

"사투리만 들어도 금방 알지요."

"예? 지가 그렇게 티가 나나유?"

"야, 너는 티가 나는 정도가 아니라 아예 고향이 충청도라고 광고를 하고 다닌다."

"엥? 그려? 난 광고 안 했는데?"

"광고를 안 해도 듣는 사람은 대번 알죠."

"그려유? 아이, 난 민서 씨가 나한테 관심 있는 줄 알고 좋아했는데."

"민서 씨 부모님은 평양에 살아 계세요?"

"아니요, 두 분 다 돌아가셨어요. 저는 형제도 없고 혼자예요."

"어쩌다 부모님 두 분이 돌아가셨데유?"

"두 분 모두 기독교 신앙이 깊었어요. 신사참배를 안 하시는 바람에 그만. 감옥에서 고문으로 두 분 모두 세상을 떠났지요."

"그래서 민서 씨는 독립군으로?"

"네, 일본군이 있는 땅에서는 숨을 쉬고 살 수 없어서 이곳까지 흘러왔네요."

"아, 그러셨구나."

민서의 눈가가 촉촉해졌다. 우현은 그런 민서를 가만히 바라보았다.

막사에 들어온 우현과 지용은 자리를 펴며 이야기를 나누었다.

"우리 731부대를 공격하려나?"

"탐색까지 자세하게 한 것을 보아서는 그럴 것 같아."

"대장님이 마루타도 구하려고 할까?"

"당연히 그러겠지."

"근데 부대가 너무 크고 지원 사격도 없어서 피해가 클 텐데."

"피해는 생각보다 클 거야. 위험도 높고. 그래도 보고만 있을 대장님이 아니지."

"마루타 중에 우리나라 사람도 많겠지."

"아마 조선 사람이 제일 많을 거야. 일본 놈들이 만만한 게 조선인이니까."

"쳐죽일 놈들. 인간도 아니야. 어떻게 살아있는 사람을 실험용으로 쓴다냐?"

"우리 같은 사람은 상상도 하지 못하는 짓이다. 절대로 우리 자식들에게는 이런 상태로 나라를 물려주어서는 안 돼. 차라리 죽으면 죽었지, 참아서는 안 돼."

"나도 이참에 너와 뜻을 같이하련다."

"나와 뜻을 같이한다니?"

"죽을 각오로 싸운다구."

"야, 너는 살아서 고향으로 돌아가. 고향에 가면 부모님도 친척들도 많잖아."

"너는?"

"나도 고향에 부모님이 계시기는 한데 연로하셔. 얼마나 더 사실지 알 수가 없어."

"그래도 살아서 부모님을 뵈어야지."

"난 고향 떠나올 때 부모님 마지막이라 생각하고 왔어. 살아서 만나지 못할지도 모른다고 이미 마음속으로 작별 인사를 하고 왔어.”

“야, 너 불효막심한 놈이구나.”

“그래, 이제 알았냐?”

“그래도 너같이 사람이 있으니 조선에게 희망이 있는 거다.”

“자식, 뜬금없이.”

“어쨌든 우리 힘을 합쳐서 마루타 한 명이라도 구해보자.”

“그러자. 한 명이 아니라 많이 구했으면 좋겠다.”

“그래, 그러자.”

우현과 지용은 서로 손을 마주 잡았다.

이노키는 자신이 아직 모르는 실험실을 돌아보고 있었다. 실험실 한 곳에 여성 마루타들이 모여 있었다. 마루타 중에 기생집에서 보았던 여성들이 몇 명 포함되어 있었다. 얼굴이 익숙한 여성을 보며 뭔가 이상한 것을 느끼는 듯한 표정의 이노키가 옆에 있는 병사에게 물어보았다.

“저 여인들은 뭔가?”

“조선인 기생들이었다고 합니다.”

“기생들이 왜?”

“조선 술집이 독립군 자금을 비밀리에 대주고 있었다고 합니다.”

“그런데?”

“술집 주인을 잡아 재산을 전부 몰수했다고 합니다. 기생들도 술집 재산이라고 해서 전부 이리로 데리고 온 거구요.”

“뭐라고? 기생들을 전부? 그 술집이 어디인데?”

"부대장님이 자주 이용하던 술집이라던데요?"

이노키가 깜짝 놀라 실험실을 뛰어나가 아베의 집무실로 달렸다. 아베가 급하게 문을 열고 들어오는 이노키를 아무 생각 없이 바라보았다.

"무슨 일이라도 있나?"

"아니, 물어볼 것이 하나 있어서. 우리 저번에 부대장님과 같이 갔던 술집 기억나나?"

"그럼, 그런데 왜?"

"거기 있는 기생들이 전부 이리로 왔다던데?"

"응, 맞아. 그게 왜? 자네하고 같이 잔 기생 때문에?"

"아아…. 그냥, 저…."

"신경 쓰지 마. 그년들은 조선인이야. 마루타로 쓰게 될 거야."

아베는 아무런 일도 아니라는 듯한 표정으로 고개를 돌리고 하던 일을 계속했다. 이노키는 아베를 잠시 쳐다본 후 무슨 생각이 들었는지 문을 급하게 열고 다시 나갔다. 이노키가 실험실 15에 들어오며 물었다.

"여기 마루타로 들어온 조선인 기생인 있나?"

"예, 있습니다."

"언제 이리로 왔지?"

"한 달 전쯤 됐습니다."

"내가 좀 볼 수 있나?"

"무슨 일 때문에 그러십니까?"

"확인해 볼 것이 있어서 그런다."

"그 여인은 얼굴이 많이 변해 있을 겁니다."

"얼굴이 많이 변하다니 그것이 무슨 말인가?"

"715번 마루타는 나팔관을 포함해 자궁 절제 수술을 했습니다. 수술 후 남성 호르몬을 투입시켜 성전환 실험을 할 것입니다."

"뭐라, 성전환 수술을?"

이노키가 크게 놀라며 말했다.

"어쨌든 그 마루타를 보고 싶다."

"그러시다면 저를 따라 오십시오."

병사가 이노키를 안내했다. 유리창이 너머에 715호 마루타가 있었다. 여성의 팔다리에 털이 나 있고, 코 밑과 턱에도 약간의 수염이 나 있었다. 구석에 앉아 멍하니 공중을 보고 있었다. 715호 마루타를 보고 크게 놀라는 이노키를 보고 병사가 말했다.

"남성 호르몬을 많은 양 투입하니 저렇게 남자처럼 수염하고 털이 났습니다. 여기서는 획기적인 성과라고 말하고 있습니다."

"앞으로 어떻게 한다고 하는가?"

"성기를 제거하고 남성의 성기를 이식한다고 들었습니다."

순간 이노키의 얼굴이 심하게 일그러졌다.

731부대와 외떨어진 야산에는 사람들의 눈에 띄지 않는 장소에 창고가 하나 있었다. 이 창고 안에는 마루타들이 감금되어 있었다. 최용준의 지휘하에 독립군들이 창고를 향해 접근해 갔다. 우현과 지용은 창고로 은밀하게 다가가 보초를 서고 있는 일본군을 우현과 지용이 제거했다. 독립군이 창고 문을 열고 들어가 안에 있던 다른 일본군 병사들을 제압했다. 최용준이 겁에 떨고 있는 마루타들에게 말했다.

"우리는 조선 독립군입니다. 여러분들을 구하기 위해 왔습니다. 어서 저희를 따라 이동하셔야 합니다. 일본군이 언제 올지 모릅니다."

마루타들은 서로를 돌아보며 놀란 표정이었으나 곧바로 안도의 한숨을 내쉬며 우현 일행을 따라나섰다. 우현과 지용은 마루타들을 데리고 독립군 기지로 향했다.

마루타 10여 명이 독립군 부대로 오는 것을 본 홍기하 대장은 두 손을 들고 크게 반겼다. 마루타를 인솔해 온 우현과 지용을 안으며 그 노고를 치하했다.

"정말 장하다. 진짜 큰일을 했어."

이어 홍기하는 뒤따라오는 마루타들을 끌어 안았다.

"어서 오세요. 여기는 독립군 부대이니 안전합니다. 얼마나 고생이 많았습니까?"

마루타들은 믿기지 않는 듯 두리번거렸다. 민서가 담요를 가져와 마루타들을 덮어준 후 우현과 지용을 반겼다.

"정말 대단하세요. 이런 일을 해내다니 정말 장하세요."

"운이 좋았어요. 일본군이 생각보다 많지 않아서."

"하늘이 도운 거 같아유. 우리도 성공하는 게 쉽지 않을 거라 생각했는데."

"정말 고생했어요. 얼른 뭐라도 드세요."

최용준을 비롯한 독립군 부대원들 마루타를 데리고 식사 장소로 향했다. 저녁식사를 마치자 독립군들이 마루타 주위에 모였다. 홍기하 대장이 마루타들에게 정식으로 인사를 했다.

"그동안 너무 고생이 많았습니다. 나는 이 독립군 부대의 대장 홍기하입니다. 오늘 여러분들을 이렇게 구할 수 있게 되어 얼마나 기쁜지 모릅니다. 우리는 731부대를 그동안 예의주시해 왔습니다. 731부대안에 있는 우리 조선인들을 구하려는 것이 내 목적입니다. 지난번 우리 부대원들이 731부대를 탐색했으나 바깥에서만 볼 수 있었습니다. 경비가 너무 심해 안으로는 들어갈 수가 없었지요. 마루타들을 구하기 위해서는 731부대 안을 좀 자세히 알면 좋을텐데, 조금이라도 이야기해 줄 수 있겠습니까?"

"그 안은 말 그대로 지옥입니다. 저희는 사람이라고 할 수 없었습니다. 실험용 동물과 다를 바 없었습니다."

"731부대의 일본군은 인간이 아닙니다. 하루에도 생체 실험을 하다가 죽어나가는 사람들이 수십 명도 넘을거에요. 매일 화장을 하느라 굴뚝에서 연기가 나지 않는 날이 없으니까요."

"그동안 어떤 일들을 당했는지 설명을 좀 해주겠소?"

자신이 부대 내에서 본 것들을 이야기하기 시작했다.

"저는 우연히 진공 실험실에 있던 사람이 실험당하는 것을 볼 수 있었습니다. 실험실 외벽은 유리로 되어 있었고, 그는 발가벗겨졌습니다. 부분 마취를 해서 그런지 몽롱하고 멍해 보였습니다. 손목은 일부러 절개를 해서 피가 흐르고 있었습니다. 일본군이 서서히 압력을 높여 진공상태로 만들어 갔습니다. 서서히 압력을 높여가다가 최고단계로 올렸습니다. 그는 몸이 너무 고통스러운지 나뒹그러졌습니다. 팔과 다리로 허우적댔고, 심한 경련이 일어나는 듯했습니다. 코에서 피가 터져 나왔고 입술 사이에서도 피가 나오기 시작했습니다. 일부러 실험을 하기 위해 절개한 손목에서 피가 솟구쳤고 솟구친 피는 사방으로 튀었습니다. 손목의 피가 터져 나오면서 손목의 살이 파열되기 시작했습니다. 이어서 내장의 압력과 외부의 압력이 달라지자 그의 내장에 있던 것들이 모든 기관을 통해 터져 나오기 시작했습니다. 항문으로 대변과 내장이 삐져나왔고, 눈알이 튀어나오면서 액체가 흘러나왔습니다. 입에서는 혀와 위에서 역류된 액체가 쏟아져 나오기 시작했습니다. 항문이 넓게 찢어지고, 귀와 눈도 크게 찢어지면서 신체의 내부에 있던 모든 것들이 나왔습니다. 그의 최후의 모습은 말 그대로 괴물이었습니다."

다른 마루타가 자신이 경험한 것을 이야기했다.

"저는 독가스실 앞에 대기하고 있었습니다. 독가스실 앞에 있는 유리방에는 젊은 여인과 아이가 있었습니다. 그 여인의 아이인 듯했습니다. 갑자기 그 여인이 아이를 안고 유리창으로 다가와 소리를 질렀습니다. 아이라도 살려달라고 애원하는 것이었습니다. 하지만 일본군은 아무런 반응도 하지 않고 유리방 안으로 독가스가 주입되기 시작했습니다. 유리방 안에는 안개 같은 것이 점점 많아지기 시작했습니다. 여인은 가슴으로 아이를 꼭 끌어안았습니다. 독가스가 점점 많아지자 여인은 숨을 들이켜고는 앞으로 쓰러졌습니다. 여인의 품 안에 있던 아이도 기절했습니다. 잠시후 여인의 사지가 떨리더니 더 이상 여인의 몸은 움직이지 않았습니다. 아이는 엄마보다 먼저 사망했습니다."

"저는 동상실험실에 대기하고 있었습니다. 실험실은 영하 25도부터 시작했습니다. 일본군이 실험실 안에 있는 마루타의 손과 발에 물을 뿌렸습니다. 이어 다른 마루타에게는 몸통에 물을 뿌렸습니다. 마루타들이 심한 추위에 몸을 부들부들 떨었습니다.그들의 노출된 피부가 얼어붙기 시작했고, 피부가 붉은 빛깔로 변하더니 점점 보랏빛으로 바뀌면서 수포가 생겼습니다. 이어 피부가 거무스레해지더니 어떤 마루타는 추위로 인해 기절했습니다. 대기하고 있던 일본군 병사가 들어가 동상에 걸린 피부를 꼬챙이로 찔러보았습니다. 몸이 얼어붙어 꼬챙이가 들어가지 않았습니다. 그런후 일본군이 마루타들을 꺼내 다른 실험실로 데려갔습니다. 군인들이 마루타의 괴사된 피부에 각기 다른 온도의 물을 부었습니다. 한 병사가 펄펄 끓는 물을 마루타에게 붓자, 마루타의 얼어붙은 다리가 '퍽' 소리와 함께 부서졌습니다. 피부와 살점이 떨어져 나가고 하얀 뼈가 나타났습니다."

다른 마루타들이 이어 말했다.

"사실 우리들은 살아남을 수 있다는 것을 포기하고 지냈어요. 처음 부대에 잡혀왔을 때야 그래도 살아서 부대밖으로 나갈 수 있을 것이란 희망을 가졌지만, 며칠 가지 않아 모든 것을 포기하게 되었어요."

"저도 며칠 만에 가지고 있었던 희망을 잃고 모든 것을 포기했어요. 일본군들이 모든 마루타들을 그렇게 만들어버려요. 살아도 살아있는 목숨이 아니었어요."

"어떤 마루타들은 차라리 죽는 것이 낫다고 해서 자살을 하는 경우도 많았어요. 어차피 죽게 될 것인데 고통을 겪고 싶지 않다고 스스로 죽는 거에요."

마루타들의 이야기들 듣던 독립군들은 치를 떨며 분노를 참지 못했다. 홍기하 대장은 더 이상 이야기를 들으면 마루타나 독립군에게 마음만 다칠 것 같다는 생각이 들어 마루타들에게 취침을 권했다.

"하루라도 빨리 731부대는 사라져야 합니다. 인류 역사에서 저런 부대는 결코 존재하지 말아야 합니다. 여러분, 그동안 정말 너무 고생이 많았습니다. 오늘은 마음 편히 주무시기 바랍니다. 자, 우리 참모들이 여러분 잠자리를 준비해 놓았으니 그쪽으로 옮기셔서 푹 쉬세요."

"정말 감사합니다. 대장님."

마루타들이 일어나 감사 인사를 했다. 최용준이 마루타들을 안내했다.

마루타들이 나가는 모습을 보는 홍기하가 부대원들에게 말했다.

"오늘 자네들도 고생이 많았네. 쉬고 싶은 사람들은 가서 쉬고 다른 사람들은 내 막사로 갑시다."

"네, 대장님"

자신의 막사로 돌아온 홍기하가 독립군들을 격려했다.

"오늘 정말 큰 일을 했다. 마루타를 구해 낼 수 있다는 희망이 생겼어. 이제 본격적으로 731부대 공격할 계획을 세워도 될 것 같다."

최용준 또한 부대원을 칭찬했다.

"우현과 지용, 진짜 중요한 일을 해주었어. 설마 했는데, 확실히 자네들은 이제 독립군의 기둥이야."

"오늘은 몇 명밖에 안 되지만 다음에 더 많은 마루타를 구해야겠어요."

"그려유. 한 번 해보니까 자신이 생기네유. 다음에 훨씬 많은 사람을 구해야지유."

홍기하가 그동안 생각해 온 자신의 뜻을 말했다.

"우리가 왜 731부대를 파괴해야 하는지 이유를 설명해주겠다. 1937년 12월에 일본군이 남경에 진입했다. 중국군은 이미 철수했고 시내엔 힘없는 시민들만 남아 있었지. 그때 일본군은 몇 명씩 시내를 돌아다니면서 무차별적으로 살인과 약탈을 했다. 2~3일 동안 남경 시민 12,000명이 죽었다. 일본군이 남경을 떠날 때까지 죽은 사람은 4만 명이 넘는다고 한다. 그런데 그들 대부분이 부녀자와 아이들이었다. 일본군은 여자라면 나이를 불문하고 강간을 밥 먹듯이 했어. 일본군은 남경에서 일어난 일을 분석한 결과 병사들에게 여자를 붙여주지 않고서는 제대로 된 전쟁을 할 수 없을 것이라 판단을 했다. 이후에 일본군이 가는 곳 주위에는 대부분 유곽을 세웠다. 유곽은 여자 정신대라고 했다. 주로 조선인, 중국인 여자들을 잡아다 그곳에 배치를 했지. 일본군 병사들의 전투력이 그 후로는 급격하게 향상이 됐다. 남경학살은 결코 남의 일이 아니다. 일본군은 언제 어디서나 그러한 짓을 하고 있어. 731부대는 남경학살과는 차원이 다른 일본군이 악랄한 짓을 하는 곳이다. 그곳에는 인간으로서는 상상할 수 없는 일들이 일어나고 있다. 생지옥이 따로 없어. 우리는 그곳에 있는 우리 동포들을 구하기 위해 731부대를 파괴해야만 한다. 모두 이해가 되는가?"

부대원들은 서로를 돌아보며 고개를 끄덕이며 강한 눈빛을 교환했다. 지용이 홍기하에게 물었다.

"대장님, 하루라도 빨리 우리가 작전을 시작해야 하는 것 아녀유?"

"마음 같아서는 오늘 당장 하고 싶다. 하지만 저들은 최정예부대야. 만반의 준비가 필요하다. 자 오늘 고생 많았고, 이제 모두들 쉬도록 해."

다른 부대원들은 다 돌아가고 참모인 최용준과 홍기하가 이야기를 나누었다.

"731부대를 공격할 때 저격수가 우현이 한 명이면 부족하지 않을까?"

"네, 사실은 그것에 대해 상의를 드리려고 했어요. 아무래도 우현이 한 명보다는 몇 명 더 있으면 훨씬 작전 수행하기가 나을 것입니다.”

“자네가 보기에 저격수로 마땅한 사람이 눈에 띄는가?”

“민서가 어떨까 싶습니다. 여자이긴 한데 훈련을 시켜보면 남자부대원보다 나을 것 같다는 생각이 듭니다.”

“아, 그래? 여자 저격수라? 전혀 생각도 못해 봤는데.”

“저격수는 일단 침착하고 집중력이 강해야 합니다. 물론 눈도 좋구요. 그런 면에서는 민서가 웬만한 남자부대원보다는 나을 듯합니다.”

“그럼, 내일 한번 훈련을 시켜보도록 하지.”

“예.”

“그리고 또 한가지는 독립군 자금을 운반하는 것이 점점 어려워지고 있어. 일본군들이 산길에도 곳곳에 초소를 늘려가고 있어서 운반책들이 언제 어떻게 될지를 몰라. 작전을 위해서는 독립군 자금이 많이 필요하고 안전하게 이를 운반하는 것이 필수야.”

“제 생각에는 이제는 운반책들이 아무도 다니지 않는 산길을 이용해야 될 것 같습니다. 초소가 전혀 없는 길로 다녀야 하니까요.”

“그래서 말인데, 지용이를 독립군 자금 운반책으로 맡기면 어떨까 싶네.”

“그 친구 산 하나는 기가 막히게 타더라구요. 다른 부대원들이 전혀 따라가지 못할 정도로요. 아무도 없는 산속으로 다니면 상대적으로 안전할 겁니다.”

"내 생각에는 그 친구 욕심도 없고, 책임감도 강한 것 같은데."

"저도 그렇게 생각합니다."

"그럼, 이번에는 지용에게 독립군 자금 운반을 한 번 맡겨보세. 여기서 함께 지낸 시간도 어지간히 되었으니."

"예, 알겠습니다."

이즈음 이치로의 집무실에는 아베가 이치로의 앞에서 부동자세로 서 있었다. 이치로가 지도의 한 마을을 지휘봉으로 가리키며 말했다.

"이 마을에 팔로군의 비밀 세력들이 숨어있다고 한다. 마을 우물에 세균을 투입해라. 극비 작전이니 병사들도 눈치채지 못하게 완수해야 한다. 알겠나?"

"마을 우물에 세균을 투입하면 주민들도 피해를 보지 않겠습니까?"

"팔로군이 이 마을에 있다는 것은 주민들이 도와주기 때문이야. 그렇지 않고서는 이 지역에 계속 머무를 수가 없겠지. 이는 마을 주민들도 팔로군이나 마찬가지니 다 죽여도 상관없다. 절대, 눈에 띄지 않게 해. 만약 누군가 발견되면 즉시 사살하도록."

"알겠습니다. 각하."

깊은 밤 아베와 그의 부하들이 만주의 한 마을에 접근하고 있었다. 병사가 아베에게 물었다.

"대위님, 이번은 무슨 작전입니까?"

"부대 수뇌부가 결정한 비밀작전이라 너희들은 몰라도 된다. 그냥 내 명령에 따르기만 해라. 일단 마을의 중심부로 은밀하게 접근한다. 알겠나?"

"알겠습니다."

아베와 병사들 마을의 우물 쪽으로 접근했다. 우물에 가까이 오자 아베가 명령했다.

"너희들은 여기서 망을 보고 있어라. 내가 직접 수행하겠다. 가지고 온 용기를 가져와."

병사가 용기를 가져다 아베에게 주었다. 아베는 혼자서 우물에 접근하여 용기의 포장을 뜯었다. 용기 안에는 장티푸스균이라 써 있었다. 아베가 주위를 둘러본 후 장티푸스균을 우물에 투입했다.

마을에서 물러난 아베는 강가로 향했다. 강가에서 조그만 배를 탄 후 아베가 용기를 꺼내 뚜껑을 열고 콜레라균을 강물에 쏟아부었다. 그는 강물을 따라 흘러가면서 계속해서 콜레라균을 쏟아냈다. 콜레라균이 담긴 용기를 다 쏟아붓자, 배 위에 있는 모든 물품들을 강으로 버렸다. 노를 저어 배를 강가에 댄 후, 배의 가운데에 구멍을 뚫자, 구멍 뚫린 배는 잠시 후 가라앉았다. 이후 일본군 모두 강가를 떠나 산 쪽으로 은밀하게 이동했다.

며칠 후 일본군이 행군을 하던 중 조선인 마을을 지나가고 있었다. 행군을 지휘하던 아베가 말했다.

"잠시 이 민가에서 식사를 하고 간다. 각자 알아서 민가로 들어가 해결하고 와라."

일본군 병사들 일부는 마루타를 감시하고 일부는 민가로 들어갔다. 민가로 들어간 일본군은 밥을 달라고 소리쳤다. 일본군의 강요에 못 이겨 여인이 부엌으로 들어갔다. 잠시 후 살며시 부엌으로 한 명의 일본군 병사가 따라들어갔다. 이어 자지러질듯한 여인의 비명소리가 들렸다. 이 근처를 지나가다 비명소리를 들은 이노키가 무슨 일인가 싶어 부엌으로 들어갔다. 부엌에서는 일본군 병사가 여인을 부엌 바닥에 쓰러뜨린 후 치마를 끌어 올려 강간을 시도하고 있었다.

"야, 지금 뭐 하는 거야? 시간이 없다. 얼른 음식이나 준비하게 해라."

다른 민가에서도 똑같은 일이 벌어지고 있었다. 이노키가 지켜보다 못해 말했다.

"너는 제국의 군인으로서 자존심도 없나?"

병사가 불만스러운 표정으로 말했다.

"전쟁터에서 이 정도 가지고?"

"뭐, 이정도? 이 새끼가!"

병사도 불만스러운 듯 이노키에게 주먹을 날리려 하자, 이 모습을 지켜보던 아베가 다가와 권총으로 병사를 사살했다.

"이 새끼가 병사주제에 감히 장교에게 대들어?"

아베는 아무렇지도 않은 듯 주위를 향해 소리를 질렀다.

"30분 안에 출발한다."

아베의 명에 주위에 있는 일본군 병사들은 허겁지겁 밥을 먹었고, 일본군 병사를 보며 겁에 질려있는 조선인들은 벌벌 떨고 있었다.

몰래 숨어서 이들을 살펴보던 최용준은 부대로 복귀해 홍기하에게 보도했다.

"일본군이 강가에 무언가를 뿌리는 것이 확인되었습니다. 또한 조선인 마을에 들어가 난장판을 벌였습니다."

"아마, 강에 뿌린 것은 세균일 거야. 조선인들은 피해가 많나?"

"예, 일본군이 지나가는 곳이 그렇듯이 매 한가지입니다."

"내가 한번 조선인 마을을 가봐야겠다."

"예, 그렇게 하시지요."

홍기하와 그의 부하들이 조선인 마을을 방문했다. 마을 주민들이 그동안 일어났던 것을 홍기하에게 털어놓았다.

"고향을 떠나 이곳에서 살아가는 것도 너무 힘이 듭니다. 언제 일본놈들이 와서 행패를 부릴지."

"고생이 많소이다."

"해방이 얼른 되면 좋을텐데."

"저희가 계획한 것이 있는데 조만간 실시할 것입니다. 그때까지만이라도 힘을 내십시오."

조선인 마을에서 돌아온 홍기하는 더욱 부대원들을 격려했다.

"어서 해방이 될 수 있도록 우리가 할 수 있는 것은 다 해야 한다. 타지에서 고생하는 우리 동포들에게 희망을 주어야 해."

이어 홍기하는 러시아산 저격수용 총을 가지고 나와 우헌에게 건네주었다.

"이 총으로 한번 사격을 해 보게나."

우현은 엎드려 쏴 자세로 표적지를 응시한 후 거침없이 사격을 가했다. 총알은 정확하게 표적지에 가서 박혔다. 홍기하가 이 모습을 보고 우현에게 물었다.

"총이 어때?"

"와, 이런 총도 있나요? 이건 호랑이도 잡겠는데요."

"러시아산이야."

"아, 대단한 총이네요."

"더 멀리 한 번 쏴보겠나?"

"예, 그러죠."

"지금 표적지에서 한 200보 더 되는 목표물을 한번 쏴 보게나."

우현은 아주 멀리 있는 나무에 조준을 한다. 잠시 숨을 멈춘 후 사격을 하자 총알은 정확하게 목표물에 명중되었다.

홍기하가 만족한 듯 고개를 끄덕였다. 홍기하가 민서를 불렀다. 영문도 모른 채 민서가 오자 홍기하가 말했다.

"자네도 한번 저격수용 총을 쏴 보게나."

"제가요?"

옆에 있던 최용준이 민서에게 고개를 끄덕였다. 민서가 엎드려 쏴 자세로 저격수용 총으로 사격을 하자, 총알은 정확히 목표물에 가서 박혔다. 홍기하가 만족스러운 듯 최용준을 돌아보며 말했다.

"자네 말이 정확하게 맞는구만. 민서도 오늘부터는 우현이와 함께 저격수 훈련을 받도록."

한편 지용은 어깨에 가방을 멘 채 산속길을 부지런히 걷고 있었다. 멀리 보이는 일본군 초소 앞에 지용은 잠시 멈추었다.

"이거 원. 왜놈 초소는 왜 이리 많은 거야. 또 산으로 가야겠군."

지용은 길을 우회하여 산속으로 들어갔다.

"내일 아침까지 닿으려면 밤새 한잠도 못자겠군."

지용은 혼잣말을 하며 뛰다시피 산을 넘었다.

한편 홍기하는 부대원들을 모아놓고 작전을 지시했다.

"전투에서 가장 중요한 것 중 하나는 보급이다. 중요한 정보가 들어왔어. 이번에 일본군들이 새로운 무기와 탄약을 대량 운반한다는 소식이다. 이번 작전은 이 군수물자를 끊어 놓는거야. 잠복하고 있다가 덮친다. 대량의 무기라 일본군의 병력도 만만치 않을 거야."

작전을 위해 부대원들이 잠복하고 있었다. 최용준의 명령에 따라 공격했지만, 독립군이 수적으로 너무 열세여서 부대원들이 하나씩 죽어가고 있었다. 우현이 형세를 보고 지용에게 말했다.

"우리 인원이 너무 부족해. 이러다가는 전부 몰살당할 거야. 지금이라도 빨리 후퇴하고 내일을 기약하는 것이 나을 것 같아."

이때 옆에 있던 민서가 총에 다리를 맞았다. 우현은 깜짝 놀라 민서에게 다가갔다.

"민서야, 괜찮아?"

"괜찮아, 그냥 스친 것 같아."

"더 이상은 무리인 것 같아. 저놈들이 이렇게 많이 올 줄을 전혀 예상하지 못했어.

저번에 그 일본 놈 대좌를 쏴 죽여서 복수를 하려고 작정한 거야. 다른 부대원들 잃기 전에 어서 가야 해."

이때 최용준 명령을 내렸다.

"전원 후퇴한다!"

명령이 떨어지자 우현은 민서를 업고 뛰기 시작했다.

"내가 그냥 갈게. 내려 줘."

"아무 말 하지 마. 꽉 잡아!"

우현은 죽을 힘을 다해 산속으로 뛰었다. 그 뒤를 지용이 엄호하며 함께 뛰어갔다.

다른 부대원들도 일본군을 향해 일제히 사격을 한 후 빠르게 퇴각했다.

간신히 부대로 복귀한 부대원들을 홍기하와 최용준이 맞이했다.

"총에 맞았나 보구나."

"괜찮습니다. 스친 것 뿐이에요."

"큰일 날 뻔했다. 어서 치료를 받아야 해. 지난번 일본군 대좌를 죽인 것에 저놈들이 분에 받쳐서 그래."

"그만하길 다행입니다."

홍기하는 낙심하는 우현에게 말했다.

"후퇴한 것 가지고 마음 쓰지 말게. 싸우다 보면 나중을 생각하는 것이 더 중요할 때가 있는 거야. 잘 결정했어. 어서 가서 치료도 하고 뭐라도 들게나."

"예, 대장님."

우현은 민서를 치료하고 먹을 것도 가져다주었다.

한편 이 시각 731부대에서는 이치로 부대장이 참모들과 회의를 하고 있었다.

"이번 작전은 기구를 이용하는 것이다. 비밀리에 기구 수십 개를 준비했다. 기구에 세균 폭탄을 실어 적의 진지에 투하하는 것이다. 기구를 이용하는 이유는 소리 나지 않게 적에게 접근할 수 있기 때문이다."

"밤에 작전을 수행하면 적들이 우리가 접근하는 것을 잘 알지 못하기에 정말 기가 막힌 작전이라 생각됩니다."

"바로 그거다. 일단 일주일 후 작전을 수행한다. 첫 번째 작전은 아베 대위가 지휘한다. 알겠나?"

"예, 각하!"

이치로의 지시대로 밤에 작전이 시작되었다. 아베가 작전 지휘를 맡았다.

"준비가 다 끝났나?"

"예, 끝났습니다."

"기구에 바람을 넣어라."

아베의 지시에 병사들이 기구에 바람을 불어 넣었다.

"세균이 들어있는 용기를 가져와라. 차곡차곡 조심해서 싣도록 해라."

병사들이 용기를 싣자, 아베가 명했다.

"첫 번째 작전이니 반드시 성공해야 한다. 알겠나? 작전 개시!"

병사들과 세균 용기를 실은 기구가 천천히 하늘로 올라가기 시작했다. 하늘 높이 올라가는 기구를 쳐다보는 아베의 얼굴에 미소가 번졌다. 이때 어디선가 들려오는 총소리가 들려왔다. 기구가 총탄에 맞아 구멍이 뚫리며 바람이 새기 시작했다. 점점 기울어지는 기구가 균형을 잡지 못하고 추락하기 시작했다. 이 모습을 본 아베는 너무 놀라 주위를 살폈다.

"뭐야? 이거 도대체 어떻게 된 거야?"

산속에는 우현이 스나이퍼 총으로 기구를 향해 사격을 가하고 있었다. 그 옆에 지용과 부대원들이 조용히 지켜보고 있었다. 우현이 다시 사격을 하자, 기구는 완전히 추락하기 시작했다.

아베는 어디서 총알이 날아오는지 알 수도 없어 분통을 터뜨렸다.

"아니, 대체 어디서 누가 총을 쏘고 있는 거야? 빨리 파악하지 못해!"

부하들이 사방으로 퍼져 찾아 나섰지만, 기구를 다 터뜨린 우현 일행은 이미 산속으로 후퇴한 뒤였다.

이 시각 이노키 집무실에 병사 한 명이 뛰어 들어왔다.

"대위님, 큰일 났습니다."

"무슨 일이냐?"

"지금 마루타들이 폭동을 일으키고 있습니다."

"뭐라고?"

이노키가 무장을 하고 뛰어나갔다. 이노키가 폭동이 일어난 건물로 뛰어왔을 때 이미 폭동은 절정에 이르고 있었다.

"최대한 빨리 진압해라."

이노키의 명령에 병사들이 마루타에게 사격을 가했다. 마루타들이 쓰러져 당황하는 사이 일본군들은 한꺼번에 몰려가 몽둥이로 제압했다. 무지막지하게 마루타를 두들겨 패는 일본군들의 폭압에 마루타들은 너무 힘없이 무너져 내렸다. 마루타들이 저항을 하지만, 일본군의 강한 제압에는 당해낼 수가 없었다. 수십 명의 마루타들이 죽은 채 바닥에 쓰러져 있었다.

731부대 감방엔 폭동과 연루된 마루타들이 감금되었다.

"우리들 힘으로는 이곳을 탈출한다는 것은 달걀로 바위 치기요. 폭동을 일으켰지만 아무런 효과가 없지 않았소."

"여기서 살아나갈 방법은 진정 없는 걸까요?"

"집으로 갈 수만 있다면 죽어도 여한이 없을 텐데."

"죽기전에 집에 한번이라도 가볼 수 있을지."

"누가 구해주는 사람이라도 있다면 얼마나 좋을까요?"

"독립군이 있다고 하는데 아마 힘들지 않을까 싶어요."

모든 마루타들이 고개를 숙이고 절망에 빠져 있었다.

폭동이 진압된지 며칠이 지난 후 아베가 지휘하는 병사들이 새로운 10명의 여자 마루타를 후송하고 있었다. 여자 마루타들은 겉옷은 입지 않은 채 속옷만 입고 있었다. 후송하던 트럭이 멈추어 섰다. 선탑하던 아베가 말했다.

"오늘은 여기서 자고 간다."

아베는 자신의 병사들이 무엇을 원하는지 알기에 일부러 이곳에 멈추어 섰던 것이다. 아베가 자리를 비운 사이 병사들이 여자 마루타를 윤간하기 시작했다.

이때 갑자기 홍기하 부대의 독립군이 이들을 습격했다. 윤간을 하던 일본군들은 불시의 공격에 속수무책이었다. 일본군 병사들은 전멸되다시피 했다. 독립군은 일본군을 처치한 후 마루타를 구해 산속으로 숨어들었다. 뒤늦게 이 모습을 본 아베는 할 수 있는 것이 하나도 없었다. 바닥에 엎드린채 아베는 이를 갈기만 할 뿐이었다.

마루타를 구한 후 우현과 다른 부대원들은 마루타들을 보호하며 부대로 향했다. 하지만 마루타들이 힘에 부쳐 따라가지를 못했다. 우현이 마루타를 돌아보며 말했다.

"여기서 좀 쉬었다 가세요. 부대까지는 얼마남지 않았습니다."

마루타들은 힘에 겹지만 마음이 놓인 모습이었다.

우현이 마루타를 데리고 부대에 들어오자, 민서가 나와 우현을 반겼다.

"애썼어. 고생 많았지?"

"고생은 무슨. 사람들을 구할 수 있어 마음이 얼마나 좋은데."

민서가 우현을 바라보며 방긋 웃었다.

부대에는 한양을 다녀온 지용이 우현을 기다리고 있었다.

"우현아, 잘 지냈어?"

"한양은 잘 다녀온 거야?"

"그럼, 참 그런데 이건 진짜 중요한 소식이야."

"뭔데?"

"들리는 소문에 의하면 일본이 패망할 것 같대."

"뭐? 진짜? 사실이야? 어떻게 알았는데?"

"태평양에서 일본해군이 미국 해군한테 무참히 박살이 났다는 거야. 일본은 더 이상 전쟁을 계속할 수가 없다고 해."

"진짜? 와, 이건 듣던 중 반가운 소식이다. 이곳 만주에 사는 조선인들이 이제 집으로 갈 수 있겠구나."

"그런데 가만히 생각해보면 이곳 길림 일대에는 정말 조선인들이 많은 것 같아. 마루타에 조선인들이 많은 것도 아마 여기에 조선인이 많아서 그럴꺼야."

"간도에 조선인들이 많은 건 일본이 우리나라 사람들을 다 쫓아내서 그래. 1930년대 이후 총독들이 조선인의 만주 이민을 강제했어. 아주 계획적이었지."

"일본 총독은 조선에 화폐 기조 정책을 썼어. 조선의 백성 대부분이 농민이라는 것을 이용해 농산물값을 폭락시켰고."

"게다가 그들은 조선 청년을 억지로 군대로 끌고 갔어. 일본의 군대 자원이 모자랐기 때문이지. 그렇게 끌려간 조선 청년들은 전쟁터에서 죽을 때까지 벗어날 수가 없었어.

돌아온 사람들이 아무도 없었으니까. 청년들보다 나이 많은 사람들은 강제로 징용으로 끌고 가서 탄광이나 군수공장의 일하는 기계로 삼았어. 아무런 대가도 지불하지 않은 채. 게다가 젊은 여성은 닥치는 대로 끌고 가 너희 일본군의 창녀로 쓰고 있어. 일본인들의 노리개로 말이야."

"사실, 난 우리 조선 민족이 당한 만큼 그대로 너희 일본 놈에게 되갚아 주고 싶을 뿐이야."

"언젠간 일본은 패망하겠지. 그날이 멀지 않을 거야. 그리고 그들이 저지른 범죄는 가장 잔인하고 비인간적인 것으로 영원히 남게 될 거야."

우현과 지용 그리고 민서는 밤하늘을 쳐다보았다. 하늘에는 별이 총총하게 많았다.

한편 이치로는 집무실에서 일본군 수뇌부들에게 명했다.

"지난번에 공격당한 것의 몇 배로 복수를 해라. 조선인 마을을 쑥대밭으로 만들도록. 다시는 우리 일본군에 대한 저항하지 못하게 하란 말이다."

"예, 각하."

731부대가 조선인 마을을 공격하려고 잠복해 있었다. 50명 정도 되는 소대 병력이었다. 모든 병사들이 완전무장을 하고 있고, 일부 병사는 기관총을 들고 있었다. 아베가 병사들에게 말했다.

"이 마을이 조선독립군의 거점이라는 정보다. 독립군들이 저번에 일본군을 기습 공격해서 많은 피해를 보았다. 그놈들이 이 마을에 있다고 한다. 아이, 노인, 여자, 남자 할 것 없이 모조리 죽이고 마을을 완전히 불살라라는 상부의 명령이야. 알겠나?"

"예, 알겠습니다."

일본군 병력이 마을을 향해 접근해 갔다. 마을 사람들은 전혀 눈치를 채지 못하고 있었다.

아베가 명령을 내렸다.

"공격 개시!"

일본군의 총소리가 울려 퍼졌다. 말을 탄 일본군들이 횃불을 들고 마을 속으로 공격을 시작했다. 일본군들이 횃불을 마을 초가지붕에 던졌다. 집집마다 불이 붙어 순식간에 마을이 불바다가 되었다. 혼비백산하여 집에서 뛰쳐나오는 주민들. 그중에 독립군들이 전열을 갖추어 대항하기 시작했다. 하지만 너무 갑작스러운 공격이라 독립군 전원이 몰살당했다. 일본군은 살아있는 주민들을 잡아끌고 갔다.

"이놈들을 마루타로 사용하면 되겠군."

일본군이 떠난 마을은 초토화되어 있었다. 마을 주민 모두 학살되어 마을 곳곳에 시체가 쌓여 있었다. 죽은 여인들은 일본군의 강간으로 인해 옷이 벗겨진 채 알몸이었다. 불에 타버린 집구석에는 한 어린아이가 울고 있었다.

일본군이 학살한 조선인 마을에 도착한 홍기하의 독립군 부대는 학살된 모습을 보고 치를 떨었다. 홍기하가 마음을 정한 듯 말했다.

"우리 작전을 하루빨리 실행하도록 하자. 내 더 이상 이런 꼴을 볼 수가 없어."

옆에 있던 우현이 답했다.

"예, 대장님. 이렇게 가만히 앉아서 당할 수만은 없습니다. 최대한 빨리 작전을 수행할 수 있도록 하겠습니다."

독립군들은 마을을 돌아다니며 살아남은 사람들을 챙겼다. 울고 있는 아이들을 안아 데려왔다. 부대로 복귀한 독립군들은 회의를 시작했다. 홍기하가 자신의 결심을 말했다.

"조선인 마을이 당한 것을 보고만 있을 수 없다. 이번에는 731부대를 직접 공격한다. 내가 직접 지휘하겠다. 모두 각오를 단단히 하도록."

"예, 알겠습니다."

며칠 후 홍기하가 이끄는 부대가 731부대를 향하고 있었다.

"전쟁은 적의 대가리부터 쳐내는 것이 최선이다. 이제 곧 731부대에 도착할 것이다. 오늘 우리 작전의 성공이 많은 동포를 구해낼 수 있을 것이다. 모두들 각오는 되어 있겠지?"

"내 죽기 살기로 할 겁니다. 오늘을 얼마나 기다렸는지 모릅니다."

다른 부대원들이 서로를 바라보며 결의를 다졌다.

독립군이 731부대 외곽에서 망을 보고 있었다. 부대원들이 우현을 중심으로 모였다. 731부대를 관찰하던 최용준은 홍기하에게 무언가를 보고했다.

"무언가 수상합니다. 일본군들이 그들의 자료를 소각하고 있습니다."

"뭐라고? 그게 무슨 말이냐?"

"정확하게 알 수는 없으나 수많은 서류와 도구들을 모두 불태우고 있습니다."

우현이 말했다.

"그들이 증거를 없애는 것이 아닐까요? 아니면 혹시 부대를 옮기는 것이 아닐까요? 전쟁의 대세가 기울어가기 때문에."

"아마 그럴 수도 있겠다. 어쨌든 우리는 오늘 계획을 실행한다. 알겠나?"

"예, 장군."

홍기하가 명령을 내렸다.

"작전 개시!"

명령이 떨어지기가 무섭게 검은 옷을 입은 독립군 일부가 귀신같이 731부대에 잠입했다. 그들은 은밀하게 경계병 사이를 다니며 건물 곳곳에 폭약을 설치했다. 폭약이 다 설치된 후 우현은 다시 명령이 떨어지기만을 기다렸다.

홍기하의 명령이 떨어졌다. 우현은 깊은숨을 들이마셨다. 들이마신 숨의 절반을 내 쉰 뒤, 숨을 멈추었다. 곧바로 우현의 둘째 손가락이 방아쇠를 당겼다.

"탕!"

우현의 총에서 나간 총알이 아베의 이마에 정확히 가서 박힌다. 아베는 그대로 뒤로 쓰러졌다. 우현과 민서가 저격수 총으로 설치된 폭탄을 하나씩 쏴서 터뜨렸다. 731부대 건물 곳곳에서 폭탄이 터지면서 731부대 건물 전체에 불이 붙었다.

지용을 비롯한 다른 부대원들은 일본군이 혼란한 틈을 타 부대 내로 진입했다. 독립군들은 부대 내 일부 건물 내로 들어가 마루타들을 구했다. 우현과 민서는 지용과 부대원들을 위해 먼 거리에서 엄호 사격을 계속했다. 지용은 몇십 명의 마루타를 구해 731부대를 재빠르게 빠져나왔다. 잠시 후 지용은 우현과 합류했다.

"더 많은 마루타를 구해 내면 좋으련만, 그것이 너무 아쉬울 뿐이다."

"그나마 우리의 계획 일부를 완수했으니 자긍심을 갖도록 하자."

"다음 기회에 이 부대를 완전히 없애도록 하자."

홍기하가 명령을 내렸다.

"자, 일단 오늘은 여기서 철수한다."

부대원들이 마루타들을 데리고 산속으로 사라졌다. 기지로 돌아온 홍기하 대장이 모든 부대원들에게 격려를 했다.

"정말 수고 많았다. 우리 작전은 일단 성공한 거야. 731부대 내에 있는 사람들을 다 구하면 좋았겠지만, 오늘은 이것으로 만족하자. 다음 기회에 더 많은 사람들을 구할 수 있을 거야. 그리고 우리들 최후 목표는 731부대의 완전 파괴다, 알겠지!"

"예!"

이때 최용준이 급하게 무언가를 홍기하에게 보고했다. 이어 최용준은 라디오를 크게 틀었다. 라디오에서는 일본 천황이 항복하겠다는 발표가 나오고 있었다. 모든 부대원들이 믿기지 않는 표정이었다. 홍기하는 큰소리로 전 부대원들에게 말했다.

"일본이 항복을 했다. 이 날이 오기를 얼마나 기다렸는데."

그제서야 부대원들 모두 놀란 듯이 서로를 바라보며 소리를 질렀다. 서로를 얼싸안고 만세를 불렀다. 우현과 지용 그리고 민서도 서로 부둥켜안고 좋아했다. 서쪽 하늘에 노을이 아름답게 펼쳐져 있었다.

6. 배론의 종소리

많은 선비들이 과거 시험을 치르고 있는 가운데 앳된 모습의 황사영도 보였다. 힘들게 답안을 쓰고 있는 다른 이들에 비해 황사영은 제일 먼저 답안을 끝냈다. 그는 앞으로 성큼성큼 걸어 나가 답안을 제출했다. 시험을 보던 사람들이 부러운 듯 그를 쳐다보았다.

답안을 채점하던 관리가 황사영의 답안을 보고 놀랐다. 다른 관리에게 황사영의 답안이 전달되고 이를 본 관리 역시 고개를 끄덕였다.

"장원으로는 손색이 없습니다."

"누가 뭐래도 이 답안보다 훌륭한 것은 없을 듯합니다. 어찌 어린 나이에 이런 생각을 할 수 있을지 놀랍습니다."

"인재 하나 제대로 나왔습니다."

"그런 것 같습니다. 보기 드문 수재가 아닐 수 없어요."

"전하께서도 무척이나 기뻐하실 듯합니다. 이렇게 어린 소년이 장원이니까 말입니다."

"아무렴요, 인재를 워낙 아끼시는 분 아닙니까?"

과거 시험장 문 앞에 시험 결과가 붙어 있었다. 이를 확인하는 황사영의 얼굴에 미소가 돌았다.

정조 앞으로 불려온 황사영은 임금에게 큰절을 했다.

"고개를 들어 보거라."

황사영이 천천히 고개를 들었다. 16세 소년의 앳된 모습이었다. 하지만 그의 얼굴엔 영민함이 배어 있었다.

"답안에 무슨 말을 썼던 것이냐?"

"마음이 세상의 근본이기에 마음이 세상을 바꾸는 가장 큰 것이라 하였습니다."

"아직 열여섯에 불과한데 어찌 그것을 알았느냐?"

"제 마음을 돌아보고 그리 알게 되었사옵니다."

정조가 황사영을 한참이라 바라보았다.

"이리 가까이 오라."

황사영이 정조에게 조금 더 다가가 무릎을 꿇었다. 임금이 손수 황사영에게 다가가서 그의 손을 잡았다.

"네 아비는 무엇을 하는 사람이냐?"

"일찍이 돌아가셨사옵니다."

"아비 없이 이렇게 훌륭히 자랐다니 기특하구나."

"황공하옵니다, 전하."

"내 너를 바로 쓰고자 하나 나이가 너무 어려 그리하지 못함이 아쉽구나. 스무 살이 되면 다시 너를 부를 터이니 그때까지 더욱 학문에 정진하도록 하여라."

"알겠사옵니다. 전하."

"훗날 크게 쓰임을 받을 터이니 마음을 굳세게 키우도록 하여라."

"망극하옵니다. 전하."

황사영이 정조에게 절을 하고 물러났다.

황사영의 처가는 양평 두물머리에 위치하고 있었다. 아침 일찍 황사영과 장인인 정약현은 산 위에 올라 북한강과 남한강이 흘러가는 모습을 바라보았다. 유유히 흐르는 거대한 물줄기를 보고 있는 황사영에게 정약현이 물었다.

"무슨 생각을 그리 골똘히 하고 있나?"

"저 흘러가는 물을 보니 노자의 말씀이 생각이 났습니다."

"그래? 노자의 어느 말씀이던가?"

"上善若水 水善利萬物而不爭 處衆人之所惡 故幾於道 居善地 心善淵 與善仁 言善信 正善治 事善能 動善時 夫唯不爭 故無尤 (최상의 덕은 물과 같다. 물은 만물을 이롭게 하여 다투지 않는다. 모든 사람들이 싫어하는 곳에 가기를 좋아한다. 그러므로 도에 가깝다. 거처로는 땅을 좋다고 하고, 마음은 깊은 것을 좋다고 하고, 사귀는 데는 어진 것을 좋다고 하고, 말은 진실한 것을 좋다고 하고, 다스릴 때는 질서 있음을 좋아하고, 일할 때는 능력있게 하고, 움직임에는 때에 맞음을 좋다고 한다. 오직 싸우지 않으니, 허물이 없다)"라는 말씀입니다.

"물과 같은 삶이라면 얼마나 좋겠는가? 세월이 그렇지 않으니 그게 걱정일세."

황사영은 정명련과 혼인했다. 그의 나이 16세였고 정명련은 18세였다. 혼례식에는 처삼촌인 정약전, 정약종, 정약용도 함께 했다. 정약현은 혼례식에서 두 사람의 금실이 좋을 것 같다는 느낌을 받았다.

첫날밤을 치르고 황사영은 아내와 함께 집 앞에 있는 두물머리로 나왔다.

"전하께서는 언제 당신을 부르실까요?"

"스무 살이 되면 부른다고 하셨는데 아직 몇 년 더 기다려야겠지요."

"어서 그날이 왔으면 좋겠어요."

황사영이 정명련을 보고 미소 지었다. 강 위로 학 몇 마리가 유유히 날아가고 있었다.

처삼촌인 정약종이 기꺼이 황사영의 스승 역할을 했다. 황사영을 가르치며 그는 생각했다. '이 아이는 영민하면서도 너무나 맑고 순수하다. 이는 장점이면서도 단점일 터인데. 세상이 그와 반대라 걱정이다. 어두운 시대엔 애통하는 자도 위로받지 못하는바, 시대가 천재를 죽일 수도 있겠구나.'

생각에 잠긴 정약종에게 황사영이 물었다.

"스승님, 무슨 생각을 그리하십니까?"

"아니다. 잠깐 내 너의 나중 모습을 그려보았느니라."

"저의 나중 모습을요?"

"그래, 그건 차차 얘기하도록 하자. 내 오늘은 유가에 없는 것을

216

말해보려 한다. 이 세상에는 시공을 초월한 존재가 있다. 그는 스스로 근원이 되는 이다. 또한 그가 만물을 주재하고 있다."

황사영은 처음 듣는 말이었지만, 조용히 스승의 말을 경청했다.

"선과 사랑은 바로 주재하는 자의 원리이다. 악과 분노는 그 원리에서 벗어난다."

"그의 존재가 그리 위대하다면 저 또한 깊이 알고 싶습니다."

"내 기꺼이 너에게 그 모든 것의 가르침을 주도록 할 것이야."

"예, 깊이 배우도록 하겠습니다."

"오늘 밤, 나와 함께 어딘가 가보도록 하자."

"예, 스승님."

정약종은 황사영과 정명련을 데리고 어느 민가로 조용히 들어갔다. 그곳에선 여러 사람들이 모여 예배를 드리고 있었다. 황사영은 처음으로 천주교 예배를 드렸다. 예배에 참석한 지 얼마 지나지 않아 황사영의 마음은 천주에게 붙들렸다. 알 수 없는 힘이 그를 잡아끌었다. 새로운 세계가 그에게 보였다. 그는 그 세계를 무시할 수 없었다.

몇 달이 지나자 황사영은 때가 되었다는 것을 느낄 수 있었다. 주문모 신부가 황사영과 정명련에게 세례를 주었다.

"부인, 이제 당신은 마리아로 다시 태어났구려."

"모든 것이 감사할 따름입니다. 당신과 함께 이 길을 갈 수 있어 행복할 뿐이에요."

황사영이 정명련의 손을 잡고 기도했다.

"주여, 이제 우리 부부는 주님께 걸어갑니다. 저희 손을 잡아주소서."

황사영의 마음은 더 이상 출세나 성공에 없었다. 유가를 떠나 천주에 마음을 쏟았다.

황사영은 매일 천주교 서적을 읽어나갔다. 책을 읽고 나서는 정명련에게 그의 생각을 말하곤 했다.

"이런 세상이 온다면 여한이 없겠구려."

"서책엔 무슨 말이 들어 있나요?"

"우리가 상상하지도 못했던 자유로운 세계, 모든 사람이 사랑하고 사랑받는 세계, 반상의 구별이 없고 천주 앞에 평등한 세계, 그런 세계를 그리고 있소."

"그런 일이 가능할까요?"

"작금의 권력을 잡은 이들의 행태로는 어림도 없겠지요. 자신들의 기득권을 내려놓을 이가 누가 있겠소. 하지만 우리 후손들에게라도 이러한 세계가 오면 좋을 것이오." 영민했던 황사영은 천주교 서적을 통해 익힌 것을 다른 사람에게 전했다.

"천주께서는 양반, 상민 할 것 없이 여러분을 똑같이 사랑하고 계십니다."

사람들에게 천주에 대해 나누면서 그의 마음은 관직에서 떠나갔다.

"당신도 예상했겠지만 나는 출사를 하지 않는 것이 좋을 듯해요."

"하지만 소년등과를 아무나 하는 것이 아닌데….”

"이제 천주를 알게 되었으니 그것이 중심이라는 생각이 들어요.”

"저 또한 그런 마음이 있기는 하나, 당신의 재주가 너무 아까워서요.”

"내 당신의 뜻을 모르는 바는 아니나, 이제는 더 이상 나랏일에 마음이 가질 않아요.

게다가 정조대왕께서 돌아가셨기에 나를 알아주는 이도 없을 거예요.”

"너무 급하게 결정하지 말고 천천히 생각해 보셔요.”

"그래야겠지요. 깊이 생각해 보도록 합시다. 많이 피곤하니 이제 그만 자도록 합시다.”

황사영은 천주에 대한 마음이 커짐에 따라 아내에 대한 사랑도 커져감을 느꼈다.

그러던 어느날 처숙부인 이승훈이 황사영을 방문했다.

"내 이제 자네에게 명도회 한 곳을 맡기려 하네.”

"아니, 무슨 말씀을, 저는 아직 그것을 감당하기는 어렵습니다.”

"아니야, 자네는 충분히 그런 능력이 있네. 신앙적으로나 지식적으로 우리 조선에서 자네보다 나은 이는 없어. 아직 나이가 어리기에 더 큰 일을 맡기지 못함이 아쉬울 뿐이네.”

정명련이 이승훈에게 말했다.

"서방님은 이제 나랏일에 뜻을 두지 않으셨습니다.”

"그러니 더욱 이 일을 해야 하지 않겠나? 내 그리 알고 다른 이들에게도 다 이야기를 해 놓음세. 남송로, 최태산, 손인원, 조신행, 이재신도 자네와 함께 할 것이야."

"알겠습니다. 어르신의 뜻이 정 그러시다면 최선을 다해 보겠습니다."

"그래, 천주께서 자네 같은 인재를 사용하시려고 이렇게 되었나 보네."

정조가 죽자 정순왕후가 수렴청정했다. 정순왕후는 모든 요직을 그녀의 사람들로 채웠다. 6촌 오빠인 김관주가 우의정이 되었다.

"대왕 대비마마, 우의정 대감 드시었사옵니다."

"안으로 매시어라."

김관주가 정순왕후에게 예를 갖추었다.

"대왕 대비마마, 그간 강녕하시었습니까?"

"어서 오세요. 내 오래도록 기다렸습니다."

"성은이 망극하옵니다, 대왕 대비마마."

"일전에 말씀드린 것은 어찌 되었습니까?"

"마마의 명대로 은밀하게 준비하고 있사옵니다."

"잘 하시었소. 내 사학의 무리라면 끔찍이도 싫소. 군왕보다 천주를 신봉하고 조상을 위하기는커녕 신주마저 불사른다니 이게 가당키나 한 것입니까?"

"말도 안 되는 것이지요. 아예 씨를 말려야 합니다."

"또 하나 해야 할 일이 있소."

"그것이 무엇이옵니까, 마마."

"내 지난 기간 동안 그림자처럼 살아왔소. 뒷방에 박혀서 숨소리도 내지 않고 있었지만, 때를 기다린 것뿐입니다. 이제 때가 왔으니, 시파를 아예 없애야 합니다. 그래서 대감을 부른 것입니다."

"짐작하고 있었습니다, 마마. 저의 모든 힘을 보태 마마의 꿈이 이루어질 수 있도록 하겠습니다. 이번에 확실히 세력을 갖추어 저희 세상이 되도록 하겠습니다."

"부디 애써 주기 바랍니다."

"마마의 뜻을 성심껏 받들겠습니다."

다음날 대전 회의가 열렸다. 순조 옆에 정순 왕후 좌정하고 있었다. 신하들 모두 모여 임금께 예를 갖춘 후, 영의정이 나섰다.

"전하, 이번 기회에 사학의 무리들을 모조리 뿌리 뽑아야 하옵니다. 더 이상 이 땅에 요망한 기운들이 퍼져나가서는 아니 되옵니다."

"영상의 말이 전적으로 옳사옵니다, 전하."

"통촉하여 주시옵소서, 전하."

순조가 고개를 돌려 대왕대비를 바라보았다. 정순 왕후가 임금에게 고개를 끄덕였다.

"알겠소이다. 경들의 뜻대로 하겠소이다."

"성은이 망극하옵나이다, 전하."

대전 회의가 끝난 후 비변사에는 삼정승과 육판서가 모였다. 영의정이 포도대장을 불렀다.

"부르셨사옵니까, 대감."

"전하의 하교가 내려졌네. 당장 사학의 모든 무리들을 잡아들이게."

우의정인 김관주가 말했다.

"전국을 샅샅이 뒤져 조금이라도 관련된 자들은 모두 추포하시오. 일단 주문모부터 잡아야 하오. 그 중국 신부란 놈이 이 조선에 들어오고 나서부터 더 난리가 난 것이오. 그놈 하나 때문에 사학 무리가 3배가 늘었어요. 지금 전국의 그 패거리가 만 명이 넘어요. 가능한 모든 군졸을 풀어 그놈부터 반드시 잡아들이시오."

"예, 알겠습니다. 대감. 당장 명을 따르도록 하겠습니다."

포도대장이 나간 후 영의정이 말했다.

"이번에 정적을 모조리 다 없애야 합니다. 하늘이 주신 절호의 기회예요. 특히 시파의 핵심 정약용 형제들을 뿌리째 뽑아내야 합니다."

"대감의 말씀이 전적으로 맞습니다. 그동안 돌아가신 선왕이 그들을 너무 아끼셔서 우리가 힘을 쓸 수가 없었어요. 그들이 죽어나면 시파는 이빨 빠진 호랑이입니다."

"그동안 우리가 그 시파 놈들 때문에 기를 써보지도 못했어요. 그놈들을 싸그리 다 없애고 우리 세상을 만들어야 합니다."

"맞습니다. 마침 그 천주쾐가 뭔가 하는 놈들 때문에 핑곗거리가 생긴 거지요. 몇 년 전만 해도 얼마 되지도 않았는데, 갑자기 요근래 늘어났으니 말입니다. 불쏘시개감으로 적당하지요."

"게다가 정약종이 핵심 천주교인이니 오죽이나 잘 됐습니까? 그 형인 정약전이나 아우 정약용이 연루됐다고 뒤집어씌우면 만사형통일 것입니다."

"그럼, 그놈들부터 잡아 족치고, 우리 시대를 슬슬 열어봅시다."

"예, 대감!"

포도대장의 명에 의해 정약종의 형제들이 곧장 추포되었다. 의금부 위관이 형틀에 묶인 정약종에게 물었다.

"너의 사호는 무엇이냐?"

"아우구스티노다."

"너는 왜 네 아비가 지어준 이름을 버렸느냐?"

"버린 것이 아니라 본명으로 돌아간 것이다."

"돌아가다니, 그게 무슨 뜻이냐?"

"천주를 믿고 새롭게 태어났다는 말이다."

"뭐라? 새롭게 태어나다니? 웬 흉측한 궤변이더냐? 너는 어릴 적 유학을 배워 인성을 갖추었을 터인데, 어찌 천주라는 헛것에 정신이 빠져 있느냐? 네가 주장하듯이 천주가 이 세상을 주관한다는 것을 증명할 수 있느냐?"

"증명할 수 있다. 어린아이가 웃을 때 나는 천주가 실재함을 느낀다. 너희들이 우리 같은 백성들을 가두고 때리는 것 또한 천주를 증명한다. 너희들의 악행을 가엾이 여기는 내 마음이 천주를 증명한다."

"미친놈, 저놈을 당장 매달아서 죽도록 쳐라."

나장들이 정약종을 들어 올려 그의 팔을 뒤로 묶은 후 대들보에 매달았다. 대롱대롱 매달려 있는 정약종을 몽둥이로 사정없이 두들겨 팼다. 정약종은 고통스러워도 소리를 내지 않고 참았다. 끝없이 계속되는 매질에 정약종은 기절했다. 땅바닥으로 정약종의 피가 뚝뚝 떨어지고 있었다. 나장들이 찬물을 가져와 그에게 끼얹었다. 위관이 정약종에게 물었다.

"너희 삼 형제와 주위의 족속들은 마친 뱀과 같이 얽혀 있다. 너는 형인 정약전과 아우 정약용을 어떻게 사학으로 끌어들였느냐?"

"형님인 정약전과 동생 정약용은 심지가 얕다. 그들은 허약해서 천주를 믿을 만한 그릇이 못 된다. 오직 헛소문일 뿐 나 혼자만 천주를 믿는다."

"헛소리하고 있군. 네 조카사위인 황사영도 네가 사학으로 끌어들였느냐?"

"그 아이는 순진해서 아무것도 모른다. 어린 그 아이가 어찌 천주에 대해 관심이 있겠느냐? 모두 뜬소문일 뿐이다."

"황사영이 천주 조직에 있어 가장 핵심적인 역할을 하고 있다는 것을 내 모두 알고 있다. 이실직고하는 것만이 네 목숨을 건지는 길이다. 사실대로 말하지 못하겠느냐, 이놈!"

"그 아인 절대로 그런 일을 할 인물이 못 된다. 오직 나만이 우리 집안의 천주쟁이다."

"저 우라질 놈, 아직도 정신을 못 차리고. 여봐라, 저놈을 죽도록 쳐라!"

나장들이 정약종을 죽어라하고 두들겨 팼다.

정약용과 정약전 또한 의금부에서 심문을 받고 있었다. 두 사람은 이미 피투성이가 되어 있었다. 형틀 주위에도 피가 흥건했다. 형틀 옆에는 각종 고문 기구가 널려 있었다. 정약전은 이미 기절한 상태였다. 위관이 정약용에게 물었다.

"네 형인 정약종은 참수를 면치 못할 것이다. 목숨만은 살려줄 터이니 너희 집안의 또 다른 천주쟁이의 이름을 대라. 네 집안의 족속들이 한둘이 아니거늘 너희 삼 형제만 천주쟁이는 아닐 것이다. 목숨이 끊어지기 전에 한 놈이라도 그 이름을 밝혀라! 황천길이 보고 싶냐, 이놈!"

나장들이 정약전에게 찬물을 끼얹었지만 깨어나지 못했다. 위관이 정약전을 쳐다보고는 고개를 저었다.

"얘들아, 저놈은 놔둬라. 목숨이 다한 듯하다."

위관이 정약용에게 눈을 부라리며 물었다. 정약용이 거친 숨을 내쉬었다. 죽음이 그의 눈앞에 보였다. 위관이 명했다.

"여봐라, 저놈의 주리를 있는 대로 틀어라. 다리가 부러져 병신이 돼도 상관없다. 저놈의 주둥이에서 누군가 한 명의 이름이라도 건져야 한다. 알겠느냐, 어서 주리를 틀어라!"

나장들 있는 힘껏 정약용의 주리를 틀었다. 정약용이 다리가 부러질듯한 고통에 하늘을 쳐다보며 소리 질렀다. 나장들이 다시 주리를 틀었다. 뼈가 부서지는 고통을 정약용은 더 이상 참지 못했다. 정약용이 고개를 떨구며 작은 소리로 말했다.

"제일 큰 형님의 사위인 황사영이 천주쟁이요."

위관이 정약용의 자백을 듣고 바로 포도대장에게 달려가 보고했다.

"뭐라, 정약용이 조카사위도 천주쟁이라 했다고? 그렇다면 그 황사영인가 하는 놈이 사학의 중책을 맡고 있을 것이다. 내 이 사실을 비변사에 알려야겠다."

포도대장이 급하게 비변사로 달려갔다. 포도대장의 보고에 영의정이 놀랐다.

"뭐라고, 황사영? 그놈이 어떤 자인가?"

"선왕이 살아계실 때 소년등과 했다고 합니다."

좌의정이 자신의 기억을 더듬었다.

"아아, 어렴풋이 기억이 납니다. 오래전, 정조대왕 시절, 천재가 하나 나왔다는 소문이 있었어요."

우의정도 기억이 나는 듯했다.

"아, 열여섯에 급제했다는 그 아이 말이요?"

"처숙부인 정약용보다 똑똑하다는 말이 돌았지요. 정약용은 스무 살에 과거를 봤어도 떨어졌지 않습니까?"

"뭐라, 정약용보다 똑똑하다고? 근데 왜 조정이 나오지를 않고?"

"대감, 소년등과였다지 않습니까? 선왕이신 정조대왕께서 나중에 쓰시려다가 돌아가셨으니 그리 된 것이지요."

"조정에 나오기를 기다리는 과정에 천주쟁이가 됐나 봅니다, 대감."

"아니, 그럼 이거 더 큰 문제 아닙니까? 그자가 그리 똑똑하다면 시간이 흘러 천주쟁이들의 큰 역할을 할 것이 아니겠소."

"그럴 수 있을 것입니다. 아무렴요. 추후의 천주쟁이 우두머리가 될 수 있겠지요. 거목이 될 씨앗일 겁니다."

"아니, 뭐라? 그렇지, 그럴 수 있지. 그렇다면 미래 사학 무리의 수괴가 될 수 있겠지.

안 되겠다. 그놈의 역할이 더 커지기 전에 당장 잡아들여야 한다."

영의정이 포도대장을 향해 말했다.

"어서 그 황사영이란 놈부터 잡아들여라! 만약 이 일을 그르친다면 자네도 그 자리를 보존치 못할 것이야."

"예, 대감."

서소문 앞에서는 정약종의 참수가 집행되고 있었다. 형장에는 다른 많은 천주교 신자들도 참형을 기다리고 있었다. 무릎 꿇고 있는 정약종에게 위관이 물었다.

"마지막으로 할 말이 없느냐?"

"이 세상을 떠나는 마지막 소원이 있다. 천주가 있는 하늘을 바라보고 죽고 싶다."

위관이 나장들에게 정약종을 형틀에서 풀어 하늘을 바라보게 했다. 망나니가 칼춤을 추기 시작했다. 정약종이 크게 외쳤다.

"아무것도 두려워하지 마시오. 겁내지도 마시오. 내가 앞장서 갈 터이니 나를 따르시오."

망나니가 춤을 끝내고 정약종에게 다가왔다. 정약종이 그의 일생의 마지막 소리를 냈다.

"주여, 어서 오소서."

정약종의 두려움 없는 외침에 망나니의 기가 죽었다. 정약종 앞에서 우물쭈물 망설이는 망나니가 칼을 내리치지 못하고 있었다. 위관이 망나니에게 소리쳤다.

"뭐 하고 있느냐? 어서 빨리 저놈을 참하지 않고!"

망나니가 두려움에 떨려 힘을 다하지 못한 상태로 칼을 내리쳤다. 망나니의 칼이 잘못 내려쳐지는 바람에 정약종의 어깨와 목의 일부가 잘렸을 뿐, 그의 목은 붙어 있었다.

정약종이 목이 붙어 있는 상태로 일어나 손을 크게 벌려 십자가 성호를 긋고 다시 형틀에 누웠다. 망나니가 눈을 감고 칼을 다시 내리쳤다. 정약종의 목이 땅에 떨어져 데굴데굴 굴렀다. 주위에 있던 천주교 신자들이 성호를 그었다.

정약종이 참수된 후 위관이 정약전과 정약용에게 말했다.

"정약종이 참수되었다. 전하의 아량으로 너희들은 참수는 면하게 되었다. 정약전 너는 흑산도로, 정약용 너는 강진으로 유배를 보내라는 어명이다. 여봐라, 저놈들을 옥에 가두고 내일 아침 각자의 곳으로 떠나보내도록 하라."

정약전과 정약용은 감옥에 내팽개쳐졌다. 그들은 산발을 한 채 정약종의 죽음에 눈물을 흘렸다.

정약종의 참수가 알려지자 황사영의 주위에 있는 사람들이 그를 피난시켰다. 포졸들에게 잡히지 않기 위해 황사영에게 상복을 입혔다. 갓난아기 때문에 정명련은 한양에 남아 있어야 했다.

"어디로 가는지 알려주실 수는 없는 것입니까?"

"오히려 부인이 모르는 것이 나을 듯싶어요. 내 가끔 사람을 보내어 소식을 전하리다."

"우리 아기를 보아서라도 살아계셔야 합니다."

"아무렴요. 너무 걱정 말고 아이와 잘 지내고 있구려."

황사영은 정명련의 손을 잡았다. 어쩌면 마지막이 될지도 모른다는 생각이 들었다. 갓난 아들을 보자 눈시울이 뜨거웠다. 황사영이 안개가 자욱한 거리를 나서자, 황사영의 모습을 바라보는 정명련의 눈에서 하염없이 눈물이 흘렀다.

황사영 일행은 사람의 눈에 띄지 않기 위해 밤에 걸었다. 주로 산길을 택해 걸은 후 목적지에 도착했다. 충청도 제천의 배론에 있는 옹기마을이었다. 마을 뒤편 산속에는 토굴이 있었다. 황사영이 토굴에 몸을 숨겼다.

"당분간은 아예 이곳에서 나올 생각을 하지 마십시오. 제가 먹을 것을 가지고 자주 오겠습니다."

"고맙습니다. 몸조심하십시오."

"저희들 걱정은 마시고 먼 길 오시느라 피곤하실 테니 어서 들어가 쉬십시오."

"뚜껑을 닫으십시오. 밤에는 조금 열어 놓으셔도 될 듯합니다."

대비전에 삼정승과 육판서가 모두 모였다. 정순왕후가 물었다.

"경들은 작금의 상황에 대해 어찌 생각하는가?"

"투옥된 사학 죄인 중에 황사영을 아는 자부터 찾아내야 할 것입니다."

"이들의 신앙심은 바윗돌과 같아 한 덩이로 얽혀 있어 황사영을 보호하기 위해 모든 수단 방법을 가리지 않을 것이옵니다."

"전국 곳곳에서 스스로 황사영이라는 자들이 속출하고 있사옵니다."

"그건 또 무슨 해괴망측한 소리요? 황사영이 전국 곳곳에 있다니?"

"아마 진짜 황사영을 보호하기 위해 스스로 죽음을 선택하는 것이 아닌가 사료되옵니다, 마마."

"참으로 믿을 수 없는 일이로고. 믿을 수가 없어. 어찌 그런 일이 일어나는 것인가. 황사영임을 알면 즉시 참수이거늘, 정녕 자신의 목숨을 스스로 내놓는단 말인가?"

"목숨보다 더 중요한 것이 신앙이라고 저들은 생각하기 때문입니다."

"기가 막힐 노릇이다. 그럼 너도나도 황사영이라 하면 진짜 황사영을 어찌 잡아들일 것이요?"

"소신의 생각으로는 황사영과 친분이 있었던 자를 먼저 손에 넣어야 할 것으로 보입니다."

"영상의 말이 맞는 것 같소. 속히 그런 자들부터 색출해 내는 데 주력하시오."

"예, 마마."

포도청에는 황사영을 잡기 위해 수십 명의 천주교 신자들이 붙잡혀 와 있었다. 종사관들이 붙잡힌 이들을 한 명씩 고문과 함께 심문했다.

"네 이놈! 네놈은 천민인 주제에 감히 국법을 어기고 사학을 따른단 말이냐?"

"나으리, 제발 목숨만 살려주십시오. 제가 아는 것은 모조리 말하겠습니다."

"네놈의 목숨을 구할 방도는 있다. 네놈들의 수장인 황사영을 아느냐 모르느냐?"

"그분을 잘 알지는 못하나, 그분의 노비였던 이는 알고 있사옵니다."

그 말을 듣던 종사관이 자리에서 벌떡 일어났다.

"뭐라? 황사영의 노비였던 자를 안다고?"

"예, 나으리. 아는 대로 다 말씀드릴 테니 제발 살려주십시오."

"그래, 그 노비란 놈의 이름이 무엇이란 말이냐? 만약 거짓으로 이름을 밝혔다가는 네 놈은 바로 참형일 것이다."

"나으리, 저 같은 놈이 어찌 나으리께 거짓을 고하겠습니까. 그 노비의 이름은 정확히 알고 있습니다. 마노리라고 확실히 들었습니다."

"그래? 정말이더냐? 그럼 마노리란 놈이 대체 어디 있다더냐?"

"제가 듣기로는 제천인가 하는 곳에 있다 들었습니다요."

"제천이라? 제천 어디였단 말이냐?"

"더 이상을 잘 모릅니다요."

종사관 급히 일어나 포도대장에게 달려갔다.

보고를 받은 포도대장이 자백한 천주교 신자에게 물었다.

"네놈의 죄는 참형이 마땅하나, 내가 하라는 대로 한다면 목숨을 살려주겠다."

"나으리, 시키는 것은 무조건 따르겠습니다요. 제발 목숨만 거두지 말아 주십시오."

"너는 당장 종사관과 함께 제천으로 가라. 그리고 그곳에서 황사영의 노비였던 놈을 찾아내. 만약 그렇게 하지 못하면 네놈의 모가지는 바로 날아갈 거야, 알겠느냐?"

"예, 나으리. 시키는 대로 다 하겠습니다요."

한편 청나라 북경에서는 황사영이 보낸 마노리를 구베아 주교가 맞이하고 있었다.

"먼 길을 오셨습니다. 고생 많으셨지요?"

"주교님을 뵈오니 영광일 뿐입니다."

"황사영이 전한 서한은 가지고 오셨습니까?"

"아마 다음 인편이 가지고 올 듯싶습니다. 저는 우선 주교님이 이곳에 계신 지 확인하기 위해 왔습니다."

"잘 알겠습니다. 그래, 황사영은 어떻게 지내고 있습니까?"

"지금 서울을 떠나 제천의 배론으로 몸을 잠시 숨기셨습니다."

"지금 조선은 박해가 심하고 들었습니다."

"네, 관아에서 모든 천주교인들을 잡아들이고 있습니다. 지금 관아에 잡히는 이들은 모두 참형을 면키 어려울 것입니다."

"모두들 무사해야 할 텐데 걱정입니다. 천주의 뜻이 어디에 있는 것인지. 가는 길이 험할 터인데 이것으로 여비라도 하기 바랍니다."

구베아 주교가 마노리에게 은화를 주었다.

이즈음 포도대장은 제천으로부터 소식을 기다리느라 몸을 졸이고 있었다.

"제천으로 간 놈들한테 소식이 있더냐?"

"아직 없사옵니다."

"왜 이리 늦는 게냐? 떠난 지가 며칠이나 지났거늘."

"제천이 워낙 산골이고 넓기도 해서, 숨어 있는 곳을 찾기가 쉽지는 않은 듯합니다."

"이런 미련한 놈들. 위에서는 하루속히 잡아들이라 난리를 피우거늘. 답답하구나, 답답해."

청나라로 가려던 주문모 신부가 한양 의금부에 들어가 자수를 했다. 자수하는 이가 주문모라는 사실을 알고 관원이 깜짝 놀랐다. 급히 의금부 도사에게 달려가 보고를 했다. 이에 의금부 도사가 직접 주문모를 심문했다.

"네 어찌 자수를 생각하게 되었느냐?"

"국경의 끝에 도착했을 때 하나님의 음성을 들었소."

"뭐라, 하나님의 음성? 그래, 그게 대체 무엇이었더냐?"

"나더러 조선을 버리지 말고 다시 조선으로 돌아가라 하시었오. 그리하여 붙잡힌 천주교인들과 함께하기 위해 자수한 것이오."

"네 죄를 네가 스스로 잘 아는구나."

의금부 도사가 눈짓을 주자 위장들이 주문모의 정강이를 몽둥이로 두들겨 팼다. 주문모의 정강이가 완전히 부러졌다. 나장들이 고통에 신음하는 주문모를 옥에다 가두었다.

며칠이 지나고 참수대에 주문모가 끌려왔다. 부슬부슬 비가 내리고 있었다. 비를 맞으며 망나니가 칼춤을 추었다. 한칼에 주문모의 목이 떨어졌다. 많은 사람들이 지나가는 길가에 주문모의 목이 효수되었다.

황사영이 숨어 있는 토굴의 문이 열리면서 소식이 전해졌다.

"주문모 신부께서 참수를 당하셨다 합니다."

"오, 주여. 어째 이런 일이. 나에게 세례를 베푸신 이가 어찌 그렇게 되는 것인지."

"이승훈마저 참형을 받았다 하옵니다."

"뭐라구요? 이럴 수가! 세상에 이럴 수가! 이 조선 땅에서 제일 먼저 세례를 받은 이마저 돌아가시다니. 어찌 저들은 그저 하느님만 바라보는 죄 없는 이들을 죽인단 말인가? 그들은 권력 욕심도 없고, 정치를 하는 이들도 아니건만. 그들이 무슨 짓을 했다고. 그저 천주에게 예배만 드렸을 뿐인데. 그것이 목숨까지 빼앗을 일이란 말인가."

황사영이 고개를 떨구고 잠시 생각에 잠겼다. 무언가 결심한 듯한 표정으로 말했다.

"읍내에 나가 비단 한 폭 좀 구해다 주게나."

"비단요? 어느 정도가 필요하신지요?"

"두어 자면 될 것이네. 부탁함세."

"예, 알겠습니다, 나으리."

황사영이 토굴 안에 있는 촛불을 켰다. 전해 받은 비단 위에 글을 쓰기 시작했다. 밤이 깊어지도록 그의 글은 끝이 나지 않았다. 밖에서 부엉이 우는 소리가 들렸다. 시간이 한참이나 지났다. 글을 다 쓴 황사영이 붓을 놓았다.

북경을 다녀오는 상인 틈에 낀 채로 마노리가 의주에 도착했다. 일행들과 함께 민가를 얻어 저녁을 먹었다. 상인들은 오랜만에 온 조선 땅의 여자가 그리웠다. 잠자리에 들기 전 기생들을 불렀다. 기생들이 상인들과 놀던 중, 그중의 한 기생이 마노리에게 다가왔다.

"나으리 뭐 하고 계십니까? 이리 와서 저하고 노시어요."

"나는 괜찮소. 다른 이하고 즐기시오."

"무슨 그런 섭한 말씀을. 저는 덩치 큰 나으리 같은 분이 맘에 드는걸요. 호호호."

기생이 마노리를 적극적으로 끌어당겼다. 그녀는 북경을 다녀온 사람들에게서 잘만하면 넉넉하게 챙길 수 있음을 알았다. 마노리는 처음에는 거절했으나 오랜 여정으로 인해 자신도 모르게 기생의 품에 안겼다. 기생에게서 풍겨 나오는 분 냄새에 그는 어찌

할 수가 없었다. 기생이 주는 술을 받아마셨다. 기생은 술을 많이 먹일수록 자신에게 오는 것이 많다는 것을 알고 있었다. 마노리는 기생이 따라주는 술을 연거푸 마셨다. 기생은 때가 되었다고 생각하고 마노리를 유혹했다.

"나으리, 저하고 오붓한 곳에서 노실까요?"

기생이 마노리를 끌고 한적한 방으로 데려갔다. 기생이 먼저 옷을 벗었다. 마노리가 그것을 보고는 흥분했다. 기생과 마노리는 거칠게 사랑을 나누었다.

"자네를 내 마누라 하면 좋겠구려."

"부인이 없나요, 나으리?"

"마누라는커녕, 아직 장가도 못 갔소. 나하고 같이 살아보는 것은 어떻소?"

"저야 좋지요, 한양에 데려가기만 해 주시면. 호호호."

기생의 콧소리에 마노리는 구름 위에 떠 있는 기분이었다.

기생이 마노리 품에 쏙 안겼다. 마노리는 기분이 좋아 주머니에 있던 은화 한 닢을 꺼내 주었다. 기생은 자신이 바랐던 것이 이루어짐을 알고 기뻤다.

"어머나, 이거 은화 아니에요? 세상에나, 정말 나으리하고 살아야겠네."

다음날, 마노리는 한양으로 떠났다. 그날 밤 기생은 관아의 포도부장 방으로 불려갔다. 포도부장은 그녀를 심심할 때마다 불렀다.

"어제는 북경에서 온 상인들을 상대했다고?"

"네, 그러하옵니다. 한양에 나를 데리고 간다고 하고선 그냥 떠나버렸네."

"뭐라고, 한양? 너 같은 계집을 누가 한양으로 데려가겠냐? 잔말 말고 오늘은 내 수청을 들거라."

포도부장이 기생의 저고리를 벗기려는데, 기생의 주머니에 있던 은화가 떨어졌다.

"뭐냐, 이것이?"

"아이, 이것은 제 것입니다. 어젯밤 북경에서 온 나으리가 준 것이에요."

"뭐라?"

포도부장은 무언가를 직감했다. 벗었던 옷을 급하게 다시 입었다.

"넌 가만히 여기 있거라. 내 잠시 다녀올 때가 있으니."

포도부장이 포도대장을 찾아 보고했다. 포도대장도 무언가 심상치 않음을 알았다.

"그 말이 사실이라면 빨리 놈을 쫓아 반드시 추포해야 한다. 말을 잘 모는 빠른 군관을 시켜 그놈을 꼭 잡도록 해라. 혹시 모르니 자네도 함께 가게나."

"예, 나으리."

마노리는 체포되어 한양으로 압송되었다. 심문도 하기 전 그에게 엄청난 고문이 가해졌다. 형틀에 묶인 채 엎어져 있는 그에게 다시 곤장 수십 대가 가해졌다. 종사관이 물었다.

"네 놈을 북경으로 보낸 자가 누구냐?"

마노리는 몸이 만신창이였으나 입을 열지 않았다.

"저놈이 이실직고할 때까지 무조건 쳐라. 죽어도 좋다."

수십 대의 곤장이 이어졌다. 마노리의 엉덩이 밑의 모든 살이 터졌다. 곤장을 맞을 때마다 살점과 피가 튀었다. 계속되는 곤장에 엉덩이 근육마저 찢어졌다.

"나으리, 엉덩이가 다 찢어진 것 같습니다."

"무슨 상관이냐, 어차피 죽을 목숨이다. 저놈이 이실직고 할 때까지 무조건 쳐라!"

나장들이 다시 곤장을 쳤다. 찢어진 엉덩이 근육 때문에 항문이 풀리며 똥물이 사방으로 튀기 시작했다. 곤장을 치는 나장들의 얼굴에도 똥물과 피가 튀었다. 똥물이 얼굴에 튀자 나장들이 화가 나는지 손에 침을 뱉으며 더 세게 곤장을 쳤다.

마노리의 눈에 죽음이 보였다. 생의 끄트머리에서 그는 비몽사몽간에 정신을 차리지 못했다. 종사관이 마노리에게 다가와 조용히 마술 부리는 듯한 목소리로 말했다.

"너를 북경으로 보낸 자가 누구지? 나는 오늘 밤 너를 저승으로 데려갈 저승사자야. 대답하지 않으면 오늘 나와 함께 이승을 떠나야 해. 그놈 이름을 얘기하면 이승에 머물러도 되고. 이승에 있을래? 저승으로 나와 갈래? 그놈 이름이 뭐지?"

마노리가 정신을 잃으며 무의식적으로 답했다.

"황사사사영영영…."

종사관이 마노리에게 더 가까이 다가왔다.

"황사영? 그렇지. 됐어. 그런데 황사영 그놈이 어디에 있는 거지?"

"배로오온….."

마노리가 마지막 말을 하고 기절했다. 종사관이 포도대장에게 뛰어가 보고했다.

"배론이라고? 배론이란 말이지?"

포도대장 잠시 신중하게 생각하더니 명했다.

"당장 날렵한 군관 몇 명을 뽑아 들여라. 가장 빠른 말로 밤새도록 달리게 해라. 제천까지 사백리가 못되니 내일 안에는 도착할 수 있을 것이다. 알겠느냐?"

동이 틀 즈음 말을 탄 군관들이 배론에 도착해 수색하기 시작했다. 마을을 샅샅이 둘러보며 황사영이 숨어 있을 만한 곳을 찾아나갔다. 군관 하나가 급히 종사관에게 토굴이 있음을 보고했다.

"토굴이 있다고? 아마 그곳이 그 황사영이란 놈이 숨어 있는 곳일 게다. 당장 모든 포졸들을 불러 모아서 그곳을 덮친다."

종사관의 지시로 토굴 근처에 있는 민가 사람들을 모두 추포했다. 이어 군관들이 토굴의 뚜껑을 열었다.

"야, 알렉시오, 너 황사영 맞지? 다 알고 왔다. 어서 나와!"

토굴 안에서 반응이 없자, 포졸이 토굴로 직접 들어갔다. 숨어 있던 황사영을 끌어내 묶었다. 이어 여러 명의 포졸이 토굴로 들어가 횃불을 밝혔다. 포졸들이 토굴 안을 샅샅이 수색했다. 한 포졸이 황사영 비단 위에 무언가 씌어있는 것을 발견했다. 이를 급하게 종사관에게 가져다주었다. 이를 읽던 종사관의 눈이 갑자기 커졌다. 종사관이 토굴 안에 있는 모든 것을 압수하라고 명하고, 황사영을 비롯해 체포된 모든 이들을 묶어 한양으로 압송했다. 종사관은 황사영 백서를 밀봉하여 전령을 통해 한양으로 보냈다.

백서는 비변사를 거쳐 정순왕후에게 전달되었다. 백서를 읽은 정순왕후가 뒷머리를 부여잡고 쓰러졌다. 비변사에서 회의가 열렸다. 영의정이 먼저 말했다.

"세상에, 그 황사영이란 놈, 미친놈이 아닌가? 어찌 그런 글을 청나라로 보낼 생각을 한단 말입니까? 만약 그 서한이 북경에 전해졌다면 어찌 될 뻔했소?"

"그나마 다행입니다, 영상. 토굴에 있던 것을 압수했으니 말입니다. 세상에, 우리는 상상도 할 수 없는 일이에요."

"대왕 대비마마께서는 지금 어찌하고 계시는가?"

"그것을 읽고 기절하셨다 합니다. 지금은 깨어나셨지만 몸져누워 계신답니다."

"이런, 이런…. 마마께서는 아마도 우리가 어찌하는지 유심히 지켜보실 게요."

"맞습니다. 저희가 먼저 엄히 벌해야 할 것입니다."

"이건 논의할 필요도 없습니다. 당장 참수해야 합니다."

"참수로 될 일이 아니에요. 대낮에 모든 백성들이 보는 앞에서 능지처참해야 합니다.

사지를 찢어 죽일 놈!"

"좋소이다. 능지처참합시다. 우리의 힘을 제대로 보여줘야겠어요. 조선팔도가 우리 힘 앞에 모두 벌벌 떨게 될 겁니다. 그리고 이번 기회에 그와 연루된 모든 이들을 다 잡아 죽여야 합니다. 특히 시파에 관련 있는 놈들은 이 기회에 완전히 몰살시키세요."

"알겠습니다, 대감."

의금부로 이송된 황사영은 계속되는 곤장에 기절해 버렸다. 나장이 찬물을 황사영에게 끼얹어도 깨어나지 못했다.

"나으리, 완전히 까무러쳐 버렸는 뎁쇼."

"어차피 죽을 목숨이다. 그만 치우고 옥에 갖다 가두거라."

나장들이 완전히 정신을 잃고 있는 황사영을 옥 안으로 던져 넣었다.

며칠 후 황사영이 쓰러져 있는 감옥으로 망나니가 들어왔다. 기절해 있는 황사영을 꺼내 소달구지 위에 태웠다. 소달구지에는 사람이 들어갈 만한 커다란 사각형의 나무틀이 얹혀 있었다. 망나니가 황사영을 나무틀 안에 밀어 넣었다. 황사영의 두 팔을 양쪽으로 벌려 나무틀에 잡아 묶었다. 이어 황사영의 산발된 머리칼을 위로 잡아 끌어올려 나무틀에 묶고 못을 박았다.

망나니가 준비한 화살을 꺼내 황사영의 양쪽 귀에 화살을 망치로 때려 박았다. 화살이 황사영의 골에 박히자, 정신을 잃고 있었던 황사영이 고통으로 인해 눈이 번쩍 떠졌다. 양쪽 귀에 화살이 박히자 황사영의 입이 저절로 크게 벌어졌다. 망나니가 황사영의 입을 아래위로 억세게 눌러 다물게 만들었다. 이미 골수가 터진 황사영은 반죽음이 되어버렸다. 황사영을 실은 달구지가 출발해 천천히 서소문으로 향했다.

서소문 앞에서 황사영의 사지와 머리를 밧줄의 한쪽에 묶었다. 밧줄의 다른 쪽은 황사영을 중심으로 사방 다섯 마리 황소의 목에 묶여 있었다. 주위에는 수많은 백성들이 몰려 있었다. 모두 공포에 떨고 있는 모습이었다. 종사관이 일어나 집행장을 들고 읽기 시작했다. 읽기를 마친 종사관이 주위를 둘러본 후 명했다.

"형을 집행하라!"

주위에 모여있는 사람들 얼굴을 가리고 수군거리기 시작했다. 종사관의 명령에 따라 다섯 마리의 황소를 잡고 있던 인부가 황소에게 채찍질을 가했다. 채찍질을 받은 황소가 앞으로 가기 시작했다. 사방에서 끄는 황소에 의해 황사영이 몸이 공중으로 붕 떴다. 이어 황사영의 목과 사지가 찢겨나갔다. 석양의 붉은 빛이 황사영의 찢겨 나간 얼굴과 사지 그리고 몸뚱이에 닿았다. 태양은 서산으로 넘어갔고 어둠이 밀려왔다. 까마귀 소리와 함께 까마귀들이 하늘을 덮었다. 한양에서 400리 떨어진 배론에서는 저녁 종소리가 울리고 있었다.

7. 거창의 총소리

깊은 밤 우진은 거창군당 한 요원과 함께 지리산 기슭을 은밀히 걷고 있었다. 어둠 속 어딘가에서 암구호 소리가 들렸다.

"뻐꾸기"

"보리밭"

암구호가 끝나자 무장을 한 인민군이 나타났다.

"동무들, 어디 가기요?"

"신입 요원을 데리고 본부로 가고 있소."

"날이 추운데 수고가 많수다. 길이 험하니 조심해 가시라요."

"알겠수다. 고생하시라요."

우진과 요원은 칠흑같이 어두운 길을 불 하나 밝히지 않고 달빛에 의지해 헤쳐나갔다.

해가 동쪽에서 서서히 뜰 무렵, 그들은 451부대의 본부에 도착했다. 본부를 지키던 경계병이 우진 일행을 맞이했다.

"본부에 볼일이 있어 왔수까?"

"그렇수다. 신입 요원인데 거창 출신이랍네다."

"아, 잠시 기다리시라요."

경계병이 본부 안으로 들어가고 얼마 지나지 않아 인민군 소좌가 나왔다.

"신입 요원이오?"

"예, 그렇습네다."

"인민군 전사, 정우진입네다!"

"반갑쉐다. 동무가 거창 태생이라 들었는데 맞습네까?"

"예, 그렇습니다."

"그렇지 않아도 거창 지리를 잘 아는 동무가 필요했는데 잘 됐시요. 아마 중요한 일을 담당하게 될 거외다. 우리 부대가 거창을 본거지로 투쟁을 곧 본격화할 계획이오."

"알겠습니다."

"먼 길 오시느라 고생했을 텐데, 아침 식사 좀 하시라요. 그리고 본부 뒤로 돌아가면 막사가 하나 있는데 거기에 소대장이 있을 거외다. 거기 가서 인사도 하시라요."

"알겠습니다."

우진과 요원이 소좌에게 경례를 하고 본부 뒤로 돌아갔다.

막사 안으로 들어가자 덩치 큰 남자가 하던 일을 멈추고 돌아보았다.

우진이 경례를 붙였다.

"새로 전입해 온 정우진이라 합니다."

남자가 우진에게 다가와 악수를 청했다.

"반갑수웨다. 얘기 들었습네다. 소대장이외다. 고향이 이 근처입네까?"

"거창에서 태어나 쭉 살았습니다."

"아, 이곳 지리를 잘 아니께 일루 전입이 된 거구만요."

"아마 그런 듯합니다."

"그래, 거창 어디입네까?"

"예, 신원리입니다."

"가족은 몇이오?"

"어무이하고 성님네가 살고 있습니다. 그리고 신원리에는 일가 친척이 많이 있습니다."

"어쨌든 잘 왔수웨다. 일단 가서 아침을 드시라요. 내래 지금 해야 할 일이 있어 자세한 건 나중에 얘기합시다래."

"예, 알겠습니다."

이 시간 우진의 형인 우현의 집에 이장인 박성지가 들어왔다.

"우현이 있나?"

"이 밤중에 뉘요?"

"내다."

"성님이 이 밤중에 웬일이십니까?"

"잠깐 상의할 일이 있어 왔다."

"무슨 일 있습니까?"

"어제 산사람들이 내려왔다가 오늘 아침에 올라갔다. 근데 우리 마을에 쌀 열 가마를 할당하지 않겠나?"

"그래예? 그렇게 많이 걷을 수가 있을까요?"

"내 말이 그 말이다. 어떻게 열 가마를 채울지 걱정이다. 모두 제대로 먹지도 못하고 힘든데 말이다."

"쌀로 어찌 열 가마를 채우겠습니까? 지는 싸래기 구경해본 지가 언젠지 기억도 안납미더."

"아무리 생각해 봐도 우리 마을 전부를 뒤져도 쌀은 힘들 것 같아서 다른 곡식으로라 열 가마를 채워야 할 거 같다."

"산 사람들이 우리 마을 사정을 알 텐데, 와 그리 많이 요구를 한답니까?"

"낸들 아나? 달라는 대로 주지 않으면 목숨이 왔다갔다 하는 거가 더 문제라. 후퇴하지 못한 인민군들이 산으로 억수로 모여든다는 소문이다. 이러다 소백산맥이 아예 인민군 차지가 되는 거 아닌가 모르것다. 그러니 예전의 양으로는 택도 없는 거 같다."

"하긴, 그들이 숨을 곳은 산속밖에 없으니까는."

"내 자네 볼 면목이 없지만, 보리건 수수건 반말만 부탁하려고 이래 왔다."

"집사람이 곧 해산할 때가 다가와서 잘 먹여야 하는데 걱정입니다. 지금도 간신히 버티고 있는데 지도 참말 힘들어 죽겠심더."

"내 안다. 왜 자네 사정 모르겠나. 하지만 우리 마을에 할당된 걸 채우지 못하면 산사람들이 가만히 있지 않는다는 거 자네도 알잖은가? 그러니 조매 마음 좀 쓰소."

"알겠심더. 이리저리 해봐야지요. 그나저나 성님이 고생이 많습니다. 그 양을 채울라카믄 쉽지 않을 텐데요."

"어쩌겠는가, 그게 또 내 팔잔가 보네. 내 자네가 반말은 해줄 거라 믿고 가겠네."

"그리 해 보겠슴미더. 살펴 가이소."

"고맙다. 날도 추운데 들어가 보거라."

박성지가 사립문을 열고 나가자 우현은 고개 들어 하늘을 쳐다보았다. 어두운 밤하늘에 별이 총총했다.

며칠 후 박성지의 집 앞에 인민군 두 명이 따발총을 들고 서 있었다. 우현을 비롯해 마을 사람들이 박성지의 집에 들어섰다. 박성지의 헛간 옆에는 가마니 열 개가 쌓여 있었다. 부엌 앞에서는 인민군 예닐곱 명이 모여 앉아 금방 해서 김이 나는 밥을 허겁지겁 먹고 있었다. 우현과 마을 사람들은 인민군 눈치를 보느라 박성지에게 눈인사만 했다. 인민군 주위에는 수발을 드는 마을 아주머니 여러 명이 있었다.

"많이 드이소. 산속에서 고생이 많겠슴미더."

"오랜만에 쌀밥을 먹으니 내래 눈물이 다 납네다."

밥을 다 먹은 인민군 한 명이 일어나 옆에 있던 마을 아주머니에게 말했다.

"잘 먹었수다, 아주머니. 나중에 몇 배로 갚겠수다."

인솔자인 듯한 인민군이 밥을 먹고 있는 사람들에게 말했다.

"서두릅시다, 동무들. 갈 길이 머오."

밥을 먹던 인민군이 부리나케 다 먹고 자리에서 일어났다. 인민군 군관으로 보이는 한 명이 마을 사람들이 모인 곳으로 와 말했다.

"신원리 인민 여러분, 마음 편하게 들으십시오. 이 밤중에 동무들을 여기 모이라 한 것은 우리 공화국 군대를 위하야 이렇게 양식을 주셔서 감사하다는 말씀을 드리고 싶어섭네. 같은 동포요 핏줄이자 형제인 우리 해방군이 지금은 비록 산속에서 살고 있지만, 조국 혁명이 달성될 때까지 투쟁을 계속할 것입네. 또한 우리 해방군은 여러분이 있는 이 지역을 반드시 점령하여 국방군 아새끼들로부터 자유롭게 해드리겠습네. 그때까지만 저희들에게 협조를 해준다면 참으로 고맙겠습네. 공화국이 해방되는 그 날, 여러분이 나누어준 오늘의 양식을 몇 곱절로 갚을 터이니 너무 염려 마시라요. 내래 여러분께 조만간 다시 찾아올 것이라는 것을 약속드리는 바입네."

이때 우현의 어머니가 사람들이 모여 있는 곳으로 들어오면서 말했다.

"우리 아들은 여기 안 왔소? 내 아덜은 스물인데 이름이 우진이라 하오."

군관이 이 모습을 보더니, 옆에 있던 부대원과 잠시 이야기를 나눈 후 말했다.

"아주머이, 우진 동무는 지금 산에 있는데 얼마 지나지 않아 이리 올 겁네."

우현의 어머니가 군관에게 다가가 옷가지와 양말을 내밀며 말했다.

"그라믄 제발 이거라도 우리 아들한테 전해 주이소. 야가 추운

탐을 많이 혀서 이거이 필요할 거요."

군관이 우현의 어머니가 주는 것을 받아들었다. 우현은 어머니에게 다가가 부축했다.

"어머이, 우진이 다음에 온답니다. 이제 이리 오이소."

"신원리 주민 여러분, 어쨌든 오늘 양식은 고맙습네다. 얼마 지나지 않아 다시 뵐 일이 있을 테니 그때까지 잘 계시라요."

군관의 지휘로 인민군들이 양식을 짊어지고 마을을 떠났다.

이 시간 산속에 있던 우진도 아침 배식을 먹고 있었다. 옆에 있던 요원이 우진에게 인사를 건넸다.

"내는 이제 다시 돌아가야 합네다. 인연이 닿으면 또 볼 수 있갔디요."

"여기까지 안내해 주시느라 고생 많았습니다. 조심해 가시라요."

우진과 요원 옆에 있던 김영기가 인사했다.

"처음 보는 얼굴이구만요. 내래 김영기라고 합네다. 우리 부대에 새로 전입해 온겁네까?"

"반갑습네다. 잘 부탁드리겠습니다."

"잘 오셨습네다. 여기까지 오느라 수고가 많았쉐다. 궁금한 것이 있으면 뭐든지 물어보오."

"감사합니다. 많이 도와주십시오."

"많이 드시라요."

아침을 먹은 후 우진은 배치된 1소대 막사 안으로 들어가 새로운 소대원들과 인사를 나누었다. 인사를 나누는 사이 막사 안으로 양

숙희가 들어왔다. 얼굴이 동그랗고 키는 작달만했다.

"오, 숙희 동무, 오랜만이오."

"그래 임무는 잘 수행했소?"

"그럼요, 내래 날쌘 다람쥐처럼 잘 끝내고 왔디요."

우진은 고개를 돌려 숙희를 보았다. 왠지 호감을 느꼈다.

"참, 여기 새로 온 정우진 동무라요. 아마 숙희 동무하고 동갑일 듯하오."

숙희가 거리낌 없이 악수를 청했다.

"내래 양숙희라고 합네다."

우진이 쑥스러워하며 숙희와 악수했다.

"반갑습니다. 정우진이라고 합미다."

옆에 있던 다른 소대원이 우진에게 물었다.

"우진 동무 나이가 몇이오?"

"올해 스물입미다."

"봐라, 내 말이 맞지. 둘이 동갑이니께 친해지겠구만, 하하하"

다른 소대원들이 함께 웃었다. 우진은 숙희와 눈이 마주치자 애써 눈길을 돌렸다.

이때 소대장이 막사로 들어왔다.

"오늘 밤 야간 작전이 있을 거외다. 점심 먹고 나서 총기 청소 잘하고 준비하고 있으라우. 우진 동무가 이곳 거창 출신이니 앞으로 우리 작전의 길잡이가 될 거외다. 우리 소대가 앞으로 있을 대부분의 작전에 선봉에 서게 될 거외다. 그러니 오늘부터 모든 작전을 수행함에 있어 하나의 실수도 있으면 안 되니 특히 조심들 하라우."

"알겠습니다. 소대장 동지."

그날 밤, 우진의 소대가 본부 앞에 정렬해 있었다. 중대장이 앞으로 나와 말했다.

"드디어 오늘 밤 우리의 전투가 시작됩네다. 그동안 훈련하느라 수고 많았습네다. 여러분의 피와 땀은 오늘 작전으로 인해 분명히 결실을 맺을 것이라 생각됩네다. 겁내지 말고 백배 용기를 내어 반드시 오늘의 목표를 이루어 낼 거라 확신합네다. 오늘의 투쟁은 앞으로 계속될 커다란 발걸음의 시작이니 성공하기 바랍네다. 자, 1소대부터 출발하시라요."

우진은 행렬의 제일 앞에서 길잡이를 했다. 김영기가 우진이의 뒤를 따랐고, 숙희는 조금 떨어진 뒤에서 따라오고 있었다. 칠흑같이 어두운 밤길을 가는 부대원들은 나뭇가지와 돌부리에 걸려 넘어지기도 했다. 무거운 중화기와 탄약상자를 짊어지고 가는 부대원들은 힘에 겨웠다. 초승달이 하늘에 걸려 있었다.

우진의 소대가 조그만 파출소 분소를 습격할 준비를 했다. 보초를 서고 있던 순경은 꾸벅꾸벅 졸고 있었다. 소대장이 소대원들에게 말했다.

"남조선 아새끼들은 전쟁 중인데도 졸고 있구만. 등신 같은 새끼들."

"우리 인민군 같았으면 바로 총살일 텐데, 정신이 썩었습네다."

"오늘 작전은 너무 쉽겠구만. 그냥 빨리 해치워 버리라우."

"예, 알갓습네다."

"모두 집중하고 공격 개시!"

소대원들이 빠른 걸음으로 파출소를 향해 갔다. 졸다가 발자국 소리에 놀라 깨어난 보초가 떨어져 있는 총을 잡으려 했다. 날쌘 인민군 병사 서너 명이 보초에게 다가가 순식간에 해치웠다. 다른 인민군 대여섯 명이 파출소 안으로 들어가 잠자고 있던 경찰 서너 명을 순식간에 제압했다. 제대로 대항하지도 못한 경찰들은 무릎을 꿇었다. 소대장은 무릎 꿇은 경찰을 향해 주저 없이 방아쇠를 당겼다. 경찰들은 그 자리에서 저항 한번 못하고 고꾸라졌다. 소대장과 인민군 몇 명이 파출소 무기고를 열어 총기와 탄약을 탈취했다.

파출소 공격을 마치고 신원리 민가를 습격했다. 소대장이 민가의 문을 열고 명했다.

"전부 다 나와! 안 나오면 죽여 버린다!"

방안에 자고 있던 주민이 깜짝 놀라 옷도 제대로 입지 못한 채 문을 열고 나왔다. 60세에 가까운 노인 부부였다. 노인이 방에서 나오자마자 마당에 무릎을 꿇고 두 손으로 빌었다. 이어 노인의 아낙네가 나오는데 품 안에 갓난아이가 있었다. 뒤를 이어 3살 정도 된 아이도 따라 나왔다.

"이 밤중에 누군교, 제발 살려만 주이소. 우린 어느 쪽 편도 아닙니더. 아무 죄도 없습미다."

"우리 아들 부부가 전쟁통에 다 죽어버렸습미더. 우리가 이 손주들을 맡아 키우고 있으니 제발 목숨만 살려주이소."

소대장이 주위를 둘러보았다.

"집안을 샅샅이 뒤져 보도록."

우진과 소대원들이 집안을 뒤지기 시작했다.

"아무것도 없습니다."

소대장이 우진에게 명령했다.

"그래? 동무는 이 노인하고 아이들을 데리고 동네 한복판으로 가시오."

"예, 소대장 동무!"

우진이 노인과 아이들을 데리고 갔다.

"걱정하지 마시소. 지도 이곳 거창 사람입미더."

"그래요? 아 잘 됐네. 산에서 내려왔습니까?"

"예, 그렇습니다. 어르신들 보니 우리 어머이 생각이 납미더. 아무 일도 없을 테니, 그냥 조용히 따라가시면 됩미더. 먹을 거나 가지고 다시 올라갈 거 같습미더."

"예, 알겠습미더, 고향 사람이라 마음이 노입미더."

잠시 후 마을 한복판에 마을 사람들이 모두 모여 있었다. 대부분 나이가 쉰이 넘은 사람들과 아이들뿐이었다. 소대장이 마을 사람들한테 말했다.

"동무들, 너무 걱정 말기요. 별일 없을 테니까네."

마을 사람 중 노인 한 명이 일어났다.

"우리는 남이건 북이건 어느 편도 아니고 그저 땅만 파먹고 살아 왔십니더. 마을엔 젊은이는 다 전쟁 나가뿔고, 노인하고 어린 애들밖에 없습니더."

"잘 알고 있소. 우리는 살상을 하는 그런 군대가 아니오. 동무들이 협조를 하면 어떤 피해도 남기지 않고 떠날 것이오. 그러나 협조하지 않는다면 반동 부락으로 생각해 마을을 불 지르겠소."

"어떤 협조를 해야 하는 겁니꺼?"

"전쟁 중에 고생하는 동무들 사정도 잘 알고 있소. 여러분들을 반동 세력으로부터 해방시키기 위해 우리도 이러는 것입네다. 투쟁을 하다 보니 먹을 것이 부족해 내려왔으니 조금만 나누어 주면 되겠소. 그러니 지금 집으로 가서 양식을 좀 내어오시오."

주민들이 인민군의 눈치를 보며 서서히 일어났다. 소대장이 말을 이었다.

"남자들하고 아이들은 여기에 남고 여성 동무들이 가서 가지고 오시오."

여자들이 남아있는 가족을 살피며 집으로 갔다. 이때 소대원 중한 명이 도망가던 주민 한 명을 붙잡아 데리고 왔다.

"이 반동놈의 새끼, 어디를 도망가는 거였어?"

소대원이 개머리판으로 주민을 내려찍었다.

"아이고 나 죽는다. 뭐든지 협조할 테니 제발 살려만 주시오. 지가 겁이 나서로매 나도 모르게 그리 됐소."

소대장이 나섰다.

"이 간나새끼는 뭐야?"

"이 새끼가 숨었다가 담을 넘어 도망치지 않겠습니까? 제가 쫓아가서 붙잡아 오는 겁네다."

"국방군 첩보원일지도 모른다. 저쪽으로 끌고 가서 조사하라우."

"예, 알겠습니다. 소대장 동무!"

우진의 부대는 주민들로부터 양식을 어느 정도 얻은 후 다시 산채로 돌아갔다.

다음날 아침, 산채로 돌아온 우진이 빨래를 하기 위해 개울가로 내려갔다. 개울가에는 여성 동무들이 빨래를 하고 있었다. 숙희가 우진을 보더니 물었다.

"빨래하러 왔어요?"

"예, 발싸개나 빨까 해서요. 군관 동무들 빨래를 하고 있네요?"

"군관 동무들은 할 일이 많으니까요. 온 지 얼마 되지 않아 훈련이 힘들지요?"

"아닙니다. 그냥 할 만합니다."

"그래도 잘 적응하나 보네요."

"고향이 신원리라면서요?"

"예, 맞습니더."

"이 근처를 잘 알겠어요."

"그럼요, 이 근처는 어릴 때부터 안 가본 데 없이 다 다녀봤습니더. 약초도 캐고, 나물도 캐고, 토끼 같은 것도 잡구요."

"고향이 가까워서 집에 가고 싶겠어요."

"예, 하지만 갈 수가 있어야죠."

"아마 조만간 갈 수 있을거에요."

"그러면 참말 좋겠습니더."

우진은 왠지 자꾸 숙희에게 눈길이 갔다. 숙희 또한 우진의 이런 모습을 눈치채고 살며시 혼자 웃었다.

그날 밤 우진과 김영기가 짝을 이뤄 야간 경계를 서고 있었다.

"지난번에 이 진지를 구축하느라 엄청 욕을 봤지요. 낮이건 밤이건 가리지 않고 노역을 했다우. 아마 2킬로는 될 겁네다. 이 진지가 털리면 우리 부대는 큰 봉변을 당할 거외다. 그러니 경계를 철저히 서야 하는 겁네다."

"그동안 국방군이 나타난 적이 있습니까?"

"아직 국방군과 전투가 있지는 않았소. 하지만 조만간 커다란 싸움이 일어날 게 뻔하지 않겠소. 남조선 토벌대들이 아마 지리산을 비롯해서 덕유산, 가야산을 몽땅 이 잡듯 뒤질 테니까요. 후방이 불안하니 저들도 마음 놓고 전쟁을 할 수 없을 테지요. 그렇게 되면 아마 우리 중 대부분은 저세상으로 갈꺼외다."

"보초를 서니 집 생각이 더 나는 것 같습니다."

"그건 어쩔 수 없을 겁네다. 나도 북에 계신 오마니 생각이 자꾸 납네다. 아무도 없이 홀로 계실 터인데. 내래 오마니를 다시 뵐 수 있을지 모르갓소."

"동무는 어찌 여기까지 왔습니까?"

"내 고향이 평안도 선천인데 전쟁이 터지기 전 인민군으로 끌려왔지요. 그때 북조선 젊은이들은 전부 군대에 끌려온 것 같소. 내래 군대에 오고 싶지도 않았소. 하지만 아무 힘이 없으니 어쩌겠소."

"우진 동무는 공산주의 세상이 좋을 것 같소?"

"저는 잘 모릅겠습미더. 사실 지는 배운 거도 하나도 없습니더. 솔직히 무슨 주의니 하는 것이 뭘 말하는 건지도 모릅니다. 큰 성님은 해방 후 남로당에서 일을 쪼매다 남로당을 나오고 보도연맹에 가입했었어요. 그런데 어느 날 큰 성님이 보도연맹 소속이라고 그냥 죽여 버리데요. 지는 당시 뭐가 어떻게 되는지도 잘 모르겠더라구요. 전쟁이 터지고 인민군이 저희 고향 마을에 들어왔어요. 작은 성님은 그때 먼 타지에 계셨고, 인민군 군관 동무가 갑자기 제 나이를 물어보데요. 스무살이라 했더니 인민군 하라 하데요. 큰 성님이 죽는 걸 봐서 너무 겁이 났어요. 그래 죽을까 봐 그냥 인민군 한다고 해서 여기까지 온 겁니다."

"동무도 참 딱도 하구려. 세월이 이리 힘이 셀 줄 누가 알았겠습니까? 내는 공산주의가 무산대중을 위한다고 해서 좋은 줄 알았지만 그것도 아닌 것 같소. 남조선 자본제 사회나 북조선 공산주의 사회 모두 난 마음에 들지 않소. 이제 남북으로도 모자라 미제가 끼어들구, 중공이 나서니 이 전쟁은 쉽게 끝나지 않을 거요. 통일은커녕 남과 북이 이젠 철천지원수가 되고 말 거 같아요. 무고한 백성들만 수도 없이 죽어 나갈 게 불을 보듯 뻔 하지요. 전쟁을 왜 일으키는 건지 이해할 수가 없어요. 어쨌든 내나 동무나 전쟁 끝날 때까지 목숨만이라도 유지할 수 있어야 할 텐데. 항상 조심하시오, 동무."

"고맙습니다. 이곳엔 제가 아는 사람이 하나도 없는데 동무가 큰 힘이 됩니다."

밤하늘에 달이 밝게 떠 있었다. 어디선가 부엉이 우는 소리가 들렸다. 부엉이 소리가 들리다 우진은 갑자기 엄마 생각이 났다.

다음날 신원리 주민들은 파출소 앞에 부역을 하기 위해 모여 있었다. 우현은 옆에 있는 어르신들과 인사했다.

"안녕하십니까, 어르신? 잘 지내고 계시죠?"

"나야 뭐, 맨날 그렇지. 그나저나 자에 어머이가 우진이 땜에 마음고생이 심하겠다."

"예, 좀 그렇습니더."

우현이 사람들과 이야기하는 동안 파출소에서 순경 한 명이 나와 큰소리로 말했다.

"어서들 모이세요. 서둘러 부역을 시작해야 해 지기 전에 끝나지요. 남자들은 지게를 저쪽에 벗어놓고 이리들 오세요. 여자들도 가지고 온 거 그냥 저쪽 지게 옆에 놓고들 오세요."

사람들이 순경 앞에 모여 줄을 서기 시작했다.

"날씨가 많이 추우니 일을 퍼뜩 마치도록 하세요. 오늘 할 일을 말씀드릴게요. 일은 어제하고 같습니다. 초소에 돌멩이나 자갈을 나르는 사람은 스무 번을 날라야 합니다. 초소 쌓는 사람은 날라온 돌멩이나 자갈을 다 쌓아야 집에 갈 수 있습니다. 알겠죠?"

이때 파출소에서 소장이 나와 사람들 앞에 섰다.

"부역을 시작하기 전에 잠깐 내 할 말이 있어 나왔습니다. 요즘 들리는 바에 의하면 우리 신원면 일대에 산속에 있는 공비들과 내통하는 주민들이 있다고들 합니다. 여러분이 아셔야 할 것은 각 마을마다 여러분들이 모르는 정보원들이 있어요. 그 정보원들이 마을 곳곳을 다니면서 정보를 수집해요. 그 정보에 의하면 중공군하고 인민군이 여기 거창까지 밀고 내려온다고 하는 이상한 소문을 내는 빨갱이가 있다고 합니다. 만약 여러분이나 가족 중에 빨갱이가 발견되면 재판도 할 것 없이 바로 총살이에요. 그러니 절대 산속 공비들하고 내통하거나 협조를 하면 큰일 납니다. 협조를 하려면 여기 파출소에 있는 우리와 해야 합니다. 알겠습니까?"

주민 한 명이 손을 들고 물었다.

"파출소에 협조했다고 소문이 나면 산속에 있는 사람들한테도 죽게 되는데 어쩝니까?"

"우리가 지켜준다 아닙니까?"

"지켜주기는 뭘 지켜줬다고 그라요? 저번에도 공비들이 파출소에 자기들 일러 바쳤다고 밤에 내려와 죽창으로 다 죽여버리던데."

주민들이 맞다고 웅성거렸다. 파출소장이 답했다.

"제가 듣기로는 국방군이 곧 빨치산을 몽땅 쓸어버리려고 여기에 온답니다. 엄청나게 많은 병력이 온다는 소식이에요. 그니깐 이제 너무 걱정하지 마세요."

"국방군이 오면 우리 마을에 빨치산이 오고가고 했다고 우리를 다 죽여버리는 거 아닙니까?”

“국방군이 여러분을 지키러 오는데 그런 일이 있겠습니까? 걱정하지 마시고 오늘 추운데 고생 하시소.”

주민들이 웅성웅성하면서 일하러 갔다. 우현은 돌멩이를 한 바구니 가져가 파출소 앞에 내려놓았다. 순경이 우현에게 조그만 딱지 하나를 주었다.

“아재요, 이거 20개를 모아야 합니더. 다 모으면 제게 주고 집에 가시소. 잃어버리면 처음부터 다시 해야 합니더.”

“내 잘 압니더. 지난번에도 했는데 뭐. 근데, 노인들은 힘이 많이 들 텐데, 쪼매 줄여주는 것이 안 좋겠습니까?”

“지도 그라고 싶은데 그게 어디 지 맘대로 되나요? 젊은 사람들은 다 전쟁터에 가 있으니 일할 사람이 없습니더.”

“이렇게 초소를 여러 개 세워야 합니까?”

“세 개를 세우라 하는데 그것도 모자를까 싶습니다. 빨치산이 쳐들어올까 봐 그라나 봅니다.”

“경찰 인원을 보충해야 하는 거 아닙니까? 빨치산 수백 명이 오면 파출소 인원으로는 택도 없을 텐데.”

“그래 말입니다. 사실 우리는 목숨 내놓고 하루하루 살고 있습니더. 국방군이 이리로 와야 뭔가 될 텐데, 전선에서 저래 밀리고 있으니 금방은 못 올 겁니다.”

“전쟁이 쉽게 끝나지도 않을 거 같고 걱정입니더.”

“그래 말입니더. 추운데 수고하이소.”

우현은 다시 돌멩이를 나르러 갔다.

한편 산채의 본부 앞에서는 451부대장이 부대원들이 모인 자리에서 연설을 하고 있었다.

"그동안 여러분이 갈고 닦은 진짜 실력을 실천할 기회가 왔습네다. 일중대를 선두로 일단 거창군 신원면 일대를 접수하여 해방구로 삼을 것입네다. 그곳을 근거지로 하여 우리들의 해방 구역을 점차 확대해 나가는 것이 목표입네다. 우선 신원리에 있는 파출소를 습격하여 까부술 겁네다. 굳센 용기로 이 전투에 임해주기 바랍네다. 신원리 파출소에 인공기를 게양하고 승전가를 불러야 하지 않겠습네까? 혁명 전사인 여러 동무들이 오늘 투쟁에서 꼭 승리하기 바랍네다. 알갓습네까?"

부대원들이 큰 소리로 답했다.

"예, 알갔습네다."

소대장이 소대원들을 따로 집합시켜 말했다.

"오늘 새벽에 신원리 파출소를 공격할 것임네. 공격 시간은 새벽임네. 지휘부가 조명탄을 쏠 것임네. 그러면 진을 치고 있다가 일제히 사격을 시작하라우. 실탄을 아껴야 하니 최소한의 총알만 쓰도록 하라우. 총탄 하나두 정조준 없이 무작정 쏘아서는 안 될 것임네. 만약 조준 없이 쏘는 것이 발견될 시는 특별 견책이 있을 것이니 명심하기요. 이번 작전에서 특별히 공을 세우는 동무는 군사부에다 입당이 추천될 거우다. 그러니 열성을 다해 싸우시요."

소대별로 이동이 시작되었다. 부대원들이 등성이를 나누어 내려갔다. 우진은 행렬의 가장 앞에 서서 가고 있었다.

얼마 후 우진의 소대는 신원리 파출소가 보이는 곳에 도착했다. 우진도 동료와 더불어 전투를 준비하고 있었다.

"근데 중대장이 새벽 시간에 공격을 시작한다고 하던데 왜 새벽일까요?"

"보초들이 제일 졸릴 시간이라 공격하기에 가장 좋은 시간이라 그렇소."

"입당은 어찌 되는 거에요?"

"북조선 노동당을 말함이요. 노동당 당원이 될라하믄 출신성분이나 당성, 그리구 공적을 평가하는데 그거이 보통 어려운 것이 아니잖소? 근데 전투에서 특별한 전공을 세운 영웅에게는 현지에서 즉시 당원증을 발급하오. 아주 특별한 경우지요."

"동무도 당원이 되겠다는 생각은 해 봤시오?"

"내래 어찌 당원이 되겠소. 그건 불가능하오. 그게 아무나 되는 게 아니라우."

소대장의 명령에 따라 소대원들 파출소로 점점 접근해 갔다. 이윽고 소대장의 공격 명령이 떨어졌다.

"사격 개시!"

부대원들이 한꺼번에 파출소를 향해 사격을 시작했다. 기관총 소리도 여기저기서 들렸다. 파출소를 지키던 보초들 불시의 습격에 당황하나 즉각 대응하기 시작했다.

"실탄을 아껴서 사격하라우. 앞으로 돌격!"

부대원들은 소대장의 명령에 따라 파출소를 향해 일제히 진격했다. 어느새 일부 부대원들이 파출소를 돌아 뒤에서 공격을 하고 있었다. 파출소를 지키던 보초들이 총에 맞아 픽픽 쓰러졌다. 공격이 시작된 지 얼마 되지 않아 보초들은 모두 사살되었다. 파출소 앞에는 보초를 서다 총에 맞아 머리통이 깨진 경찰이 땅에 엎어져 있었다. 다른 경찰들도 피투성이가 된 채 사망한 상태였다. 초소를 점령한 부대원들은 파출소를 둘러싸고 공격을 하고 있었다. 파출소 안에 있던 경찰들 모든 문을 걸어 잠근 채 대응했다. 얼마간 파출소 내 경찰들과 부대원 사이에 사격이 계속되었다.

"사격 중시!"

부대원들의 사격이 멈추자 파출소에서도 응사가 그쳤다.

451부대 중대장이 큰소리로 말했다.

"너희들은 완전히 포위되었다. 죽기 싫거든 무기를 버리고 항복하라. 항복한다면 목숨은 살려주겠다. 만약 대항한다면 모조리 사살할 것이다."

이때 파출소 창문이 하나 열리며 파출소장이 답했다.

"우리는 끝까지 이곳을 사수한다. 우리에게 항복이란 없다! 오늘이 니들 초상날인 줄 알아, 이 빨갱이 새끼들아!"

"안 되겠다. 저 간나새끼들 모조리 죽여버리라우!"

"총공격 개시!"

부대원들 전원이 파출소를 향해 포복으로 전진했다. 포복하는 부대원들을 위해 다른 부대원들은 엄호사격을 했다. 파출소에 다가간 부대원들이 일제히 수류탄을 파출소 안으로 집어 던졌다. 수십 개의 수류탄이 파출소 내에서 터졌다. 더 이상 대응 사격이 없었다. 부대원 중 몇 명이 파출소 문을 부숴버리고 안으로 들어갔다. 이윽고 수십 발의 총소리가 울렸다. 파출소에 들어갔던 부대원 중 한 명이 나와 수신호를 했다. 신원리 파출소는 451부대에 의해 접수되었다.

파출소 앞 깃대에 인공기가 걸렸다. 중대장이 부대원 앞에서 우뚝 서서 말했다.

"이제 이곳 신원리는 우리가 모두 점령했수다. 이 지역은 북조선의 해방구가 된 것이외다. 동무들 수고 많았소이다."

부대원들이 손을 높이 들고 환호성을 질렀다. 환호성을 지르는 부대원 속에 우진의 모습도 보였다.

이날 밤 박성지 집에는 동네 사람들 몇 명이 모였다. 우현도 함께 했다.

"그래, 무슨 소식 좀 아는 사람 있는가요?"

"제가 아까 나가 보았는데 파출소 앞에는 인공기가 걸려 있었어요. 이곳저곳에 인민군 옷을 입은 사람들이 많이 돌아다니더라구요. 세상이 아주 뒤바뀐 것 같아요. 파출소에 있던 경찰들이 많이 죽었다고 해요."

"세상이 바뀌었어도 조만간 또 바뀌지 않을까요? 지난번에도 그랬잖아요."

"아마 그럴 것이여. 파출소를 빼앗겼으니 읍내 경찰서 병력이나 국방군이 가만히 있을 리가 없지. 아마 더 큰 전투가 벌어질 거는 뻔한 거 아니었어? 그게 언젠가가 문제지.”

“그럼 우리는 어찌 해야 되는 거여? 저쪽으로 가면 빨갱이라고 난리지. 이쪽으로 가면 반동분자라고 얻어맞지. 이래저래 우리 마을은 부대끼는 팔자 아닌가 싶어요.”

주민들이 모두 한숨을 쉬었다. 몇 명은 답답한지 담배를 찾아 입에 물고 불을 붙였다. 마을 사람들과 이야기를 마치고 집으로 돌아오는 우현이에게 기다리던 어머니가 물었다.

“혹시 우진이 소식은 없더냐?”

“예, 어머이, 아직 우진이 얘기는 못 들었심더.”

“야가 살아는 있겄제? 밤새도록 나는 총소리에 내 심장이 터질 것 같았어.”

“어머이, 걱정 마시소. 파출소가 인민군한테 넘어갔는데, 인민군 중에 죽은 사람은 몇 안 된다 합니다. 우진이는 무사할 겁니다.”

“그래야 할 텐데. 야가 이 추운 날씨에 밥이나 제대로 먹고 있을지.”

우현의 어머니는 우진 생각에 눈시울이 젖었다.

다음날 451부대 중대장이 마을 사람들을 모았다.

“여러분도 알다시피 지난 전투에서 우리 해방군이 크게 승리하였습네다. 이거이 지난번 여러 동무들 도움도 있었던 덕분입네다. 그리고, 이번 승리를 축하하기 위해 내일 학교에서 환영 행사를 하고자 합네다. 그러니 마을 주민들 모두 오셔서 많이 축하해 주시고 기쁨을 나눌 수 있으면 좋겠습네다. 집집별로 인구 통계 작성도 있을 예정이니 한 분도 빠짐없이 나와주기 바랍네다. 만약 행사에 참가하지 않는 집은 반동으로 생각하여 이에 걸맞은 책임을 물을 것이니 그리 아시기 바랍네다."

주민들은 그리 달가워하지 않는 표정이었다. 박성지가 분위기를 바꾸기 위해 나섰다.

"중대장님, 아무 걱정하실 필요 없을 겁니다. 여기 계신 분들 모두 지난번 양식을 모았을 때 진심으로 도와주신 분들이고 내일 환영 행사에도 모두 다 분명히 나올 겁니다."

"알겠습네다. 그럼 내일 뵙겠습네다."

며칠 후 신원리 초등학교 운동장에는 마을 주민들과 451 부대원들이 모여 있었다. 운동장에서 인민군 환영 대회가 열렸다. 451 부대가 줄을 맞추어 서 있는 가운데 우진이도 있었다. 운동장에서 이리저리 우진을 찾던 우현의 어머니가 우진을 발견했다. 정신없이 우진을 향해 달려갔다. 고무신이 벗어진 것도 모른 채 우진이를 안았다.

"야야, 우리 아들, 우진아. 얼마나 고생이 많았니?"

우진은 어머니를 보고 깜짝 놀랐다.

"어머이!"

"그래 내다. 에미다."

"어머이, 고생 많으셨지요."

"고생은 내가 무신 고생을 했다고. 니가 산에서 억수로 고생만

했겠지.”

“지는 괜찮습니다. 다른 동무들과 함께 있으니까요.”

“이제 산속에 있지 말고 집으로 가자. 니가 총 쏘고 돌아댕기는 거 생각하믄 내 잠을 몬잔다. 내하고 예전처럼 농사나 짓고 살자. 이 에미 소원이다.”

“어머이, 쪼매만 참으시소. 이제 전쟁이 끝나믄 집으로 갈게요.”

“전쟁이 언제 끝날는지 알 수도 읎다!”

“곧 끝난답디더. 걱정마이소.”

옆에 있던 우현은 보다 못해 끼어들었다.

“어머이, 야가 지금 집으로 오면 큰일 납디더. 반동분자로 찍혀 죽습니더. 전쟁이 끝나야 집에 와도 별일이 없는 기라예.”

“성님 말씀이 맞습니더. 성님하고 집에 가 계시소. 제 걱정은 말구예. 산도 다 사람 사는 곳입미더. 크게 불편한 거 없습미더.”

“어쨌든 니도 항상 조심하고 건강 잘 챙기라.”

우현이 우진이의 어깨를 두드렸다. 우현 어머니는 옷고름으로 눈물을 찍어냈다. 환영회가 끝난 후 마을 주민들이 학교 교실 안에 모였다. 가죽 군화를 신은 군관이 교실로 들어와 앉았다.

“지금부터 마을 주민들 성분을 심사하겠수다. 한 명씩 이리 나와 앉으시오.”

“이름을 대시오.”

“박춘식입니다.”

“나이?”

"마흔셋입니다."

"직업?"

"농사짓지요."

"땅을 가지고 있소?"

"논은 소작이고 밭은 한 마지기 있습니다."

"거짓말하면 절대 안 되오. 만약 나중에 조사해서 거짓으로 들통 나면 엄히 문책받소."

"거짓말할 게 뭐 있겠습니까. 지난번에도 인민위원회에서 조사해 갔습니다."

"국방군이나 남조선 경찰에서 근무하는 가족이 있소?"

"없습니다."

"좋소, 동무는 나가서 교무실로 가시오. 거기 있는 지도원 동무한테 안내를 받으시오."

"예, 알겠습니다."

군관이 우현을 지명했다.

"이름과 나이?"

"정우현입니다. 나이는 서른입니다. 아까 조회대에서 훈장 받은 정우진이가 제 친동생입니다."

"아, 그렇소? 더 물어볼 것도 없겠군. 딸린 식구도 있소?"

"어머이하고 집사람 그리고 아이 둘입니다."

"알겠소, 식구들을 데리고 교무실에 들렸다 집으로 가면 되오."

"고맙습니다."

군관이 다른 주민을 지명하고 계속해서 성분 심사가 이루어졌다.
우현은 가족을 데리고 운동장으로 나왔다. 주민 몇 명이 인민군에
의해 끌려가는 모습이 보였다. 운동장 구석에는 모닥불이 피워져
있었다. 인민군이 모여 불을 쬐고 있었다.

아내인 선자가 말했다.

"인민군들이 마을에 진을 치고 있을라 하네예."

"그런가보다. 아예 터를 잡고 여기서 먹고 자고 할 거 같다."

"걱정이네예. 이라믄 국방군이 크게 여기를 들이닥칠 텐데."

"그래 말이다. 뭔 큰일이 날 거 같다."

우현은 아들인 진영이와 민영이의 손을 꼭 잡았다. 선자는 임신
한 배를 한 손으로 부여잡고 힘겹게 걸었다. 우현 어머니는 우진
이가 혹시 따라오지 않나 싶어 자꾸 뒤를 바라보았다.

그날 밤 모든 사람이 잠들어 있는 사이 어디선가 콩 볶듯 하는
총소리가 들렸다. 총소리는 멀리서 나는지 그리 크게 들리지는 않
았다. 자고 있던 우현이 놀라 방문을 열고 나와 총소리에 귀를 기
울였다. 계속되는 총소리에 우현의 어머니도 걱정이 되는 듯 방문
을 열고 마루로 나왔다.

"아범아, 이거 총 쏘는 소리 아니냐?"

"예, 그런 듯합니다."

"어째 오밤중에 총을 쏘고 그러까?"

"아마, 인민군하고 국방군이 붙었나 봅니다. 아무래도 국방군이
반격을 하겠지요."

269

"아이고, 어쩌나. 우리 우진이는 괜찮을까?"

"걱정 마이소, 어머이. 총소리 보니께 아주 먼 곳입니더."

"내래 하루도 몬 살 것다. 이놈의 전쟁이 제발 얼른 끝났으면 좋것다. 나랏님이건 뭐건 진짜 다 싫고 밉다."

"어머이, 들어가서 주무시소. 우진이는 괜찮을 겁니다."

다음날 아침 일찍 우현은 박성지의 집으로 향했다.

"성님 일어나셨습니까?"

"아, 자네 왔는가?"

"밤새 총소리 들었습니까?"

"그럼, 못 들을 리가 있나?"

"혹시 무신 일인지 아십니까? 우리 어머이가 하도 걱정을 해놔서요."

"국방군이 대대적으로 공격해 올라나보다. 아마 선발대가 와서 인민군하고 한 번 붙었나 싶다."

"그럼 또 세상이 바뀌는 겁니까?"

"글쎄, 금방 그리되지는 않것지. 중공군 방어하느라 국방군도 여유가 없을 거구만."

"우리는 대체 어찌 살아야 하는 겁니까? 인민군이 왔다 가믄, 국방군이 오고, 쪼매 지나면 다시 인민군이 오고. 이러다 진짜 우리 다 죽을 거 같소."

"자네 말도 일리가 있네. 우리같이 아무것도 모르는 사람도 그냥 앉아서 죽을 거 같어."

"무신 대책이라도 세워야 하는 거 아입니까?"

"내가 무슨 능력이 있다고. 나라 지키는 대통령이나 군대 장군들도 못하는 거를. 어여 가 아침이나 드소."

"알겠습니더. 지 갑니더."

우현이 밤새 총싸움이 있었던 이웃 마을로 향했다. 전투가 벌어졌던 현장엔 국방군 시체와 인민군 시체가 하얀 천으로 덮여 있었다. 우현은 주위 사람에게 물어본다.

"죽은 사람이 많습니까?"

"국방군이 열다섯이 죽고, 인민군이 여섯 죽었답니다."

"국방군은 돌아갔답니까?"

"국방군이 많이 오지도 않았다 봅니다. 인민군 수가 훨씬 많아 얼마 싸우지도 못하고 갔답니다. 애꿎게 죽은 병사들만 많습니다."

우현은 인민군 중에 동생 우진이가 있나 싶어 시체 곁으로 다가갔다. 시체를 지키던 인민군이 아무도 다가오지 못하게 했다. 인민군의 신발을 보는 우현은 다행히 우진이 아님을 확인하고 한숨을 내쉬었다.

우현이 급하게 집으로 들어왔다. 마루에는 우현의 어머니가 기다리고 있었다. 선자도 부엌에서 나왔다.

"그래, 좀 알아봤나?"

"예, 어머이, 인민군이 여섯 죽었는데 우진이 아입니더. 제가 확인하고 오는 겁니더."

"아이고, 다행이다. 아무아미타불 관세음보살."

"도련님은 절대 안 죽을 겁니다. 걱정 마이소, 어머이."

"그래, 그래야지. 야야, 아범 배고프겠다. 어서 저녁 차려라."

"예, 어머이."

우현은 방문을 열고 방으로 들어갔다. 진영과 민영이 낮잠을 자고 있었다. 우현은 아이들의 머리를 쓰다듬어 주며 아이들의 얼굴을 한없이 바라보았다.

이즈음 신원리 초등학교 운동장에 구석에서는 우진과 영기가 이야기를 하고 있었다.

"상황이 어떻게 돌아가는지 좀 압네까?"

"다시 제 1전선이 북쪽으로 밀리나 봅네. 여기서 우리가 진 치고 있으면 곧 제 1전선 동무들하고 만날 줄 알았는데."

"아마 다시 산채로 가야 할 듯싶지요. 이곳 신원리 해방구를 다시 적에게 넘겨주기는 너무 아깝구만."

"이 마을에서 진을 치고 산 지 두 달이 넘었는데 산속보다 훨씬 좋은 건 사실이구만요."

"중공군이 수십만이라는 데 인해전술도 별 효과가 없나 봅네."

"쪽수만 많았지, 총 없는 군인도 많다는데, 무슨 힘을 쓰겠습네까."

다음날 아침 부대원들이 모여 있는 가운데 중대장이 말했다.

"오늘 신원리를 떠나 다시 산채로 들어갑네. 신원리를 그냥 내줄 수는 없기에 국방군을 한 차례 기습 공격한 후 이곳을 떠납네다. 최대한 국방군에게 피해를 준 후 약속한 장소로 집합할 것입니다. 알겠습네까?"

"예!"

우진이 소속되어 있는 중대가 국방군이 진을 치고 있는 학교를 급습하기 위해 다가갔다. 학교에 진을 치고 있는 국방군은 1개 중대 병력이었다. 학교 운동장 구석엔 모닥불이 피워져 있고 당직사관과 몇 명의 병사들이 모닥불을 쬐고 있었다. 학교 주위엔 수십 명의 군인들이 야간 경계를 서고 있었다. 만만치 않은 전력을 본 우진의 부대원들이 긴장한 모습이었다.

"죽기로 싸우자구요. 쪽수가 아무리 많다해도 오합지졸에 불과할 거요."

"돌격!"

중대장의 명령이 떨어지기가 무섭게 우진의 부대는 국방군이 있는 학교로 진격했다. 수백 발의 총소리가 들리기 시작하고, 경비를 서던 보초들이 당황했다. 보초들이 사격 자세를 취한 후 빨치산에 대응했다. 여기저기서 수류탄이 터지고 국방군과 인민군 할 것 없이 총에 맞아 병사들이 고꾸라졌다.

우진이가 학교 벽을 타고 포복한 채로 정문을 향해 접근했다. 수류탄을 던지자 정문을 지키던 국방군 군인들이 쓰러졌다. 정문이 뚫리자 빨치산 대원들이 떼거지로 몰려 학교 안으로 들어갔다. 학교 운동장에 조명탄이 터지고 교실 안에 잠자던 국방군들 옷을 입지도 못한 채 뛰어나오기 시작했다. 어디선가 기관총 소리가 들렸다. 교실에서 나오던 군인들 수십 명이 기관총에 맞아 쓰러졌다. 연이은 총소리에 국방군, 인민군 할 것 없이 많은 병사들이 총에 맞아 피를 흘렸다. 십여 분이 지나자 총소리가 멈추었다. 어딘가에서 들리는 "조선 인민공화국 만세!" 소리가 들렸다. 학교 뒤편으로 국방군이 쫓기듯 후퇴하고 있었다.

다음날 아침 우진의 부대가 조회대 앞에 정렬해 있었다. 중대장이 조회대 위에 서 있었다.

"해방 전쟁에서 전사한 영웅 전사를 위해 묵념!"

부대원들이 일제히 묵념했다.

"지난 밤, 동무들의 수고로 우리는 위대한 승리를 쟁취하였습네다. 어제 우리가 사살한 적만 백 명이 넘습네다. 하지만 아쉽게도 많은 우리 동료들이 저세상으로 간 것도 사실입네다. 그 동무들을 위해 더욱 열심히 투쟁하여 하루 속히 이 땅을 해방시킬 수 있도록 해야 할 것입네다. 고생 많았소, 동무들."

부대원들이 서로의 어깨를 두드리며 좋아했다. 중대장의 말이 이어졌다.

"적이 커다란 피해를 보았기 때문에 조만간 더 많은 병력으로 이곳을 공격해 올 것입네다. 우리는 일단 여기서 아침을 먹고 산채로 가서 재정비한 후 다시 적과 다른 곳에서 전투를 치루는 것이 현명하다 생각됩네다. 오늘 아침은 배터지게 먹기 바라오. 이상!"

오랜만에 푸짐한 식사를 끝낸 부대원들은 밤을 틈타 다시 산채로 향했다. 우진의 뒤를 따라가던 김영기가 말을 걸었다.

"이번 전투에서 전리품 하나는 진짜 많이 거둔 것 같으오."

"예, 그런 것 같습니다."

"쌀이 스무 가마가 넘고, 통조림하고 부식이 한 트럭은 될 듯하오. 탄약도 반 트럭은 된다 하오. 산채에 가면 기다리던 부대원들이 엄청 좋아하겠소."

"아마 그러겠지요. 그런데 국방군이 손실이 많아 이를 갈고 있을 것 같기도 해요."

"하긴 나도 그게 마음에 걸리오. 잃은 것이 많으니 악에 바치겠지. 아마 큰 싸움이 점점 다가오는 것 같으오."

"우리 다 무사해야 할 텐데요. 전쟁이 끝날 때까지 살아만 있으면 소원이 없을 것 같습니더."

"그러면 오죽이나 좋겠소. 살아남아 다시 평상시로 돌아간다면 정말 열성을 다해 살아갈 터인데."

그믐이라 그런지 밤하늘에 달빛이 하나도 없었다.

한편 국방군 연대 작전실에서는 전투 결과가 보고되고 있었다. 연대장이 소리쳤다.

"뭐라고? 1개 중대가 거의 몰살됐다는 게 사실이야? 도대체 뭐 하고 있길래, 산속에 숨어있는 빨치산한테 당하나? 이런 빌어먹을 놈들. 그래 그 빨치산 놈들 어디 소속인지 알아?"

"예, 인민군 451부대랍니다. 팔로군 출신도 많고, 저번에 신원리를 2달 동안 점령했던 그 부대랍니다."

"이런 개호로 새끼들. 내가 다 때려잡겠어. 야, 신원리부터 완전

275

히 다 깔아뭉개. 집이건 외양간이건 모든 건물은 다 불태워 버려. 그리고 신원리에 있는 살아있는 모든 것은 다 죽여버려. 그렇지 않아도 사단장님이 청야 작전을 명했는데 여기부터 내려조져, 알겠어?"

"예, 알겠습니다."

우진의 부대가 산채에 도착한 후 잠잘 준비를 했다. 우진은 나뭇가지로 기둥을 세워 천막을 쳤다. 바닥은 소나무 가지와 낙엽을 모은 위에 담요를 깔았다. 우진은 전리품으로 가져온 미제 깡통을 따서 영기와 함께 먹었다.

"소대장 동무는 어디 갔습네까?"

"지금 참모 회의를 하고 있나 봅니다. 국방군의 어디를 칠 것인지 그걸 결정하겠지요."

"언제 죽을지도 모르는데 어머이 한 번이라도 보고 싶네요."

"울 엄니하고 아버지는 이미 돌아가셨어요. 이놈의 전쟁이 모든 것을 다 앗아가 버리는 것 같아요."

"맞는 말입니다. 전쟁이 모든 걸 다 파괴하는 것 같아요."

"언제 또 출동할지 모르니 어여 조금이라도 눈을 붙입시다."

우진과 영기가 바닥에 누워 잠을 청했다.

다음날 오전, 산 아래에서 보초를 서던 병사 한 명이 급하게 산채로 달려 들어왔다.

"남조선군이 쳐들어오고 있어요. 저기 산청 쪽에서 올라오고 있어요."

부대원들 모두 놀라 일제히 몰려나왔다. 소대장이 말했다.

"빨리 본부에 가서 보고하도록. 이 간나새끼들이 여기를 어드러케 알아냈지? 전원 전투 준비!"

우진의 소대원들이 서둘러 전투 준비를 했다. 산채 아래에는 수백 명의 국방군이 산을 오르고 있었다. 수많은 기관총과 60밀리, 80밀리 박격포까지 수십 개였다. 잠시 후 우진을 비롯한 부대원들이 정렬해 있었다. 중대장이 출동에 앞서 말했다.

"지금부터 이 고지의 5부 능선까지 하산을 하면 공격 명령이 떨어질 때까지 대기하기 바라오. 우리가 위에서 아래로 공격하는 거라 훨씬 유리하오. 돌격 명령이 내려지면 숨이 끊어질 때까지 진격해 싸워야 합네다. 전열이 흐트러지지 않게 주의하시오. 아마 이제까지 우리가 치른 전투와는 비교할 수 없는 커다란 싸움이 될 것이오. 누군가는 살아남겠지만, 누군가는 죽을지도 모르오. 살아서 다시 만납세다. 제1분대부터 출발!"

중대장의 명령이 떨어지자 부대원들이 열을 맞추어 산을 내려가기 시작했다. 중간에 세 갈래로 나뉘어 흩어져 하산했다. 숲길을 헤쳐 나가는 병사들의 모습이 매우 긴장되어 있었다. 우진의 얼굴에는 그늘이 지워져 있었다. 우진의 옆에 있던 숙희가 말했다.

"오늘 밤 전투는 예전과는 많이 다를 거 같아요. 전에는 놀고 있던 적을 기습한 거라 그리 어렵지 않았지만, 이번은 공격해 오는 부대는 남조선 정규군이에요. 저번에 당한 거 때문에 아마 이를 갈았을 거에요. 학교 운동장에 국방군 백 명도 넘는 시체가 있었으니 그것을 본 국방군의 분노가 엔간히 끓었을 거에요. 동무도 오늘 몸 조심하시라요."

"각오하고 있습니다. 오늘 살아서 산채로 돌아갈 수 있을지 모르겠습니다. 죽기 전에 어머이 한 번만이라도 볼 수 있는 게 소원인데."

"그렇게 될 거예요. 기운 내자구요."

"숙희 동무도 몸 조심하시라요. 꼭 살아남아야 합네다."

5부 능선에 도착한 부대원들은 몸을 감추고 전투태세에 들어갔다. 국방군이 다가오고 있었다. 국방군도 앞을 예의주시하면서 주의 깊게 접근해 왔다. 451부대장이 진격 명령을 내렸다.

"돌격 앞으로!"

451부대 전원이 국방군을 향해 산을 뛰어 내려가기 시작했다. 이를 본 국방군은 그 자리에서 전열을 가다듬고 대응할 준비를 했다. 여기저기서 총소리가 들리고, 기관총과 박격 포탄이 터지는 소리가 더해졌다. 수천 발의 총소리가 산속에 우뢰와 같이 울려 퍼졌다.

쏟아지는 총탄으로 인해 451부대원들이 전진하지 못했다. 우진도 진격을 하지 못하고 소나무 뒤에서 엎드려 쏴 자세로 있었다. 국방군은 기세를 잡았는지 산 위로 박격포와 기관총을 쏘면서 전진했다. 451부대장이 일어서서 다시 진격 명령을 내렸다. 부대원들이 일제히 산 아래로 다시 진격하기 시작했다. 엎드려 있던 우진이 일어나서 전진하려는 순간, 어디선가 박격포탄이 날아와 우진의 발밑에 떨어졌다. 터지는 박격포탄과 함께 우진은 공중으로 붕 뜨면서 우진의 팔과 다리가 공중으로 흩어졌다.

그 옆에서 우진의 모습을 본 숙희가 너무 놀라 소리쳤다.

"안돼! 안돼! 우진 동무!"

우진의 얼굴과 몸통이 땅으로 떨어졌다. 우진은 눈앞에 있는 죽음이 보였다. 우진의 눈에서 어머니의 모습이 아른거렸다. 서서히 사방의 총소리도 들리지 않았다.

얼마 후 451부대의 산채에는 깃대에 꽂혀 있던 인공기가 내려지고, 태극기가 게양되고 있었다. 수많은 국방군이 산채에서 "대한민국 만세"를 불렀다. 산채 근처에는 수 십구의 시체가 널브러져 있었고 모든 것이 다 파괴되어 있었다. 숲속 길로 후퇴하는 451 부대원의 인원은 몇십 명에 불과했다.

이 시각 연대장실에서는 연대장이 참모들과 회의를 하고 있었다.

"적의 진지를 완전히 초토화시켰다고! 좋아, 바로 그거다. 내 뭐라고 했어? 청야 작전만큼 효과를 보는 것이 없다고 했지. 이번에는 신원리 마을을 완전히 없애 버려. 알겠어!"

"예, 알겠습니다."

다음날 국방군이 장갑차를 앞세우고 신원리로 다가오고 있었다. 이를 본 마을 주민들이 급하게 집으로 뛰어 들어갔다. 우현은 밤새 잠을 제대로 이루지 못한 모습으로 방문을 열고 나왔다. 마당엔 우현의 어머니가 나와서 산 쪽을 바라보고 있었다.

"어머이도 밤새 못 주무셨나보네요."

"밤새 콩 볶듯 총소리가 끊이질 않으니 잘 수가 있나? 우진이 야가 무사할는지 모르겠다. 꿈자리가 영 사납구나."

"무사할낍니다, 어머이. 지가 나가서 상황을 좀 보고 오겠심니더. 분위기가 아무래도 이상한 게 국방군이 무슨 큰일을 벌이려나 봅니다."

"시상이 불안해서 하루도 몬 살겠다. 언제 맘 편히 잠이라도 잘 수 있을지."

우현은 급하게 박성지 집으로 향했다. 박성지는 이미 피난 짐을 싸고 있었다.

"아니 성님, 짐 싸고 계십니까? 피난 가려고요? 도대체 상황이 어찌 돌아가는 겁니까?"

"난리도 아니다. 내 들어보니 이미 국방군이 온 천지에 쫙 깔렸단다. 마을이건 사람이건 다 없애버릴 작정인가 보다. 우리 동네가 2달 동안 빨치산이 점령하고 있었다고 동네를 아예 통째로 날려버린단다. 고민할 것도 없다. 어여 싸게 급한 대로 챙겨서 마을을 떠야 한다. 안 그러면 앉은 자리에서 죽을지도 모른다. 군인들이 들이닥치면 잘잘못을 가리지도 않고 다 죽여 버린단다. 재판이고 뭐고 아무것도 없단다. 그냥 다 한구석에 몰아넣고 쏴 죽일끼란다."

"아니, 재판 같은 거도 안 하고 그냥 죽인단 말입니까?"

"이 사람아, 지금은 전쟁 중여. 군인이 하는 거가 법이구 재판여.”

“그럼 어디로 가야 한단 말입니까?”

“일단 나서야 한다. 갈 데가 없어도 여기 있다가는 그냥 죽어. 진영 아배도 식구들 데리고 싸게 나서라. 산청으로 가든 읍내로 가든 빨리 여기를 떠나는 게 제일이다. 빨리 가서 식구들 챙겨서 퍼뜩 나서거라. 시간이 없어. 어여!”

“예, 알겠습니다.”

우현이 급하게 집으로 뛰어갔다. 집으로 뛰어 들어오는 우현을 보고 우현의 어머니가 물었다.

“어찌 일이 돌아간다나?”

“어머이, 마을을 몽땅 비워야 한답니다. 사람들이 그라는데 국방군이 이제 곧 마을에 온답니다. 우리 마을이 빨갱이 마을이었다고 모조리 불살라 버린답니다. 마을 주민들이 몽땅 빨갱이 물이 들었다 해서 다 죽여 버린답니다. 옳고 그르고 가리지도 않는답니다.”

“내 그럴 줄 알았다. 어서 우리도 준비를 해야 쓰것다. 근데 큰일이다. 진영 어멈이 곧 얼라를 나을 거 같은데.”

“그래도 데리고 가야 합니더. 여기 있다가는 앉아서 그냥 죽는기라예.”

우현이 방으로 들어갔다. 선자가 너무 힘든 모습으로 벽에 기대고 있었다.

“피난을 가야 합니꺼?”

“무조건 가야 한다. 안 그러면 죽는다. 몸이 좀 어떠나?”

"애기가 며칠 안으로 나올 것 같아예. 지가 갈 수 있을가예?"

"내가 업구서라도 갈테니까는 자네는 어여 준비하소. 내 일단 급한 대로 짐을 챙길게."

"알겠습니더."

우현이 방을 나가자, 선자는 자고 있던 애들을 깨웠다. 진영과 민영이 눈을 비비며 일어났다.

우현은 지게에 보따리를 실었다. 선자는 만삭의 몸으로 마루에 앉아 손을 뒤로한 채 숨을 헐떡이며 힘겨운 모습이었다. 우현의 어머니가 진영과 민영을 챙겼다. 선자가 우현에게 말했다.

"보소, 애가 곧 나올 것 같아요. 나는 아무래도 못 갈 것 같으니 어머이하고 애들이라도 데리고 떠나요."

우현이 선자를 바라보며 인상을 확 쓰더니 냅다 소리를 질렀다.

"무슨 말도 안 되는 소리 하고 있나? 니를 여기다 두고 어떻게 가라고?"

"걷지도 못하는 나를 데리고 가다가 다른 사람도 다 죽는다고요."

우현은 울화통이 터지는지 큰소리로 말했다.

"죽어도 같이 죽고, 살아도 같이 사는 게 가족이다. 이래저래 따지며 살면 그건 가족도 아니다. 가족끼리는 니 잘났다, 니 못났다도 필요 없는 기라. 니 죽으믄 내도 죽는다. 난 하늘이 두 쪽 나도 니 버리고 몬 간다. 마음 단단히 먹고 싸게 나설 준비해라."

우현은 사발에 물을 떠다가 선자에게 먹였다.

"자, 인나거라. 인자 가야 한다. "

우현이 지게를 짊어지고 선자를 오른손으로 부축했다. 우현의 어머니가 진영과 민영을 양쪽 손으로 붙들고 그 뒤를 따라나섰다. 동쪽의 해가 서서히 뜨면서 구름 사이로 햇빛이 보였다.

국방군 지휘소에서는 작전 회의가 열리고 있었다.

"오늘 거창군 신원리를 완전히 초토화시킨다. 청야(淸野) 작전이다. 그동안 이 지역은 인민군 451부대가 2달 동안 점령하고 있었다. 인민군이 있는 동안 주민들이 별 사고가 없었다는 것은 주민들 전체가 인민군에게 협조를 했다는 거다. 즉, 이 지역은 완전히 빨갱이로 오염된 지구야. 재판도 필요 없다. 주민들 모두가 빨갱이야. 아이, 노인 할 것 없이 모조리 처형한다. 도망가는 사람은 경고 없이 사살한다. 마을의 집을 비롯해 모든 건물도 불사른다. 알겠나?"

"예, 알겠습니다."

이 시간 우현의 가족은 산길을 따라 피난을 가고 있었다. 수많은 사람들이 피난길에 나서서 아수라장이었다. 멀리서 들려오는 총소리에 피난을 가는 사람들이 깜짝깜짝 놀랐다. 우현의 어머니가 말했다.

"군인들이 벌써 근방으로 왔나보다. 이를 어쩐다냐?"

"싸게 가야 합니더. 힘내소, 어머이."

선자가 우현을 붙들고 오지만 너무 힘에 겨웠다. 잘 걷지도 못하고 다른 사람들에 비해 처지게 만들었다. 우현은 갑자기 지게를 벗

어 지게막대에 고였다. 지게 위에 있던 모든 짐보따리를 집어서 땅
바닥에 내팽개쳤다.

"진영 아빠, 왜 짐을 다 버려요?"

"짐도 필요 없다. 당신이 지게 위에 타라. 내가 짊어지고 가야겠
다. 걸음이 늦어서 안 되겠다."

우현은 짐을 다 꺼낸 후, 선자를 안아 지게 위에 태웠다. 무릎을
꿇고 지게막대에 힘을 준 후 선자가 탄 지게를 짊어지고 일어났다.

"어머이, 얼른 가입시더."

"그래, 싸게싸게 가자."

우현의 어머니가 지게에 탄 선자의 손등을 쓸어내린 후, 진영과
민영의 손을 꼭 잡았다. 많은 피난민들이 산고개를 넘고 있었다.
국방군이 피난 가는 주민들을 인근 학교로 몰아세웠다.

"이쪽 길은 모두 진입 금지다. 모두 학교가 있는 저쪽 길로 가라.
명령에 대항하는 자는 무조건 사살한다."

아수라장 속에서 사람들은 군인들이 지시하는 길로 방향을 잡았
다. 우현은 왠지 불안한 마음으로 국방군에게 물었다.

"저희는 어머이 집이 있는 외가로 가려고 합니더. 그라니 저쪽
길로 가야합니더."

"저쪽 길은 이미 폐쇄되었습니다. 그 길로 가는 자는 무조건 사
살하라는 명령입니다. 죽기 싫으면 안내하는 쪽으로 가십시오."

우현은 왠지 떨떠름한 표정으로 마지못해 다른 사람들이 가는 쪽
으로 방향을 잡았다.

피난민들이 학교로 들어가고 있었다. 학교 정문에는 무장한 군인들이 보초를 서고 있었다.

우현이 우현 불길한 표정으로 말했다.

"여기로 가면 안 될 것 같은데."

주위에 있는 군인들이 피난민들에게 어서 학교로 들어가라고 난리를 치고 있었다. 아무런 저항도 하지 못하는 피난민들은 학교로 떠밀려 들어갔다. 학교 운동장 조회대 앞에는 군인들 몇 명이 테이블을 앞에 놓고 서 있었다. 운동장에 들어오는 주민들에게 소리쳤다.

"일단 모두 교실로 들어가세요."

주민들이 학교 교실로 나뉘어 들어갔다. 우현의 가족도 교실에 들어가 일단 자리에 앉았다.

교실 안에는 주민들 수십 명이 힘에 겨운 듯 벽에 기대거나 모로 누워 있었다. 갑자기 선자의 산통이 심해졌다.

"보소, 아무래도 지금 아기가 나올 것 같아요."

"이를 어쩐다, 여기서 애를 낳을 수가 있을까?"

우현의 어머니가 말했다.

"아무래도 여기는 힘들 것 같으께 복도에라도 나가 보자."

"예, 그게 나을 것 같네요. 어머이는 애들하고 여기 계세요. 애가 나올라카믄 제가 다시 올게요."

"그래라, 애들은 걱정 말고 니 처에 우선 온 마음을 써야 혀."

"예, 어머니."

우현은 선자를 데리고 복도로 나갔다.

복도 끝 인적이 드문 곳에서 우현은 선자를 벽에 기대게 하고 주위를 정리했다. 주위는 어두워져 캄캄했다. 복도에는 불을 켤 수도 없었다. 교실 안에서 아이들 우는 소리와 노인들의 기침 소리가 들렸다. 산통이 심해지자 선자의 인내심이 극에 달했다. 선자가 악물고 참았던 비명을 토해냈다. 선자의 비명소리를 듣고 군인한 명이 복도로 걸어왔다. 우현에게 다가온 군인이 무슨 일인지 의아해하며 물었다. 어깨에는 중사 계급장이 붙어 있었다.

"아니 무슨 일이래유? 뭔 일이기에 이렇게 비명을 지른대유? 어디 아퍼유?"

"이 사람이 애기를 낳을라 그래요. 아무래도 조만간 나올 것 같구만요."

"얼래! 진짜 아가 나올라 보네. 어트케 하지?"

군인의 말이나 표정이 상당히 굼떴다.

"제발 우리 좀 도와줘요. 내 이리 부탁합니다."

군인이 우현을 멀뚜거니 보더니 눈을 꿈벅꿈벅했다.

"지를 따라와 봐유."

군인이 복도를 따라 걸어갔다. 우현은 군인의 옷소매를 잡으며 말했다.

"저기, 우리 어머이하고 다른 애들도 교실에 있어요."

"할머니도 계시다구유?"

"예, 4살 2살짜리 애들도 있구요."

"얼래! 이를 어쩐댜? 그냥 다 데리고 따라와유."

군인이 앞서서 걸었다. 우현은 부리나케 교실로 들어가 어머니와 진영, 민영을 데리고 나왔다. 교실에서 나온 우현은 걷기도 힘들어하는 선자를 보고 뛰어가서 들쳐 업었다. 우현의 어머니가 진영과 민영의 손을 꼭 붙들고 우현을 따라갔다.

학교 조회대 앞에는 장작불을 피운 채 군인들 여러 명이 불을 쬐고 있었다. 학교 정문 주위에는 군인들이 보초를 삼엄하게 서고 있었다. 중사가 학교 건물을 나오더니 학교 뒷문을 지나 학교에서 좀 떨어진 민가로 들어갔다. 우현과 가족들은 중사를 따랐다.

"이 집은 교장 선생님 사택이었대유. 여기서 애를 낳으면 될 거 같어유."

"정말 고맙습니다."

우현의 어머니가 군인의 손을 붙잡고 감격해 했다.

"고맙소, 젊은이, 참말로 고맙소."

"할머니 보니깐 울 엄니 생각도 나네유. 애기 덕분에 다 사는 줄 알어유. 하늘이 저 애기를 통해 복 내리는 거 같으네유. 오늘 큰일이 있을 거에유. 절대로 오늘 밤 여기를 나오지는 말어유. 밖으로 나오면 죽을지도 몰라유. 애기 낳으면 내일 일찍 여기서 다른 데로 가셔유. 내일은 더 위험할지도 몰라유. 지 말 명심해야 해유."

중사가 나가자 우현이 선자를 방바닥에 내려놓았다. 선자의 산통이 극에 달했다. 우현의 어머니가 서둘러 아기 받을 준비를 했다.

287

잠시 후, 중사가 다시 나타났다. 손에 대야와 숯불이 들려 있었다.

"이거 받어유. 이 숯불로 물을 데우세유. 그리구 이 집 농안에 있는 거 그냥 찾어서 쓰고 싶은 대로 쓰세유. 애기 포대기도 필요하자너유. 전쟁통이라 교장 선생님도 다 이해할테지유, 뭐."

우현은 중사에게 다가가 손을 부여잡고 고마워했다.

"고맙습니다. 이래 돌봐주셔서 아를 낳을 수 있게 되니 이 은혜를 어찌 갚어야 할지 모르겠습미다."

"지는 고향이 청주인데 군대에 오기 전 우리 누이도 산모였어유. 지금쯤 애를 낳았을 거에유. 누이 생각이 나서 도와주는 거에유. 지는 인제 갈 테니 애기 잘 받어유. 애를 낳거들랑 내일 오전에는 힘들어도 여기 계시면 큰나유. 목숨을 보장 못해유. 최대한 일찍 여기서 아주 멀리멀리 도망쳐야 해유. 알겠쥬?"

군인이 말하고 밖으로 나갔다. 우현은 고마움에 하사의 뒷모습을 한참이나 바라보았다. 선자가 갑자기 비명을 지르기 시작했다.

"아범아, 어여 물을 뎁혀야 할 거 같아. 내가 어멈 옆에 있을 테니."

우현의 어머니가 선자 곁으로 부리나케 갔다. 진영과 민영도 할머니를 따라 선자 옆으로 가서 앉았다. 선자의 모습을 본 진영과 민영은 울음을 가까스로 참고 있었다.

학교 정문에서 보초를 서던 국방군 병사들이 교대를 했다.

"청야 작전은 예전에 백승희 장군이 일본 놈들한테 써먹고 큰 효과를 본 거라고 하던데. 우리 사단장이 그것을 본뜨는 거 같어."

"작전이야 좋지. 지켜야 할 곳은 철저히 지키고 적에게 내놓아야 하는 곳은 우리 인력과 물자를 다 빼낸 다음에 싸그리 불 질러 버리고. 그러면 적에게 아무것도 남겨주지 않으니까."

"그래, 바로 그거야. 근데 너는 뭐가 마땅치 않은데?"

"문제는 청야 지역에 있는 주민들도 다 이동을 완전히 시킨 다음에 작전을 펼쳐야지. 그 주민들은 아직 그곳에 있는데 다 불 질러 버리면 주민들은 어떻게 하고? 주민들도 다 불에 타 죽을 수도 있는데."

"야, 주민들 성분을 생각해 봐야지. 청야 지역이라고 결정한 곳은 빨치산들이 몇 달 동안 진을 치고 살았던 곳이야. 그 얘기는 그 마을 주민들도 다 빨치산이라는 거야. 우익들은 빨치산이 동네를 차지하고 있을 때 다른 데로 이미 갔겠지. 그 지역에는 오직 빨갱이들 뿐이라고. 그러니까 사단장은 모조리 다 청소해 버리라는 거지."

"어쩔 수 없이 고향 집을 버리지 못하고 그냥 지키고 사는 사람들도 있었겠지. 너는 니 어머니, 아버지 살던 집을 그리 쉽게 버리고 다른 곳에 살 수 있겠냐?"

"왜 못하냐? 온통 빨치산들이 득실거리는 데 그냥 다른 데로 가는 거지. 그리고 저번에 어떤 마을에서 주민들이 전투경찰대하고 청년 방위대한테 술대접한다고 모이게 하구선 모두 죽였다잖아. 주민들도 믿을 수 없다는 거지."

"그런 주민들은 이미 겁이 나서 산속으로 들어가 빨치산에 합류했겠지. 그런 일을 하고나서 부락에 남아있을 배짱 있는 사람들이 있겠냐?"

"어쨌든 빨치산들이 점령하던 몇 달 동안 함께 지냈다는 것은 위에서 볼 때 빨갱이한테 오염된 것으로 보이겠지. 이승만이 빨갱이라면 치를 떠는데."

"아무리 그래도 난 아이들하고 노인들까지 무차별적으로 죽이는 것은 이해할 수가 없어. 게다가 그 사람들에 대해 어떤 재판도 없잖아."

"야, 전쟁 중에는 군사 재판이 최고 재판이 되는 거야. 군사 재판이 뭐겠냐? 별 달고 있는 사람들이 결정하면 끝나는 거지."

"어쨌든 나는 주민들한테 총질할 수가 없어."

"안 하면 어쩔 건데, 명령 불복종이야, 임마!"

"내일은 또 어디서 얼마나 많은 사람이 죽을 건지, 매일 수백 명이 죽어 나가도 전쟁이 끝나지를 않으니, 도대체 몇 명이 죽어야 끝나는 건지."

"글쎄 말이다. 이러다 국민 절반이 죽는 거 아닌지 모르겠다."

국방군이 신원리 마을을 돌아다니며 모든 집에 불을 지르고 있었다. 온 마을이 불에 타 시커먼 연기가 하늘을 덮고 있었다. 종종 마을에 숨어있던 주민이 발견되자 군인들이 사살했다. 마을은 초토화되었고, 여기저기 이미 타버린 초가들이 잿더미를 이루고 있었다.

우현은 물을 받아 숯불로 물을 뎁혔다. 집안을 이리저리 뒤져 이불과 포대기로 쓸 것을 찾아 선자에게 가져다주었다. 선자의 비명이 점점 더 커졌다. 우현의 어머니가 말했다.

"힘을 좀 더 써 봐라. 이잔 나올 것 같다."

선자가 있는 힘을 다해 용을 썼다. 양수가 터지면서 아기의 머리가 밀려 나왔다. 우현의 어머니가 애기의 머리를 잡아 끄집어냈다. 아기가 선자의 몸에서 빠져나오면서 울음을 터뜨렸다. 그 모습을 보던 우현의 눈에서 자신도 모르게 눈물이 흘렀다. 우현의 어머니가 소리쳤다.

"됐다. 다 됐다. 애기 다 나왔다. 아이고 세상에, 세상에나."

선자가 기력을 다 써버려 순간 기절했다. 우현이 선자에게 다가가 어깨를 흔들며 말했다.

"보소, 보소, 정신 차려라. 눈을 떠야 한다."

흔들어 깨우는 우현의 소리에 선자 눈을 떴다.

"알라 나왔어요? 살아 있어요?"

"그래, 나왔다. 살아 있다. 딸래미다. 당신 닮아서 엄청 이쁘다."

선자가 자기도 모르게 눈물을 흘렸다. 우현의 어머니가 물었다.

"근데, 탯줄을 끊어야 할 텐데, 가위가 있나 찾아봐라."

"가위요? 그런 게 지금 어디 있는지 알 수가 있나?"

우현이 잠시 생각하더니 선자의 배 쪽으로 다가가 자신의 이빨로 아이의 탯줄을 끊었다. 우현의 입 근처가 피와 양수 범벅이 되었다. 우현의 어머니가 아기를 옆에 있는 포대기로 둘러쌌다. 선자가 우현이한테 물었다.

"보소, 아 이름을 뭐로 합니꺼?"

우현이 고민하다가 답했다.

"우리 이쁜 딸래미 이름은, 아, 뭐라 하지? 아, 그래. 서영이라고 하자. 진영이, 민영이, 서영이. 딱 좋다."

"아, 서영이. 이름 이쁘네요. 맘에 듭니다."

선자가 말했다.

"어머이, 아이 좀 안아 볼라요. 이리 함 주이소."

우현의 어머니가 포대기에 싸인 아기를 선자에게 건네주었다. 아기는 아직 눈도 뜨지 못했다. 아기를 받은 선자가 감정이 치솟는지 격정적으로 소리쳐 울었다. 우현과 우현의 어머니도 함께 눈시울을 적셨다. 옆에 있던 진영과 민영도 울음을 터뜨렸다.

다음날 새벽 조회대 앞에 국방군 지휘관과 간부들이 모여 있었다. 교실에 있던 주민들이 군인들에 의해 운동장으로 나오고 있었다. 지휘관이 그 모습을 보더니 다른 간부들에게 말했다.

"시간은 일몰 후다. 한 놈도 남겨 놓지 마라. 절대 실수하면 안 된다. 알겠나?"

"예, 알겠습니다."

군인들이 주민들이 나오는 쪽으로 가서 주민들을 데리고 학교를 나와 산으로 이동시켰다. 주민 중 한 명이 물었다.

"어데로 가는 겁니까?"

"아무 말 하지 말고 따라만 가라!"

군인이 질문을 한 주민에게 총부리를 겨누었다. 모든 주민들이 군인들의 위세에 겁이 질려 아무 소리도 하지 못하고 따라가기만 했다.

우현은 멀리서 주민들이 학교를 나가 어딘가로 향하고 있는 모습을 지켜보았다. 분위기가 심상치 않음을 알고 방 안으로 들어갔다. 우현이 어머니에게 말했다.

"어머이, 우리 어서 여기를 빠져나가야 할 것 같아요. 아무래도 조만간 큰일이 날 듯 싶어요."

"그나저나 진영 에미가 걸을 수도 없을 텐데."

"그래도 가야 해요. 다른 길이 없어요. 제가 업고 가다 힘들면 부축해서라고 가야겠어요."

"그래, 일단 여기서 나가자. 외가라도 가면 맘은 놓일게야. 여기서 그리 멀지 않으니."

우현이 선자에게 다가갔다.

"많이 힘들제? 그래도 여기서 떠나야 한다. 내가 일단 업고 갈 테니 마음 단단히 먹고 있어라."

"하필이면 내가 지금 아를 낳아서 당신이 억수로 고생이 심합니더."

"고생은 무슨 고생이고, 가족을 위하는 것이 고생이라 생각하면 살지도 말아야제. 가자. 어여 가자."

"알겠습니더."

우현은 진영이하고 민영이에게 다가가 옷을 챙겨 입혔다. 갓난

아기를 포개기에 싸 자신의 가슴에 품고 끈으로 둘러 묶었다. 선자를 업고 양손으로 깍지를 꼈다. 우현의 어머니가 진영과 민영의 손을 꼭 잡고 우현의 뒤를 따랐다. 우현의 가족은 교장 선생님 집을 나서 인적이 드문 산길을 따라 걸어가기 시작했다.

학교를 나온 주민들 수백 명은 거창의 어느 골짜기에 있었다. 주민들 앞에 커다란 구덩이가 파져 있었다. 골짜기 위 산등성에는 군인들이 무장을 한 채 서 있었다. 지휘관의 명령에 따라 군인들이 소총과 기관총으로 무자비하게 사격을 시작했다. 골짜기에 있던 주민들은 모두 총에 맞아 쓰러졌다.

우현의 가족은 산속 길을 힘겹게 가고 있었다. 멀리서 들리는 총소리에 뒤에 따라오던 진영과 민영이 깜짝깜짝 놀랐다. 놀라는 아이들을 위해 우현의 어머니가 손을 꼭 잡아주었다. 우현이 외쳤다.

"나라가 이게 뭐꼬? 왜놈들한테 나라 뺏겨서 30년이 넘도록 종살이 하더니, 이제는 남으로 북으로 갈려서 서로 총질해서 죽이는 것도 모자라 농사짓고 사는 무지렁이 백성마저 총으로 쏴죽이니, 이놈의 나라 진짜 넌덜머리가 난다."

우현은 품에 안은 갓난아기를 꼭 안으며 이를 악물었다. 한 손으로 선자를 꼭 안아 부축했다. 우현의 어머니와 진영이와 민영이는 우현의 뒤만 보고 졸졸 따라왔다. 우현이 고개를 들어 서쪽 하늘을 바라보았다. 태양이 지고 있는 서쪽 하늘엔 붉은 노을이 온 하늘을 덮고 있었다. 어디선지 모를 총소리가 다시 들리고 있었다.

8. 진돌이

어린이날이 다가오고 있었다. 큰애한테 살짝 물어보았다.

"이번 어린이날엔 뭐 갖고 싶어?"

큰애는 나를 잠깐 쳐다보더니

"아빠, 강아지 사줘."

하는 것이었다. 나는 조금 놀라면서 애가 뜬금없이 왜 이러나 싶었다. 그러고는 큰애가 한 마디 더했다.

"아빠가 나 어렸을 때 10살 되는 어린이날엔 내가 갖고 싶은 거다 해준다고 했으니 약속 지켜."

하는 것이었다. 갑자기 뜨끔했다.

가만히 기억을 더듬어보니 큰애가 네 살인가 다섯 살쯤에 열 살이 되는 어린이날에 원하는 거 뭐든지 꼭 해준다고 말했던 게 떠올랐다.

'아니, 애가 그 어렸을 때 했던 말을 어떻게 기억하고 있는 거지?'

나는 적잖이 놀랐다. 그리고 얼떨결에

"어떤 강아지 사줄까?" 물었다.

"진돗개, 우리나라에서는 진돗개가 젤 좋은 거래."

하는 것이었다. 나는 속으로 어떻게 하지 하면서도

"그래. 알았어. 아빠가 진돗개 사줄게."

대답해버리고 말았다.

속으로 고민을 하다 약속을 지켜야 한다는 쪽으로 마음을 먹었다. 그리고는 아내에게 물어보았다. 처음에 아내는 안된다고 했다. 아파트에서 어떻게 진돗개를 키우냐, 감당이 안 될 거라며 반대를 했다.

나는 계속 설득을 했다. 이런저런 말을 하며 일주일 정도를 설득했다. 아내도 어쩔 수 없다는 듯 결국은 승낙을 했다. 나는 바로 진돗개를 어떻게 사야 할지 알아보기 시작했다. 갑자기 진돗개니까 진도까지 가서 사주고 싶은 마음이 생겼다.

어떻게 하면 진도에 가서 진돗개를 살까 고민하다가 남해 쪽은 우리 가족이 한 번도 가본 적이 없으니 이번 어린이날은 그쪽으로 여행을 가자고 했다.

5월 4일이 되었다. 큰애가 학교가 끝나자마자 세 아이와 아내를 차에 태워 진도로 향했다. 서울에서 진도까지 다섯 시간도 더 걸렸다.

진도에 도착해서 우선 전문적으로 진돗개를 분양하는 곳으로 갔다. 거기에는 진돗개가 엄청 많았는데 전문분양업체답게 튼실한 새끼 진돗개 수십 마리가 있었다. 가격을 물어보았다. 주인은 자신이 분양하는 진돗개는 족보까지 다 있는 것들이라고 하며 최소가 50만 원이라고 했다. 아내한테 물어보니 강아지 한 마리에 50만 원은 너무 비싸다고 했다. 아이들은 진돗개들이 귀여운지 마냥 처다보며 재밌어했다. 난 그냥 50만 원이라도 주고 사주고 싶었지만 어쩔 수 없었다. 분양하는 주인한테 좀 더 싸게 진돗개를 살 수 있는 방법을 물어보았다.

주인은 전문업체를 가지 말고 진도에는 개인적으로 진돗개를 키우는 집들이 워낙 많으니 진돗개 새끼 낳은 집에 가서 개인적으로 사는 것이 나을 것 같다고 했다. 어쨌든 고맙다는 말을 하고 다시 가족을 태워 진도읍으로 갔다. 아무래도 사람들이 많은 곳에 가면 진돗개를 쉽게 살 수 있을 것 같아서였다.

진도읍에 갔더니 쌀가게가 있었다. 진돗개 새끼 한 마리가 쌀집 앞에 있었다. 주인한테 물어보니 팔 수 있다고 하면서 족보도 들고나왔다. 근데 강아지가 이미 많이 커서 귀여운 면이 없었다. 아이들을 처다보니 별로 좋아하는 것 같지도 않았다. 그 집 주인한테 서울에서 왔는데 어디 가면 새끼들이 많은지 물어보았다. 그 주인은 진도 장날엔 진돗개 새끼들이 장에 많이 나오는데 2일과 7일이 장날이라고 했다.

하지만 그날은 4일이었다. 7일까지 어떻게 기다린다는 말인가? 할 수 없이 가족들을 데리고 진도읍 주위 민가가 있는 마을로 차를 몰았다. 이 동네 저 동네 돌아다녀 보았다. 진돗개들이 많이 있기는 했지만, 집에 사람 없는 곳도 많았고, 있어도 팔지 않는 곳들이 대부분이었다.

해가 떨어져 어둑어둑해져서 일단 진도읍으로 가서 여관을 잡고 저녁을 간단히 먹었다. 여관으로 돌아와 아내와 아이들은 쉬고 있으라고 하고 나 혼자 다시 차를 몰아 다른 동네로 가보았다.

우연히 발길이 어느 한 동네에 닿았다. 그 동네는 길이 좁아 차로 다니기가 불편해서 동네 어귀에 주차를 하고 걸어서 이집 저집을 기웃거리며 혹시 진돗개 새끼 있나 찾아다니기 시작했다.

그러던 중 어딘가에서 강아지 여러 마리가 짖는 소리가 들렸다. 반가운 마음에 뛰어가 보았다.

'어, 근데 이게 웬일인가?'

어떤 집 옆에 텃밭이 있었고 그 텃밭엔 개집이 있었는데 그곳에 강아지 네댓 마리가 짖으며 뒹굴고 있는 것이었다. 살금살금 가서 그 개집 안을 몰래 들여다보았는데 너무 예쁜 강아지들이었다. 아이들이 너무 좋아할 것 같았다.

나는 속으로

'저거다.'

하고는 그 집 주인을 만날 요량으로 집 안 마당을 보았지만, 인기척이 없었다. 주인과 만나고 싶어 그 집 앞에서 30분 정도를 서성거리고 있었는데 영 사람이 나타날 기미가 안 보였다.

마침 이웃 주민이 지나가길래 물어보았더니 집주인이 어디 간 것 같다며 낼 아침에 와보라고 했다. 나는 너무나 아쉬웠지만 어쩔 수가 없었다. 여관에 돌아오니 아이들은 잔뜩 기대에 부푼 마음으로 나한테 달려왔다.

"아빠, 진돗개 새끼 있어? 찾았어?"

"응, 아빠가 찾았는데 주인이 없어. 낼 아침에 아빠가 주인한테 가서 물어봐야 해."

아이들은 좀 실망하면서도 낼 가보면 된다는 마음에 안도하는 듯했다. 불을 끄고 아이들을 재우고 누웠는데 아까 봤던 강아지 중 한 마리라도 사서 아이들 품에 안겨주고 싶은 마음에 잠을 설쳤다.

다음 날 아침 6시 정도에 일어나 그 집 주인이 아침에 나가기 전 만날 생각으로 대충 씻고 나오려는데 큰 애가 자기도 가겠다며 따라나섰다.

얼른 차를 몰아 동네 어귀에 주차를 하고 큰 애 손을 잡고 그 집으로 향했다. 그 집 문밖에서 마당을 보니 인기척이 있었다.

나는 너무 이른 아침이었지만

"계세요?"

하면서 집주인을 불러보았다. 주인이 문을 열고 나왔다. 나는 너무 반가워 사정 이야기를 했다.

그랬더니 주인도 잘 되었다며 강아지 새끼가 한 달 조금 지나 이번 장날에 내다 팔 계획이었다고 했다. 그러고는 개집으로 가서 문을 열어주며 한 마리 골라보라고 했다.

큰애가 강아지들을 보더니

"아빠 너무 이쁘다. 이거 사줘."

하는 것이었다.

나는 주인한테 얘기를 하고 큰애와 다시 여관으로 돌아와 아내와 둘째 셋째를 차에 태우고 그 집으로 다시 갔다. 세 아이들이 모두 마음에 들어 했다. 아이들이 이리저리 보더니, 그중에 하얀 강아지 한 마리를 골랐다.

집주인에게 얼마냐고 물었더니 십만 원만 달라기에 얼른 십만 원을 집어주고 강아지를 안아 아이들과 함께 차에 태웠다. 차에서 아이들은 강아지를 만져보며 난리가 났다.

"강아지 이름을 뭐라고 하지?"

서울로 오면서 아이들은 강아지 이름을 진돌이로 지었다. 그렇게 우리 가족과 진돌이가 같이 살게 되었다.

하얀 백구인 진돌이는 눈이 몽실몽실한 게 너무 이쁘고 착했다. 아이들이 학교 갔다 오면 진돌이를 데리고 아파트 어린이 놀이터에서 한참이나 놀았다.

어떤 날은 아이들과 함께 진돌이를 데리고 동네 여기저기도 다니며 맘껏 놀았다. 진돌이도 우리를 너무 좋아하는 것 같았고 아이들을 무척 잘 따랐다. 세 아이와 진돌이는 날마다 놀이터에서 마음껏 뛰어놀았다.

그런데 진돌이는 너무 빨리 컸다. 몇 달이 지나자 덩치가 이미 내 허리까지 왔고 아이들이 끌고 다니기에도 벅찰 정도로 커지는 것이었다. 아침저녁으로 데리고 나와 산책시키는 것도 보통 일이 아니었다.

진돌이를 데리고 엘리베이터에 타면 진돌이를 보고 미소 짓는 사람도 있었지만, 어떤 입주민들은 거부감을 느꼈다. 아예 진돌이가 있는 엘리베이터를 타지 않는 사람도 있었다.

나는 어떻게든 일 년이라도 아이들과 같이 지내게 해줄 요량으로 버티고 버텼다. 하지만 일 년 정도가 지나자 감당에 한계가 왔다. 어쩔 수가 없었다.

아이들한테 나중에 마당이 있는 집을 구하면 그때 진돌이를 다시 데려오기로 하고, 시골 부모님이 잘 아시는 분께 진돌이를 맡겼다. 나도 잘 아는 분이라 믿고 맡길 수 있었다. 그 후 가끔씩 아이들이 진돌이를 보러 가자고 나한테 얘기했지만 가지 못했다.

진돌이를 보는 건 좋으나 보고 나서 다시 또 헤어지려면 마음도 아플 것 같았다. 진돌이도 아이들이 오면 좋겠지만 다시 아이들이 떠나면 버림받았다는 느낌을 받을지도 몰라 내가 그냥 무마했다. 그러면서 정신없이 살다 보니 많은 시간이 흘렀다.

어느날 갑자기 진돌이를 맡아주셨던 분한테 연락이 왔다. 진돌이한테 좀 와보라고 했다. 나는 서둘러 가는 동안에 이상한 예감이 들었다. 도착해보니 혹시나 했던 일이 벌어져 있었다. 진돌이가 10살이 넘었지만 좀 더 살 수 있을 줄 알았는데 그만 자연사하고 말았던 것이다. 정말 너무 속상했다.

아이들한테 마당 있는 집을 구해 아이들과 진돌이가 함께 뛰어놀게 해준다는 약속을 지킬 수가 없게 되었다. 그분께 말씀을 드려 나무 옆에 구덩이를 팠다. 구덩이에 신문지를 깔고 진돌이를 내려놓았다. 다시 신문지를 덮고 흙을 끌어모아 진돌이를 묻었다.

금붕어를 키우다 죽으면 아이 셋을 데리고 아이들 초등학교 화단을 파고 금붕어를 묻듯 그렇게 진돌이를 묻었다. 다 묻고 나니 갑자기 다리가 풀렸다. 그냥 땅에 주저앉았다. 그러던 중 갑자기 동물도 영혼이 있을 것 같다는 생각이 들었다. 진돌이가 하늘나라에 있을 것 같았다. 그리곤 나도 모르게 속으로 말했다.

'거기서 잘 놀고 있어. 우리 애들이야 여기서 오랜 시간이 남아 있으니 내가 먼저 너를 보러 갈게. 거기서 그동안 같이 못 놀았던 거 실컷 놀아줄게.'

아이들이 진돌이를 사랑했던 것만큼 나도 진돌이를 사랑했었다는 것을 알게 되었다. 진돌이 묻힌 땅을 보니 아이들이 했던 말이 갑자기 떠올랐다.

"진돌이는 강아지가 아니라 우리 가족이야."

갑자기 아이들과 진돌이가 놀이터에서 같이 뛰어놀던 모습이 떠올랐다. 뛰어놀며 크게 웃던 아이들의 웃음소리가 귀에 쟁쟁하게 들려왔다. 아이들 주위를 펄쩍펄쩍 뛰어오르던 진돌이의 모습도 생각났다.

진돌이를 묻고 돌아오는 길에 아이들에게 어떻게 이야기를 해야 할지 몰랐다. 아이들 마음이 너무 아플 것 같다는 생각에 결국 진돌이 죽은 것을 말하지 않기로 했다. 운전대 잡고 있던 손이 조금씩 떨려왔다. 나도 모르게 눈물이 흘러내리고 있었다.

이네아스자

정 태 성 소설집   값 12,000원

초판발행   2023년 7월 1일
지 은 이   정태성
펴 낸 이   도서출판 코스모스
펴 낸 곳   도서출판 코스모스
등록번호   414-94-09586
주   소   충북 청주시 서원구 신율로 13
대표전화   043-234-7027
팩   스   050-7535-7027

ISBN 979-11-91926-83-5